KB118118

그 남자는
나에게
바래다 달라고
한다

그 남자는 나에게 바래다 달라고 한다

이지민 소설

문학동네

| 차례 |

그 남자는 나에게
바래다 달라고 한다

그러니까 나는 카프카만큼 나쁜 남자를 사랑했던 것이다. 카프카는 한 여자와 두 번 약혼하고 결혼은 안 했다. 바로 그런 놈을 나쁜 놈이라고 하는 거다. 여자에게 헛된 꿈을 꾸게 하는 남자는 나쁘다. 그러나 유감스럽게도 그런 이들은 대부분 카프카처럼 이 세상에 하나밖에 없는 멋진 존재들이다. 그도 그랬다.

그러니까 나는 카프카만큼 나쁜 남자를 사랑했던 것이다.

카프카는 한 여자와 두 번 약혼하고 결혼은 안 했다. 바로 그런 놈을 나쁜 놈이라고 하는 거다. 여자에게 헛된 꿈을 꾸게 하는 남자는 나쁘다. 그러나 유감스럽게도 그런 이들은 대부분 카프카처럼 이 세상에 하나밖에 없는 멋진 존재들이다. 그도 그랬다. 그가 얼마나 근사한지를 설명하자니 그 많은 매력 가운데 무엇부터 꺼내야 할지 모르겠다. 하지만 훌륭한 집은 화장실만 묘사해도 얼마나 좋은지 알 수 있다고 하지 않나. 그의 매력을 알리기 위해 모든 것을 이야기할 필요는 없을 것 같다. 아마 그의 손 하나만으로도 충분하리라.

손에는 운명이 숨어 있다. 관광지의 안내도처럼 헷갈리는 손금을 두고 하는 소리가 아니다. 누군가의 손을 잡고 눈을 한번 감아

보길 권한다. 쾌활한 손도 있고, 순종적인 손도 있고, 상처받은 손도 있다. 손에는 성격이 있고 표정이 있다. 손은 끊임없이 선택을 하고 그것들이 모여 운명이 된다. 그를 처음 본 날을 기억한다. 나는 그를 보자마자 너무 놀라고 창피해 고개를 숙였다. 첫눈에 반했다는 사실을 들키고 싶지 않았기 때문이다. 내 시선이 겨우 그의 얼굴로부터 도망친 곳에 바로 그의 손이 있었다. 나는 여태까지 그렇게 멋진 손을 본 적이 없다. 발레리노의 다리를 닮은 육감적인 굴곡의 손가락, 푸른 물길이 비치는 얼음호수 같은 맑은 손등, 설익은 토마토 껍질처럼 매끈한 선홍색 손톱. 그 모든 것이 서로를 의식하며 조용조용 움직이는데, 마치 다른 이에게는 보이지 않는 혼자만의 마리오네트를 조종하고 있는 듯이 보였다. 단지 모양만 그럴싸한 게 아니었다. 그의 손은 다정하고 관대했다. 그의 손은 가정교육을 잘 받아 구김이 없고 열등감도 없으며 농담을 이해했다. 여유롭다보니 그의 손은 타인을 꺼리지 않았다. 특히 여자들과 친했다. 물론 그건 나중에 알게 된 사실이지만. 어쨌거나 나는 그의 손이 베푸는 친절과 호의에 넘어가지 않을 수 없었다. 무슨 수로 그런 손을 뿌리칠 수 있었겠는가. 인생을 살면서 마음에 드는 손을 만나기란 어울리는 모자를 찾는 것처럼 그리 쉽지 않은 법이다.

이해를 돕기 위해 부연설명을 하자면 이렇다. 내가 딴생각에 빠져 담뱃재 터는 것도 잊은 채 멍하니 있을 때 살며시 내 손에서 담배를 가져가 재떨이에 가볍게 툭툭 턴 후 다시 나의 손가락 사이에 끼워주던 세심한 그의 손, 사람 꽉 찬 엘리베이터 안에서 땀에 젖어 이마에 붙은 머리카락을 책장 넘기듯 손톱 끝으로 살짝 떼어내주던 착한 그의 손, 후진할 때 능숙하게 핸들을 돌리며 남은 한 손으로 내 어깨의 머리카락을 쓰다듬던 섹시한 그의 손, 어지간히 맛없던 음식점에서 식어가는 내 하얀 밥 위에 냇가에 나뭇잎을 띄우듯 깻잎 하나를 살며시 얹어주던 다정한 그의 손, 도넛을 먹다 슈가파우더가 묻은 내 입가를 첫눈을 맛볼 때처럼 손가락으로 콕콕 찍어 입으로 가져가던 귀여운 그의 손…… 이제야 알겠다. 그가 혼자만 보며 갖고 놀았던 마리오네트는 바로 나였다는 사실을. 그의 장인에 가까운 손짓 아래 나는 앉았다 일어났다 웃었다 울었다 하며 살아 있는 척을 했다. 그래도 나는 행복했다. 인형은 자신과 주인을 연결해주는 몇 개의 줄이 얼마나 가는지 알 수 없는 법이니까.

　처음 만나고 한 달 동안은 정말 좋았다. 지금과 마찬가지로 백수였던 나에게 연애는 취직에 맞먹는 환희와 기대, 세상이 아직 나를 버린 건 아니라는 따뜻한 소속감을 불러일으켰다. 나는 남들 퇴근시간이 다가오면 광화문에 있는 그의 회사 옆 스타벅스로 출근을 했다. 그 스타벅스 건물의 옥상 흡연구역에서는 바로 옆에 붙어 있는 그의 회사 내부가 훤히 들여다보였는데 나는 혹시라도 그를 찾을 수 있을까 싶어 엉덩이를 바짝 들고 살피곤 했다. 그 안에서 나를 본 사람이 있다면 저 여자가 미쳤나 했을 것이다. 그는 회식이나 약속이 있는 날에도 꼭 짬을 내 나에게로 왔다. 그러고는 카페라테 톨 사이즈가 다 식어갈 때까지 두 눈을 마주한 채 소곤소곤 이야기를 나누었다. 일찍 퇴근한 날도 일단 카페라테 톨 사이즈가 다 식어갈 때까지 두 눈을 붙잡고 오늘 있었던 일을 죄다 이야기하는, 카페라테처럼 거품 많고 열량 높은 의식을 치르고 나서야 밥을 먹든가 영화를 보든가 했다. 한 달 동안 뮤지컬도 네 편이나 보았는데, 그는 마치 데이트 전문가코스를 이수한 사람처럼 매사에 능숙했다. 그는 내가 예상했던 것보다 훨씬 완벽한 사람이었다. 성격도 좋을뿐더러 아무리 봐도 미남이었다. 큰 키에 당당한 몸매, 반듯한 이마와 쌍꺼풀 없이 시원한 눈매는 그가 카페에 들어서기만 해도 사람들이 자동적으로 '잘생긴 남자가 들어오는구나' 생각하게끔 만들었다. 그래서 종종 나는 그에게 이렇게 말하곤 했다.

"민우씨는 현대에서 제일 잘생긴 남자예요."

'현대'라 함은 그가 다니는 회사 이름이기도 하고 내가 느낄 수 있는 지금 이 세상 이 시간 전부를 의미하기도 했다. 그는 안 그래도 여직원들이 다 그런다며 깔깔 웃음으로 받아넘겼다. 그는 결코 겸손한 법이 없었는데, 그럴 만한 자격이 충분했다. 그는 자신에게 하듯 타인에게도 사심 없는 칭찬과 긍정을 보냈다. 그는 진심으로 나를 치켜세웠다. 취직 못 한 나를 격려하고 나의 콤플렉스를 대신 내다버려주었다. 그와 함께 있을 때 나는 특별한 존재가 되는 느낌이었다. 정말 놀라운 한 달이었다. 그와 커피를 마시고 월남쌈을 먹고 심야영화를 보며 서울 시내를 돌아다니던 그 한 달, 나는 서울이 공기가 참 좋다고 해서 주변을 놀라게 했고, 그 한 달, 나는 보톡스를 맞겠다고 해서 주변을 놀라게 했고, 그 한 달, 나는 된장 담그는 법을 배우겠다고 해서 주변을 놀라게 했고, 그 한 달, 나는 알레르기 때문에 입에도 안 대던 게요리를 껍질째 먹어 주변을 놀라게 했다. 그러나 가장 놀라운 일은 그 한 달의 마지막 날에 일어났는데, 그가 카페라테 톨 사이즈의 반도 다 마시지 않았는데 대뜸 결혼하고 싶은 여자가 생겼다고 고백한 것이다. 그는 축하해달라며 환한 미소를 지었다. 나는 더듬거리며 적당한 단어를 찾다가 포기하고 고개를 떨어뜨렸다.

무슨 배짱으로 나는 그의 손이 나만을 위해 움직인다고 착각한 것일까. 그의 손은 컴퓨터 자판을 두드리는 일도, 머리를 긁다가 코로 가져가는 일도, 밥을 먹다 상 위의 밥알을 튕기는 일도, 핸드폰 문자메시지를 일 분에 열 개씩 보내는 일도 얼마든지 내 허락 안 받고 할 수 있는 손이었다. 친구들에게 나는 상황을 설명했다. 모인 의견들은 내 기대와 달랐다. 정황으로 보아 그는 나를 그냥 속 깊은 이성친구쯤으로 여겼을 가능성이 크다는 것이었다. 그러니까 내가 데이트라고 불렀던 그 일련의 행동들은 그에게는 그저 이달의 문화생활에 불과했다는 얘기였다. 나는 억울해서 그러면 우리가 배 터지게 마셨던 그 많은 스타벅스 카페라테 톨 사이즈는 무얼 의미하냐고 따졌다. 그건 그가 그저 스타벅스 마니아라서 그렇다는 결론이 나왔다. 코카콜라처럼 성분이 비밀에 싸여 있는 스타벅스 커피에 한번 중독되면 벗어나기 어렵다는 것이 중론이었다. 반가운 소수의 의견도 있긴 했다. 그가 나를 좋아한 건 사실이며 더 깊은 사이로 발전할 가능성도 있었으나, 중요한 시점에 너무도 강력한 적수가 나타나서 그만 게임이 종료됐다는 것이었다. 한친구가 비유하기를, 배고파서 제일 빨리 나오는 메뉴를 먹고 대충만족하려는데 요리사가 서비스로 지나치게 훌륭한 디저트를 내놓은 거라나 뭐라나.

그에게 결혼의 환상을 불러일으킨 여자는 내가 남자라도 결혼하고 싶은 여자였다. 외국계 기업에 다니는 그녀는 오페라를 좋아하고 이태리 요리 강습을 들으며 주말에는 별장에서 야생화를 돌본다고 했다. 내가 한 번도 해본 적 없는 일들만 하고 사는 그녀는 나에게 중요한 깨달음을 선물했다. 처음으로 그의 방식에 문제가 있다는 사실을 발견한 것이다. 그는 신문이나 우유를 끊듯 하루아침에 나를 끊어버렸다. 그는 소비자의 권리인 양 웃는 얼굴로 통보했다. 이제는 바빠서 볼 시간이 없을 것 같다고. 나는 그에게 대한민국에서 신문 구독 끊기가 얼마나 어려운지 가르쳐줄 필요가 있었다.
"나는 미스코리아가 아니라서 우아하게 손을 흔들며 퇴장할 수는 없어요."

입술을 깨물며 대답하는 나를 그는 멀거니 바라보았다. 다른 친구들은 모두 축하해주는데 왜 그러느냐며 오히려 되묻기까지 했다. 나는 그들 중 여자 몇은 지금 집에서 울고 있을 거라고 일러주었다. 그는 난처한지 연신 머리를 긁적이며 미소지었다. 뻔뻔하고 무책임한 사람이 오히려 행복할 확률이 높다는 사실을 확인하게 되는 순간이었다. 서글펐다. 그가 특별히 어려운 남자라고 생각한 적은 없었다. 그런데 아니었다. 세상이 벽처럼 다가오는 어느 한 시절에는 남자야말로 가장 높고 단단한 벽인 것이다. 내가 아무리 발로 차고 때리고 뛰어올라도 소용없는 일이었다. 그 대단한 벽에 오줌을 쌀 수는 없고, 대신 나는 욕을 실컷 퍼부어주었다. 벽에 쓰는 낙서가 그렇듯 아주 유치하고 원색적인 말들이었다. 나는 그에게 '나쁜 자식'이라고 했고, '미친놈'이라고도 했고, '어디 두고 보자'라고도 했다. 합쳐서 '나쁜 자식, 미친놈, 어디 두고 보자'라는 말을 하고 또 했다. 욕을 하는데 내 귀에도 상당히 어색하게 들렸다. 만약 스스로 내 욕이 유창하고 위협적이라고 느꼈다면 그렇게 눈물을 흘리지는 않았을 것이다. 나는 내 자신이 민망하고 어이없어 울기 시작했다. 그가 정신을 차리라며 얼음물을 가지고 왔다. 얼음물이 든 잔을 건네주며 그가 나의 손을 잡았다. 차가웠다. 그의 손은 얼음도 놀랄 정도로 차가웠다. 나는 자리에서 일어났다. 그리고 뒤도 안 돌아보고 뛰기 시작했다. 아주 빠른 속도였다. 창피를 당하면 누구나 달리기를 잘하게 되니까. 그렇게 차가운 사람한테 버림받았다는 사실을 나는 다른 이들에게 들키고 싶지 않았다. 나의 초라한 현실까지 보태어 이 세상을 더욱 쓸쓸하게 만들고 싶지는 않았기 때문이다.

실연은 카페라테만 먹는 사람이 에스프레소 더블만 있는 나라에 살게 됐을 때처럼 헛물 올라오는 고통을 일으켰다. 나는 하루 종일 누워 '현대에서 제일 잘생긴 남자'를 생각했다. 별나게도 별것 아닌 질문들만 떠올랐다. 점심 메뉴는 뭐였을까. 어느 주유소에서 기름을 넣었을까. 비누거품으로 면도를 하진 않았겠지. 개한테 구충제는 먹였나 몰라. 그러고 보니 그의 일상에 대해 그리 깊이 알지 못한다는 결론이 나왔다. 어쩌면 그가 진짜 삶은 집에 꼭꼭 숨겨놓은 채 나를 만난 게 아닐까 하는 의심까지 들었다. 여러 이유로 그를 계속 원망했지만 그리운 마음은 여전했다. 그러나 직업도 없고 머리숱도 적은 여자의 실패한 연애가 세상의 박정스러움에 한몫을 할까 두려워 나는 꾹 참았다. 다행히 세상을 향한 나의 작은 노력은 보상을 받았다. 그와 헤어지고 나서 두 달이 지난 어느 오후였다. 그에게서 전화가 왔다. 예의바르고 평범한 안부전화였는데 그의 목소리를 듣자마자 내 두 귀가 뾰족 섰다. 그것은 분명 애인 있는 남자의 목소리가 아니었다. 그런 거 하나는 내가 잘 알았다. 그는 그 여자와 결혼을 미루고 서로 떨어져 시간을 좀 갖기로 했다며 친절히 그간의 일을 설명해주었다. 그리고 얼마 전 교통사고가 나서 팔이 좀 아프다면서 귀여운 목소리로 엄살을 부렸다. 나는 내 방 천장이 깜짝 놀랄 정도로 벌떡 일어났다. 그리고, 곧장 택시를 타고 그의 회사 앞으로 갔다.

"어때요? 이종격투기 선수 같죠?"

그는 왼쪽 팔목에 바게트 모양의 깁스를 하고 있었다. 그의 얼굴은 그 바게트를 찍어먹기 딱 좋은 누런 감자수프 같았다. 그는 지치고 힘들어 보였다. 내가 없는 사이 중요한 일이 그의 인생 위를 지나간 것 같았다. 그는 상처를 입었고 나는 그의 손을 볼 수 없게 되었다. 갑자기 초조하고 다급한 마음이 솟구쳤다. 비참하더라도 그의 옆에 있었으면 좋았을걸 후회가 들었다. 나는 다시 발동 걸린 간절한 눈빛으로 그를 보았다. 그는 웃으며 딴전을 벌였지만 역시나 부담스러워하는 눈치였다. 나는 그를 안심시키고 싶었다. 정말이지 나는 무리한 애정을 원하지는 않았다. 그저 그와 함께 있고 싶을 뿐이었다. 거절당하지 않을 핑계가 필요했다. 나는 그가 엉성하게 메고 있는 검은색 발리 서류가방을 빼앗았다. 그리고 다짜고짜 앞장서며 단호하게 명령했다.

"그 손으로 무슨…… 가요. 내가 집까지 바래다줄 테니까."

그를 처음으로 바래다주던 날을 기억한다. 처음 학교 교문에 들어서던 날처럼, 처음 생리대를 사기 위해 약국 문을 넘던 날처럼, 처음 비행기를 타러 게이트에 발을 디디던 날처럼 내 귀에는 그날의 내 발소리가 생생하다. 우선 우리는 택시를 잡아탔다. 퇴근시간의 시청 앞은 화장실 급한 운전자들만 모였는지 퍽 신경질적이었다. 옆에 앉은 그는 급작스러운 나의 행동이 불안했는지 계속 혼자 갈 수 있다며 나를 설득하려 했다. 나는 입 닥치라는 눈빛으로 쏘아보며 웃어주었다. 그의 동네는 서울에 얼마 안 남은, 집집마다 마당이 있는 한적한 양옥 주택가였다. 그는 어디 카페에라도 들어가자며 동네 초입에 택시를 세웠다. 나는 진심으로 집까지 바래다주고 싶은 것이며 혹시 내가 집을 아는 것이 두려운지 날카롭게 물었다. 그는 절대 그런 뜻은 아니라며 그제야 앞장서 걷기 시작했다. 그의 동네는 싸구려 기성복 같은 아파트가 넘쳐나는 서울을 무시할 만한 자격이 충분한 오트 쿠튀르 같은 품격의 동네였다. 주유소와 은행을 지나 편의점과 빵집 사이로 들어가면 사진관과 과일가게와 분식집과 전파사가 있고, 약국 옆 지물포를 끼고 돌면 좀더 좁은 골목이 나타나는데 연둣빛 나무간판을 단 꽃집이 다소곳이 앉아 있고, 그 양옆으로는 도자기를 파는 카페와 멋진 퀼트숍이 크림색 조명을 달고서 졸고 있다. 쭉 더 걸어올라가면 그의 단골 비디오가게와 보일러대리점, 남자들이 고문당하는 모양처럼 양복바지들이 거꾸로 주르르 매달려 있는 세탁소가 나타나고 다시 골목은 이어진다. 상점들은 대부분 오래된 간판을 달고 있었는데 그 동네 사람들이 얼마나 고집 있고 까다로운지 말해주고 있었다.

"거 참, 여자가 집까지 바래다주는 건 처음인데."

그는 여자 옷을 빌려입기라도 한 것처럼 부끄러워하며 말했다. 걷다 보니 어느새 그는 어릴 때부터 살아온 이 동네의 관광가이드가 되어 이 길 저 길을 안내하고 있었다. 나는 그와 기념사진이라도 찍고 싶었지만 사방이 어두워서 아쉬울 뿐이었다. 저쪽에 유난히 불빛이 샛노란 방범등을 향해 걷는데 어느 집 거실에서인가 푸른 텔레비전 빛이 새어나와 그의 하얀 이마 위를 스쳤다. 골목은 조용하고 그곳에는 우리밖에 없었다. 얼룩 고양이 한 마리가 담 위에서 우아한 캣워크를 선보이고는 유유히 사라졌다.

"다 왔어요. 어쨌든 덕분에 심심하지 않게 왔네. 그런데 돌아가는 길 알겠어요? 내가 큰길까지 데려다줄까?"

레몬 같은 방범등 옆이 바로 그의 집이었다.

"저 길눈 밝아요. 별명이 걸어다니는 네비게이터예요."

그는 이 엉뚱한 상황에 맞는 인사말을 고르느라 잠시 머뭇거렸다. 나는 가방을 안겨주며 억지로 그를 대문 안으로 밀어넣었다. 그리고 곧바로 오던 길로 뛰어나갔다. 그날 밤 나는 초보 좀도둑처럼 그의 동네 구석구석을 헤매고 다녔다. 이층집과 골목길들은 어찌나 냉정하던지 길 잃은 나를 아는 척도 안 했다. 얼떨결에 도로 쪽으로 나오기는 했는데 마치 어두운 방에서 책을 읽다 나온 기분이었다. 그것도 아주 신비롭고 아름다운 그림동화책을.

다음날부터 나는 퇴근시간에 맞춰 그의 회사 앞으로 갔다. 손을 못 쓰는 그를 대신해 커피를 주문하고 가방을 들어주고 차비를 계산했다. 그는 나를 돌려보내려 애썼지만 매번 나한테 지고 말았다. 두번째 갔을 때 나는 그의 동네를 사랑하게 되었다. 그의 일상과 추억들이 숨어 있는 길을 걷다보면 나도 모르게 사립탐정의 매서운 눈빛이 되어 전봇대 하나까지 살피곤 하였다. 퍽 즐겁고 뿌듯한 뒷조사였다. 그러나 그는 여자가 바래다준다는 사실이 남자 세계에 밝혀지면 곤란을 겪게 될까봐 그러는지 난처해하며 웃기만 했다. 그를 바래다주기 시작한 지 일주일째 되는 날이었다. 야근에 지친 그가 다리를 끌며 회사에서 나오는데 비가 쏟아지기 시작했다. 택시가 잡히지 않아 우리는 지하철을 탔다. 그의 동네에 도착할 때쯤 비는 조용히 그쳤다. 우리는 미역처럼 검게 젖어 있는 골목길을 걸었다. 집 앞에 다다르자 그가 나를 향해 돌아섰다. 그는 꽉 끼는 바지를 입을 때처럼 힘겨운 한숨을 내뱉으며 말했다.

"선숙씨, 저번에 선숙씨한테 욕먹고 나서 생각해봤어요. 내 태도에 문제가 있다고 여자들한테 얘기 많이 들었거든요. 하지만 내가 그런 사람인걸요. 또 선숙씨를 실망시킬 생각하면 나 속상해요. 앞으로 회사 일도 바빠지고 그러면 만날 시간도 없을 거고…… 이제 그만 오세요."

다정하고 차분한 어조였다. 그는 철없는 남자였다. 하지만 농담보다는 진담에 더 소질이 있었다. 그는 진심으로 나의 마음을 헤아리고 용기를 내어 말하는 것이었다. 나는 민망해 고개를 숙였다. 그는 한쪽 손을 재킷 주머니에 집어넣고 있었는데 나에게 '잘 가라'고 몰래 손짓하고 있는 것 같았다. 나는 횡설수설 떠들기 시작했다.

"같이 밥을 먹자는 것도, 영화를 보자는 것도, 여행을 가자는 것도 아니고, 그냥 이렇게 함께 걷기만 하자는 건데, 이것도 부담돼요?"

"나는 선숙씨가 기대하는 건 줄 수 없어요. 여자를 계속 오해하게 만드는 남자는 지옥 간다고 선숙씨가 그랬잖아요."

"인심 한번 야박하네. 이제 나랑 잠깐 걷는 것도 싫어요?"

"진짜 바빠질 것 같아서 그래요."

"아무리 바빠도 집에는 갈 거 아니에요. 길바닥에서 잘 건 아니잖아요. 민우씨, 혼자 집에 가기 심심한 날 있지 않아요? 어렸을 때 우리는 학교 끝나면 꼭 친구랑 같이 집에 갔잖아요. 왜 어른이 되면 혼자서 집에 가야 하는 거죠? 세상이 얼마나 험악한데 왜 꼭 남자만 여자를 바래다줘야 하는 거죠? 남자는 뭐 집도 없나."

확신컨대 아마 그 시간 나는 서울에서 제일 구차한 여자였을 것이다. 그저 옆에 있게만 해달라고 매달리는 꼴이라니. 그래도 나는 내가 자랑스러웠다. 사랑한다 말하지 않고도 그의 마음에 무거운 추를 매달 수 있었으니. 그 무렵 나는 사랑이라는 단어 자체에 환멸을 느끼고 있었는데, 내가 그를 통해 얻고자 한 것은 사랑을 포기하고도 되돌려받을 수 있는 그 밖의 어떤 것들이었다. 이를테면 기억이나 감성, 후각이나 촉각, 뭐 그런 것들. 시간이 흐른 뒤에도 데자뷔처럼 기습적으로 나를 찾아올 신비로운 어떤 감각을 나는 기다리고 있었던 것이다. 밑져야 본전이란 심정으로 떳떳하게 그에게 요구했다.

"나 지금 만족해요. 더이상 바라지 않아요. 민우씨한테는 하루 중 가장 의미 없다 생각되는 시간도 나한테는 귀하니까요. 언제든 허전하고 외로운 날이면 나를 불러요. 내가 집까지 바래다줄 테니. 잘 자요."

그리고 달아오른 뒤통수를 까닥이며 되돌아 걷기 시작했다. 그가 나를 부르지 않을까 기대했지만 옆집 개만 난데없이 짖어댈 뿐이었다. 건넛집 개도 이에 화답을 하고 순식간에 온 동네 개들이 왈왈대며 반상회를 하는데 '쾅' 하고 그의 집 대문이 닫히는 소리가 들렸다. 그 소리에 눈물이 찔끔 나왔던가. 갑자기 두 배는 길어 보이는 어두운 골목을 달리기 시작했다. 불어오는 바람에 내 귀고리가 처량한 풍경 소리를 내며 흔들거렸다.

저녁뉴스에서 내일의 날씨를 보고 있을 때였다. 여자 기상캐스터가 손바닥으로 허공을 가리키며 고기압에 대해 설명하고 있었다. 여자는 손으로 구름을 담았다 바람을 주물렀다 아주 마음대로였다. 마치 그녀는 신처럼 보였다. 나는 그녀가 부러웠다. 신이라도 되는 듯 기상캐스터가 우리나라를 손바닥으로 싹 지웠을 때 핸드폰이 울렸다.

"저…… 나 좀 바래다주지 않을래요?"

나는 우리집에서 그리 멀지 않은 농수산물시장으로 갔다. 주차장 입구에 그가 검은 비닐봉지를 들고 서 있었다. 한쪽 손의 깁스는 미술시간 후의 지우개처럼 더러워져 있었다.

"여기서 한잔했는데. 대게가 아주 좋더라고요. 어머니 생각나서 샀는데 이놈들이 살아 움직이나봐요."

그는 천진하게 웃으며 무시무시해 보이는 비닐봉지를 들어 보였다. 우리는 택시비가 모자랄 것 같아 버스에 올라탔다. 버스가 흔들릴 때마다 게들은 방향을 못 잡고 이리저리 방황하였다.

정류장에 내리자마자 우리는 정체 모를 강한 빛에 눈이 부셔 잠깐 멈춰 서야 했는데, 도로 옆 골프연습장의 야간조명 때문이었다. 조명도 밝을 뿐 아니라 달도 꽉 여문 채 환해서 밤 산책객의 시선을 붙잡기 충분했다. 우리는 나란히 서서 골프연습장 위에 뜬 달을 구경하였다. 거대한 철근 뼈대를 감싼 초록색 그물과 그 위에 떠 있는 달의 모습은 어망에 걸려 팔짝 뛰어오르는 은빛 물고기 같았다.

"그동안 선숙씨한테 중독됐나봐요. 집에 혼자 오는데 허전하더라고요. 가끔 이렇게 같이 걸을 수 있죠? 우리 아직 친구 맞죠?"

꿈도 참 야무지다, 고 말하고 싶었으나 나는 내색 않고 온화한 미소를 지어 보였다. 우리는 책가방을 메고 집으로 향하는 친구처럼 사이좋게 걷기 시작했다. 그는 회계사 시험을 볼까 하는 요즘의 고민을 털어놓았고, 나는 기상캐스터가 되면 어떨까 하고 그에게 물었다. 그는 내가 너무 솔직해서 내일의 날씨를 모른다고 말하지 못할 거라며 적극적으로 말렸다. 그날 그의 집으로 가는 길은 무척 짧게 느껴졌는데, 아마도 익숙해지기 시작해서 그랬던 모양이다. 그와 게들을 무사히 집으로 들여보낸 후 나는 처음으로 가벼운 마음으로 돌아올 수 있었다. 그와 다시 시간과 공간을 나눌 수 있게 되었다는 것만으로도 나는 만족했다. 거창하게 나를 위로하자면 그건 그와 함께 어떤 작은 우주를 공유하게 된 것이니까.

애인과 헤어지고, 의사한테 금주를 권고받고, 운전도 할 수 없게 된 남자는 어린아이나 다름없었다. 그는 많을 때는 일주일에 다섯 번이나 나를 불러냈다. 나는 전 세계에서 유일하게 기사도를 발휘하는 여자였다. 나는 그를 대신해 문을 열어주고, 가방을 들어주고, 핸드폰 문자메시지를 작성했다. 그는 나에게 그날의 피곤지수를 설명하며 택시를 잡으라고 했다. 그는 턱짓 하나로 나에게 이것저것 다 시켰다. 나는 새삼 그의 뻔뻔함에 놀랐지만 곧 이해할 수 있었다. 예쁜 여자가 그렇듯 잘생긴 남자도 관심과 배려를 받는 쪽에만 익숙하기 마련이었다. 그는 너무 늦지만 않으면 꼭 동네 입구의 과일가게에 들르곤 했다. 그러곤 어머니에게 드릴 제철 과일을 꼼꼼히 골랐다. 나는 계절의 변화를 그 과일가게를 통해 알았다. 내가 처음 그곳에 갔을 때에는 포도가 한창이었는데 어느 날 보니 사과가 발랄한 치어리더들처럼 삼각대형으로 쌓여 있었다. 가끔 그는 편의점에서 스포츠 로또를 사기도 했는데 돈을 벌면 내게 아르마니 슈트를 사주겠다고 약속했다. 면접 볼 때 도움이 될 거라면서. 나는 그에게 취업은 휴업중이라고 솔직히 말하지 않았다. 어쩌다보니 나는 남의 사정을 깊이 살피지 않는 그의 이기적인 순수함에 동조하다 못해 그것을 동경하게 된 것 같았다. 나는 그의 동네 골목길을 걷는 게 좋았다. 정원을 가진 이층의 양옥주택들은 아파트와 달리 집집마다 여유로운 산소와 바람과 나뭇잎을 가지고 있었다. 그의 집도 지하주차장과 넓은 잔디마당을 가진 이층 양옥주택이었는데, 담이 꽤 높아 이층의 불빛밖에 볼 수 없었다.

"응, 우리 아버지 서재. 내 방은 여기서 안 보여."

나는 아쉬워서 대문에 붙어 마당을 훔쳐보았다. 어둠 속에 정원수들이 웅크린 채 무리지어 자고 있고, 흰색 철제테이블 위에는 낙엽들이 떨어져 있었다. 비밀의 화원인 양 나는 설레어 그곳을 바라보았다. 언젠가 그가 들어가서 차라도 마시지 않겠냐고ㅡ물론 형식적으로ㅡ물은 적이 있었는데, 나는 절대 그럴 수 없다며 과하게 펄펄 뛰었다. 물론 마음이야 그를 따라 영원히 그 안으로 들어가 살고 싶었으나 그럴 수 없었다.

친구들은 나를 이해하지 못했다. 도대체 무슨 의미가 있느냐며 한심해했다. 이미 끝난 남자와, 그것도 얼굴값 하기로 소문난 얄미운 남자랑, 만나서 밥을 먹는 것도 아니고, 잠을 자는 것도 아니고, 그냥 단지 집까지 걸어가기만 한다니. 여자 망신이라고, 당장 그만두라며 친구들은 혀를 찼다. 한 친구는 내 손을 잡고 진지하게 물었다.

도대체 너는 지치지도 않느냐고.

나는 대답했다.

집으로 가는 길은 으레 지치기 마련이라고.

어쩌면 자신이 사랑하는 방식을 이해하는 것이 사랑의 전부인지도 모르겠다. 이미 상대는 정해졌고 마지막은 어차피 알 수 없다. 그 불안한 과정을 견디거나 즐기거나, 선택은 각자의 몫인 것이다. 사실 나도 나의 판단에 확신이 넘치는 것은 아니었다. 단지 그를 바라보는 것으로 만족한다, 이것은 내가 할 수 있는 최고의 위선과 가식의 말이었다. 그러나 그런 한심한 연애를 펼치고 있는 나였지만 한 가지는 자신할 수 있었다. 적어도 나는 나 자신의 위선은 알고 있었다. 행복한 연애와 편한 연애를 착각할 염려는 없었던 것이다. 물론 그도 마찬가지였다. 그는 생각보다 영리한 사람이었다. 주위의 우려와는 달리 나의 어설픈 행위의 가치를 발견한 사람은 바로 그였으니까.

그날, 항상 가던 길로 걷고 있는데 그가 갑자기 오늘은 다른 길로 가보자며 내 손목을 잡아끌었다. 나는 그를 따라 처음이라 더 길게 느껴지는 어느 골목으로 들어갔다. 그가 멈춰 선 곳은 놀이터 옆으로 난 작은 오르막길 앞이었다. 어디선가 한번은 본 듯한 평범한 길이었다. 그는 어느 집 대문 앞 계단에 털썩 앉았다. 나도 그 옆에 앉았다. 자정이 넘은 시간이라 지나가는 사람도 없고 집집마다 불이 꺼져 있어 골목길은 어두웠다. 근처 고양이들이 금방 짝짓기를 마쳤는지 뜨겁고 아쉬운 울음소리가 담을 타고 울려퍼졌다. 어디선가 아름다운 향기가 날아왔다. 그 향기가 어디서부터 날아오는지 궁금해 나는 그가 바라보는 쪽으로 고개를 돌렸다. 그는 건너편 집을 바라보고 있었다. 오래된 돌담에 곡선 장식의 하얀 철제대문과 그 위로 아련한 크림 빛깔의 조명등을 갖춘 아주 멋진 집이었다. 그는 마치 영화 속 장면에 푹 빠진 사람처럼 그 집을 멍하니 바라보았다.

"아는 사람 집이에요?"

"어때요? 우리 동네에서 가장 예쁜 집인데…… 옛날부터 집에 들어가기 싫은 날이면 괜히 빙 돌아서 이 집 앞을 지나곤 했어요…… 내가 어렸을 때부터 저렇게 하얀색 페인트칠이 돼 있었는데, 한 번도 더러워진 모습을 본 적이 없어요. 이렇게 저 대문을 보고 있으면 저 집 사람들은 지금 무얼 할까 자꾸 상상하게 되더라고요. 왠지 저 집 사람들은 세상 밖으로 한 발자국도 움직이지 않고, 저 집 안에서 그 모습 그대로 영원히 있을 것 같더라고요."

"첫사랑이 살던 집이구나?"

"에……엣?"

내가 대뜸 묻자 그가 놀라서 말을 더듬었다. 나는 눈에 불을 켜고 다시 그 집을 바라보았다. 첫사랑의 추억을 되돌리기에 그보다 더 완벽한 장소는 없을 듯했다. 살다 살다 집에 질투를 느끼기는 처음이었다. 도도하고 청순한 어떤 소녀를 닮은 그 집의 머리끄덩이를 잡고 내숭떨지 말라고 혼내주고 싶었지만 일단 참기로 했다. 그는 진심으로 미안한 미소를 지으며 내 시선을 피했다. 그가 당황하는 모습은 처음이었다. 그 순간 우리 앞으로 한 소년이 지나갔다. 짝사랑하는 소녀의 집 앞을 서성이는 그 짙은 갈색머리의 소년은 바로 그였다. 다시는 가질 수 없는 소년의 분홍빛 뺨과 달콤한 땀내가 밴 하얀 목덜미를 그는 마냥 그리워하며 바라보았다. 그제야 나와 그, 그리고 소년이 왜 이곳에 있는지 이유를 알 것 같았다. 우리는 기억 속으로는 걸을 수 없다. 그러나 그 기억을 간직한 길 속으로는 걸을 수 있다. 나는 질투를 멈추고 주변을 바라보았다. 그는 어느 순간 무척 슬펐을 것이다. 넓은 줄만 알았던 골목길이 좁아 보이기 시작하면서 우리는 어른이 되니까. 어른에게만 시간이 빠르게 느껴지는 이유는 어린아이처럼 많이 걷고 달리지 않기 때문이다. 걷지 않으니 추억이 없고 그래서 늙는 것이다. 바람과 공기의 입자 속에 숨은 시간의 힘을 느끼기 위해 여기까지 온 그를 나는 흐뭇하게 바라보았다. 나는 확신할 수 있었다. 행여 그가 이 동네를 떠난다 해도 그리움은 놓지 못할 거라고. 나는 그의 가슴속 지도를 들여다보았다. 거기에는 그가 지나온 수많은 길들이 있었다. 그중에는 첫사랑 소녀에게 가는 이 길도 선명하게 그려져 있었다. 그리고 그 옆에는, 자세히 들여다보면 실처럼 아주 가느다란 어떤 길도 존재했다. 내가 그를 바래다주던 어느 밤의 평범한 그 길이.

연인을 집까지 바래다주는 행위의 역사는 확실히 결혼보다는 오래 됐다. 오랜 세월 인종과 언어를 넘어, 온 인류가 쭉 행해온 이 관습의 목적은 단 하나였을 것이다. 남자가 여자를 집까지 바

래다준다. 이 행위의 의미는 '너를 무사히 집에 들여보내겠다'가
아니라 '언젠가 너와 함께 집으로 들어가야겠다' 이다. 나도 그랬
다. 아니다. 그렇지 않다. 돌이켜보면 언젠가 우리가 헤어지리라
는 사실을 나는 알았던 것 같다. 나는 알았다. 그가 내 얼굴과 이
름을 어느 날 갑자기 밥 먹다가도 잊어버릴 수 있다는 것을. 그러
나 나는 그리 슬퍼하지 않을 것이다. 사람들이 죽을 때까지 반복
하는 일, 먹고 자고 머리를 자르고 돈을 버는…… 그중의 하나가
집으로 돌아가는 일이라는 걸 나는 알고 있었다. 집은 바뀌어도
집으로 돌아가는 일은 사라지지 않는다. 세상 속에서 어떤 영광과
고통을 맛보았든 우리는 매일 집으로 돌아가야 한다. 그 수많은
나날 중 단 한 번은 기억하지 않을까. 언젠가 이 그림자처럼 나를
집까지 바래다주던 한 여자가 있었다는 사실을.

　가장 기억에 남는 날이 있다. 깁스는 풀었지만 그는 여전히 엄
살을 떨며 내게 가방을 들게 했다. 나는 가을이 두려웠다. 그 계절
이 오는 건 괜찮지만 가는 건 아팠다. 점점 낮이 짧아지는데 잔 속
의 커피가 줄어드는 것처럼 마음은 아쉽고 입맛은 씁쓸했다. 우리
는 별 얘기 없이 그냥 컴컴한 길을 걷고 있었다. 어느 집 열린 대
문 사이로 갈치 굽는 냄새와 저녁뉴스의 시그널 뮤직이 흘러나왔
다. 그때 갑자기 누군가 뒤에서 내 눈을 가렸다. 아니, 그런 줄 알
았다.
　"어? 뭐지?"

그가 멈추며 내 어깨를 잡았다. 극장 안에 들어섰을 때처럼 급작스런 어둠이 앞을 가로막았다. 우리는 조심스레 발을 내디디며 주위를 살폈다. 온 동네가 정전이 된 것이었다. 바로 옆집에서 가족들이 서로 이름을 부르며 허둥대는 소리가 들려왔다.

"어머, 나 정전 되게 좋아하는데. 시험 전날 되면 꼭 정전되길 빌었어요. 못 봐도 핑계댈 수 있게."

"선숙씨는 천재지변을 즐기는 스타일이구나."

나는 눈가리개를 쓴 술래처럼 그 어둠에 깜박 속아주고 싶었다. 설령 보인다 해도 내가 손을 휘저으며 헤매는 척해야 모두 즐거울 수 있을 테니까.

"우리 무사히 집에 갈 수 있겠죠?"

"당연하죠."

우리는 서로의 팔을 꼭 잡고 다시 걷기 시작했다. 내가 뭔가를 밟자 그는 개똥이 확실하다며 나를 놀렸다. 우리는 별것 아닌 일에도 소리를 지르며 깔깔 웃었다. 어느새 집집마다 창밖으로 촛불의 노란빛이 새어나오고 있었다. 온 동네가 때 이른 하나의 거대한 크리스마스트리가 되어버린 듯했다. 밤하늘은 더이상 뿌연 회색빛이 아니었다. 아주 깊은 푸른빛이었다. 그의 손이 나의 손을 찾았다. 그의 손은 차갑지도 뜨겁지도 않았다. 갑자기 그토록 좋아하던 그의 손이 어떻게 생겼는지 생각나지 않았다. 나는 그의 손을 보기 위해 멈칫하다 그만 그의 발을 밟고 말았다.

"미안해요. 있는지 몰랐어요."

"아니, 나한테 발이 있다는 사실을 몰랐단 말이야?"

그는 웃으며 놀렸지만 나는 웃을 수 없었다. 정말로 그에게 발도 있다는 생각은 한 번도 못 했으니까. 그는 이인삼각 경기를 할 때처럼 나와 속도를 맞추기 위해 옆에 바짝 붙어서 한 발 한 발 차분히 내디뎠다. 불현듯 아직 한 번도 보지 못한 그의 발이 너무도 보고 싶어졌다. 그의 손처럼 아름다울까. 그의 손처럼 친절할까. 그의 무게를 감당하느라 얼마나 지쳐 있을까. 이제 곧 집에 도착하면 편히 쉴 수 있겠지. 나는 깨달았다. 매일 밤이 아쉽기만 한 나의 발걸음을 지켜본 이는 그도 아니고, 그의 손도 아니고, 바로 그의 두 발이었음을.

그에게서 전화가 왔다. 이제 다시 운전을 할 수 있다고. 그러니 앞으로는 바래다주지 않아도 될 것 같다고. 나는 '알았다'고 대답했다. 겨울이 시작되고 있었다. 여자 기상캐스터는 털모자를 쓰고 나와 손짓 몇 번으로 동해안에 첫눈이 내리게 했다. 그는 정말로 나를 찾지 않았다. 나도 그를 찾지 않았다. 그가 그리울 때면 그의 동네에 가볼까도 생각했지만 의미 없는 일이었다. 모든 것이 엉망이었다. 나는 사랑했으나 사랑받지는 못했다. 나는 열심히 공부했으나 돈은 벌지 못했다. 나는 정답은 풀었으나 문제는 알지 못했다. 나는 뒤처져서 세상을 바라보았다. 사람들은 나를 이해하지 못했지만 나는 그들을 이해했다. 나는 그들의 염려를 덜어주고 싶었다. 한 사람이 살아가는 방법은 결국 그 사람만의 특허품이라는 것을 그들에게 꼭 알려주고 싶었다.

　성질 급한 여자들이 애꿎은 토끼털 잠바를 입고 나오는 계절이
되었다. 나는 낡은 모직 재킷을 입고 11월 오후의 신사동 가로수
길을 걷고 있었다. 광고회사에 다니는 선배한테 일거리를 부탁하
고 돌아오는 길이었다. 나는 발에 걸리는 낙엽들을 아그삭아그삭
밟으며 걸었다. 사전이나 찬송가를 한 장 한 장 찢을 때와 비슷한
소리가 나서 기분이 좋았다. 어느 카페 앞, '오늘의 메뉴'를 써놓
은 칠판 옆에서 검은 에이프런을 두른 요리사가 담배를 피우고 있
었다. 나는 그 옆에 서서 메뉴를 한 번 쭈욱 소리내어 읽은 다음
몸을 돌렸다. 이상했다. 내 앞에 펼쳐진 상황이 쉽게 받아들여지
지 않았다. 건너편 거리에 낯익은 모습이 서 있었다. 그였다. 짙은
회색의 트렌치코트를 입은 그가 두 손을 주머니에 폭 담근 채 상
점 앞을 기웃거리고 있었다. 그가 내 쪽으로 돌아섰을 때 나는 손
을 흔들었다. 이름을 부르려는데 갑자기 장난기가 발동했다. 나는
길을 건너지 않고 그를 미행했다. 차가운 바람 사이로 환한 햇살
이 쏟아지자 그는 눈을 찡그리며 하늘을 올려다보았다. 햇살을 고
깔모자처럼 머리에 쓰고 그는 다시 걷기 시작했다. 나는 건너편에
서 그를 따라 걸었다. 마치 냇가에 종이배를 띄우고 그것을 놓칠
세라 뛰어가는 아이처럼 나는 조바심을 내며 쫓아갔다. 토요일이
었다. 데이트가 있는 게 분명했다. 그는 상점들을 일일이 구경하
며 산책하듯 걸었다. 떡집 앞에 한참을 서 있더니 플랫슈즈 상점

앞에서는 실실 웃기도 하고 빈티지 로봇과 인형을 파는 가게 앞에서는 심각하게 고개를 갸웃거리기도 했다. 그는 카드 인사말처럼 예쁜 간판들을 읽으며 혼자 놀고 있었다. 산부인과를 지날 때에는 지나가는 임산부의 배를 유심히 쳐다보기도 했다. 데이트는커녕 하도 심심해서 하늘에서 바위라도 떨어지기를 기다리는 것같았다. 서먹했다. 낯선 동네에서 그를 만나면 안 된다는 법도 없는데 나는 서운했다. 뭐랄까, 그 기분은, 제일 좋아하는 티셔츠라 아까워 입지도 않았는데 친구가 똑같은 옷을 입고 나타났을 때 느꼈던 낭패감과 비슷했다. 갑자기 도로에서 실랑이하는 소리가 들렸다. 승용차끼리 가벼운 접촉사고가 일어난 모양이었다. 지나가던 행인들이 하나둘씩 모여들었다. 빠르기도 하지. 그는 벌써 도로로 나가 진지하게 사고 현장을 관찰하고 있었다. 차들이 멈춰 선 사이로 나도 몰래 끼어들어갔다. 그와 나는 두 차선을 차지하고 서로 얽혀 있는 세 대의 승용차를 사이에 두고 마주 서게 되었다. 웨이터를 부르듯 이름을 부르면 금방 알아볼 수 있는 가까운 거리에 우리는 있었다. 나는 그를 보았고 그도 나를 보았다. 그러나 그곳에 내가 있다는 사실을 그는 알지 못했다. 앞에서 팔짝팔짝 뛰는데도 그는 눈길조차 주지 않았다. 처음에는 장난을 치는 거라 생각했다. 그런데 아니었다. 그는 정신을 온통 차 주인들의 말다툼에 빼앗기고 있었다. 슬슬 오기가 솟았다. 이렇게 뜨거운 눈길로 쏘아보고 있는데 설마 끝까지 저러지는 않겠지. 그런데 그랬다. 내가 눈두덩에 경련이 일 정도로 노려보는데도 그는 꿈쩍하지 않았다. 나쁜 자식. 여기 좀 보란 말이야. 내가 여기 있잖아. 나는 속으로 숫자를 세었다. 서른을 셀 때까지 나를 보지 못하면 나도 더이상 그를 보지 않겠다고. 다시. 일 분의 반은 생각보다 짧았다. 나는 뒷걸음질쳐 그곳에서 도망치기 시작했다. 눈물이 나왔다. 시원하고 싱거운 눈물이었다. 일 분의 나머지 반을 세면서 나는 그가 나를 알아보지 못한 이유를 깨달았다. 그에게 나는 언제나 집으로 가는 길 위에서만 존재하기 때문이었다. 섭섭할 까닭이 없었다. 오히려 홀가분하기도 했다. 나는 그를 떠나보내기로 결심했다. 나의 종이배는 어떻게 됐을까. 나뭇가지나 바위에 걸리지 않고 무사히 물살을 헤쳐 바다에 이르렀을까.

그를 마지막으로 만난 날은 첫눈이 온 다음날이었다. 즉, 기다리던 일이 별거 아니라는 현실을 깨닫게 되는 그런 날이었다. 우리는 카페라테를 마시며 날씨 이야기를 나눴다. 그가 뜸을 들이더니 입술에 우유거품을 달고서 고백했다. 다시 그 여자와 만나게 됐다고. 결혼도 곧 있으면 하게 될 것 같다고. 입을 다물면서 그는 눈을 감았다. 내가 의자라도 집어던질까 마음의 준비를 하는 것 같았다. 나는 꼭 결혼하기를 바란다고 진심으로 축하해주었다. 내 말이 떨어짐과 동시에 그는 입술을 핥으며 환하게 웃었다. 역시 나밖에 없다며 치켜세우는데, 역시 그다웠다. 많은 남자들은 대개 자신이 뻔뻔하면서도 귀여운 줄 아는데 그나 되니까 봐줄 만한 일이었다. 나는 오늘이 우리가 마지막으로 보는 날이 될 거라고 그에게 알려주었다. 그는 그럴 필요까지는 없다며 손사래를 쳤지만 속으로 믿는 것 같지도 않았다. 헤어질 때가 되자 그가 잠시 기다리라고 하더니 세종로 주차장에 세워두었던 차를 몰고 나왔다. 오랜만에 보는 그의 차는 그새 조금 늙은 것 같기도 했다. 그가 오늘만큼은 꼭 나를 바래다주고 싶다며 차에 태우려 했다. 우리는 한참을 차 앞에서 옥신각신했다. 나는 오늘도 역시 내가 바래다주겠다고 고집을 피웠다. 결국 나의 성화에 떠밀려 그는 차를 두고 가야만 했다. 우리는 다른 날과 다름없이 골목길을 걸었다. 그의 집 앞에 다다랐을 때 나는 악수를 청했다. 그는 힘없이 손을 내밀며 물었다.

"왜 내가 바래다준다니까 싫다고 한 거야?"

나는 웃으며 대답했다.

"나만의 기쁨을 뺏기고 싶지 않아서."

나는 등을 돌려 어제 눈이 왔다는 사실을 기억하지 못하는 골목길을 걸어나왔다. 그리고 정말로 다시는 그를 만나지 않았다. 간혹 그의 새 집이 궁금하기도 했지만 그를 찾지는 않았다. 나는 끝까지 '신사'다운 행동을 지키고 싶었다. 나의 에스코트가 필요 없어진 그의 삶에 섭섭함을 느낄 이유는 없었다. 나의 정성과 노력을 무시하는 인생의 어느 한 시절이 있듯 그런 남자도 있기 마련이므로.

어쨌거나 세상에는 또하나 나와는 상관없는 삶이 만들어졌다. 그것을 흔히 이별이라고 말하지만 슬퍼할 일은 아니라고 본다. 아무리 멋진 밤을 보냈어도 집으로 돌아가는 일을 우리의 삶에서 영원히 멈출 수 없듯, 우리의 사랑과 우정 역시 그러하리라는 것을 알기에.

대천사

나는 일곱 번 성형수술을 했습니다. 수술은 모두 대단한 성공을 거뒀습니다. 나는 완벽한 성형미인입니다. 이제 예전의 나는 이 세상에 존재하지 않습니다. 모든 것은 변했습니다. 아름다워지기 위해 나는 많은 아픔을 겪었습니다. 말 그대로 뼈를 깎는 고통을 참아내야만 했습니다. 이 글은 내가 변화한 과정을 순서대로 쓴 글입니다. 나는 지금 무척 만족스럽습니다. 앞으로도 영원히 그러리라 나는 믿어 의심치 않습니다.

나는 일곱 번 성형수술을 했습니다. 수술은 모두 대단한 성공을 거뒀습니다. 나는 완벽한 성형미인입니다. 그렇다고 수술 전 내 얼굴이 못생겼던 것은 아닙니다. 나는 예쁜 축에 들었습니다. 하지만 평범했습니다. 슈퍼에서 파는 샐러드드레싱처럼 그냥 무난한 정도로 상큼했습니다. 이제 예전의 나는 이 세상에 존재하지 않습니다. 모든 것은 변했습니다. 아름다워지기 위해 나는 많은 아픔을 겪었습니다. 말 그대로 뼈를 깎는 고통을 참아내야만 했습니다. 이 글은 내가 변화한 과정을 순서대로 쓴 글입니다. 나는 지금 무척 만족스럽습니다. 앞으로도 영원히 그리리라 나는 믿어 의심치 않습니다.

맨 처음 했던 것은 너도나도 하는 쌍꺼풀수술이었습니다. 안에서 당겨서 꿰매는 매몰법이었는데, 치과에서 쓰는 것과 비슷한 무시무시한 마취주사가 더럽게 아팠습니다. 어쨌거나, 결과는 놀라울 정도였습니다. 의사도 내 눈을 보며 뿌듯한 미소를 지었습니다. 의사는 건방지게 웃으며 물었습니다.

"다시 태어난 기분이죠?"

간호사들도 잡지 광고에 낼 병원 홍보사진 좀 찍자고 호들갑을 떨었습니다. 정말이지 쌍꺼풀은 막 쪄낸 딤섬 끝처럼 그렇게 부드럽고 촉촉해 보일 수가 없었습니다. 무엇보다 내 눈 모양이나 얼굴 윤곽과 완벽하게 어울렸습니다. 아니, 새로운 얼굴이 하나 생겨났다고 하는 편이 옳을 것입니다. 사람들의 반응도 좋았습니다. 여태껏 살면서 들었던 미모에 대한 칭찬의 몇배나 되는 찬사를 일주일 만에 다 들었습니다. 어찌나 귀 따갑게 떠들어대는지 금세 지겨워지기 시작했습니다. 비슷비슷하게 반복되는 칭찬은 홈쇼핑 채널처럼 유치하고 뻔했습니다. 옆에서 하도 극성을 떨어 틈나는 대로 거울을 들여다보곤 했는데, 처음에는 좀 낯설고 놀라웠으나 곧 원래 내 것인 양 느껴졌습니다. 수술 자국이 자연스러운 만큼 내 마음도 자연스러워졌습니다.

내가 심드렁할 수밖에 없었던 이유는 또 있었습니다. 새 얼굴을 갖게 되었다 해서 삶 또한 그렇게 되는 건 아니란 사실을 깨달았기 때문입니다. 사실 내가 수술을 결심한 이유는 내 눈에 불만이 있어서라기보다, 뭐랄까, 굳이 말하자면, 새로워지고 싶었기 때문입니다. 오래된 건물이 리모델링으로 고급스럽게 태어나듯 말이죠. 만족스런 얼굴을 얻기는 했지만 그뿐이었습니다. 버섯 알레르기가 사라진 것도, 일본어 고급반이 된 것도, 결혼할 만한 남자가 생긴 것도 아니었습니다. 그나마 눈에 띄는 변화가 있다면 애완견 두리가 나를 못 알아본다는 정도. 식사도 꼭 내 무릎 위에서만 하는 내 귀여운 두리가 그 까맣고 투명한 눈으로 빤히 올려다보며 슬슬 피하는 모습을 보니 무척 서운했습니다. 두리는 나랑 제일 친한 친구였거든요. 세상에 우리 둘밖에 없다고 해서 두리로 이름 지었을 정도로 말이죠. 하지만 곧 그 서운함도 잊어버리게 됐는데, 엄마의 건강이 갑자기 악화됐기 때문입니다. 엄마는 지병이 재발하는 바람에 일주일가량 입원해야만 했습니다. 병원에서 돌아오는 차 안에서 엄마가 힘없는 얼굴로 이렇게 말하던 게 생각납니다.

"어째 이제 네가 나를 닮은 것 같지 않다."

그런데, 심심하던 내 마음을 하늘이 알아차렸는지 드디어 흥미로운 일이 일어나기 시작했습니다. 내가 우리 회사의 이미지 모델로 뽑힌 겁니다. 대기업들이 소비자에게 친근하게 다가가기 위해 자사 직원을 모델로 쓰는 그런 광고에 말입니다. 나보다 예쁜 여직원이 없는 건 아니었지만 사보팀에서 웃는 눈이 좋다며 나를 추천했습니다. 난생처음 조명판 앞에서 두 눈에 힘줄이 돋도록 친절한 미소를 지으며 밤새 촬영을 했습니다. 눈웃음으로 녹아내릴 듯한 내 얼굴이 일간지 하단에, 회사 곳곳에, 을지로와 강남 역의 광고판에 커다랗게 걸렸습니다. 여직원들의 질투가 좀 피곤하긴 했지만 나는 기뻤습니다. 거울 아닌 것을 통해 내 얼굴을 보는 경험은 소중한 것이었습니다. 거울이나 물에 비친 자신의 모습을 보고 만족하는 건 옛날이야기에나 어울리는 재미없는 일이니까요. 사람들이 보고 있는 나를 보고 있자니 참으로 행복했습니다.

S가 찾아온 건 그 광고가 나오고 나서였습니다. 남자 직원들의 노골적인 접근이 많아진 건 이해하겠는데 낯선 사람까지 찾아올 줄은 몰랐습니다. S는 회사 로비에서 나를 기다렸습니다. 나는 엘리베이터 옆에 숨어서 지켜본 다음 괜찮은 사람 같으면 나가고, 이상해 보이면 경비한테 알릴 작정이었습니다. 하지만 S를 보자 나가지 않을 수 없었습니다. S는 국철의 막차에서 볼 수 있는, 지저분하고 술에 전 인상의 젊은 남자였습니다. 내가 나간 건, 그가 발에 몽둥이처럼 누렇고 딱딱한 깁스를 한 주제에 뭐가 좋은지 빙긋빙긋 웃는 꼴이 하도 기가 차서였습니다. 그는 나를 보고 놀라거나 쑥스러워하지도 않고 더욱 기분좋게 웃었습니다. 대충 인사를 한 후 어쩌다 발을 다쳤는지 물었습니다.

그는 의외로 부드러운 목소리를 가지고 있었습니다.

"미미씨 모습을 보다가요."

이 어벙한 남자는 지하철 역내 광고판의 내 얼굴을 보고는 정신없이 따라가다 그만 선로 쪽으로 떨어지는 바람에 역무원들이 출동하는 소동을 벌였다는 것입니다.

그렇게 나의 얼굴이 한 남자의 생명을 위협할 무렵, 회사 로비를 장식하던 내 얼굴들은 칼로 갈기갈기 찢기어 버려졌습니다. 그 자리엔 노조의 붉은 플래카드가 휘날리게 됐습니다. IMF로 회사가 부도 위기에 몰리자 가정을 가진 직원들은 죄다 변비에 걸린 얼굴을 했습니다. 나는 자진 퇴직했습니다. 어차피 때려치우려던 차였습니다.

퇴직금을 탔습니다. 무얼 할까 고민했습니다. 차를 바꿀 수도, 호화 크루즈 여행을 할 수도 있는 돈이었습니다. 하지만 학창 시절만큼이나 지겹기만 했던 직장생활과 맞바꾼 돈이었기에 좀더 특별한 데에 쓰고 싶었습니다. 나는 나 자신에게 기념할 만한 선물을 주기로 했습니다.

병원으로 달려갔습니다. 곧장 윗옷을 벗고 상담에 들어갔죠. 의사는 내가 한국 여자치고 허리도 짧고, 다리도 곧고, 가슴도 크다며 다 아는 사실을 칭찬하더니, 역시 예리한 눈으로 내 몸의 유일한 콤플렉스인, 아무리 다이어트를 해도 빠지지 않는 도톰한 팔뚝살을 꼬집었습니다. 어릴 때 비만 아동이었느냐고 묻더군요. 나는 갑자기 의기소침해져서 고개를 숙였습니다. 초등학교 때만 해도 나는 전형적인 비만형의 왕따 여자아이였습니다. 사진들도 모두 버리고 그 시절 친구들은 물론 어릴 적 모습을 아는 친척들조차 안 만날 정도니 그때의 상처가 어떤지 알 만하지요.

내 육체의 유일한 단점이자 내 인생의 가장 어두운 부분을 없애버리고 싶었습니다. 그래서 난 그 아픈 수술을, 매일 호스로 기름을 빼내는 끔찍한 통근치료를, 살 처짐 방지를 위한 갑갑한 특수 코르셋 착용을 모두 잘 참아냈습니다. 퇴직금을 날려버린 것도 전혀 아깝지 않았습니다. 과거를 제거함으로써 현재를 아름답게 만들다니 참으로 가치 있는 일이었습니다.

S는 끈질기게 나를 쫓아다녔습니다. 귀찮게 구는 남자들을 떼어놓는 데 일가견이 있는 나였지만 S에게는 통하지 않았습니다. S는 내가 알던 남자들과 달랐습니다. 이름도 처음 들어보는 지방대학을 나온 거며, 역시 이름도 처음 들어보는 강북의 어느 동네에서 부모님이 운영하는 감자탕집 일을 돕고 있는 거며, 거기다 유행에 정확히 오 년 뒤진 옷차림까지, 모든 게 신기했습니다. 물론, S가 나를 웃길 때도 있었습니다.

"미미씨, 참 고와요."

S는 밥 먹다 말고도 멍하니 숟가락을 놓고는 그렇게 말하곤 했습니다. S의 칭송은 거의 경배에 가까웠습니다. 상태가 좀 심하다 싶었지만 그래도 별 부담은 느끼지 않았습니다. 난 S를 손거울쯤으로 생각하기로 했습니다. 나의 아름다움을 비춰주는 또하나의 편리한 거울쯤으로.

어느 날 일어나보니 두리가 보이지 않았습니다. 열린 베란다문 틈으로 차가운 바람이 새어들어왔습니다. 집에는 나밖에 없는데 누가 연 것일까. 지방흡입수술을 하고 왔을 때, 두리는 꼬리를 낮추고 으르렁거리더니 확 뛰어올라 내 옆구리를 물었습니다. 어찌나 괘씸하던지 처음으로 두리를 때렸습니다. 내가 두리에게 그렇게 난폭한 짓을 하리라고는 상상도 못했습니다. 두리는 더 놀랐겠죠. 골목마다 '우리 두리를 찾아주세요'라는 복사물을 붙이기는 했지만 기대하진 않았습니다. 난 한 번도 잃어버린 물건을 다시 찾아본 적이 없었습니다. 눈물을 흘리며 두리의 행복을 빌어주는 수밖에요.

　드디어 감쪽같이 날씬한 팔뚝이 완성되었습니다. 그 지긋지긋한 특수 교정 코르셋을 벗어던진 기념으로 나는 친구들과 함께 스키장에 갔습니다. 리프트에 올라 두 팔을 힘껏 뻗으며 소리를 질러댔습니다. 콜라 페트병만큼의 지방을 떼어낸 내 몸은 콜라 거품처럼 상큼하고 가벼웠습니다. 마치 살을 떼어내고 그 자리에 날개를 단 것 같은 기분이었습니다.

　돌아오는 길, 무척 피곤했지만 내가 운전대를 잡겠다고 우겼습니다. 칫솔이든 차든 내 물건에 누가 손대는 건 딱 질색이었으니까요. 친구들은 타자마자 모두 곯아떨어졌습니다. 한참 달리는데 음악이 듣고 싶어져 가방 속에 든 CD를 찾으려고 팔을 뒤로 뻗었습니다. CD를 찾아 건 다음 플레이 버튼을 눌렀을 때였습니다. 순간, CD에서 나오는 인트로의 임팩트인 줄 알았습니다. 요란한 소리와 함께 하얀 빛이 번쩍이는 게 보였습니다. 사태를 파악하고 말고 할 틈도 없었습니다. 하지만 그 빛을 무조건 피해야 된다는 사실 하나만은 알았습니다. 일 초보다 짧은 시간 망설였습니다. 나는 핸들을 돌렸습니다. 그 하얀 빛이 내 얼굴에 떨어지지 못하도록 방향을 틀었습니다. 또 한번 굉장한 효과음이 터졌습니다. 아까 것보다 훨씬 크고 가까웠습니다. 아득해지는 가운데 난 두 팔을 간신히 들어 얼굴을 만져보았습니다. 손가락에 보송보송한 파운데이션이 묻어나는 걸 확인하고는 안심하며 정신을 놓았습니다.

십오 톤 트럭 머리에 오른쪽 허리를 받힌 차는 한입 베어물린 피자처럼 한쪽이 동그랗게 파인 채 물컹거렸습니다. 폐차 직전의 차는 친구들의 모습과 비슷했습니다. 내 뒷자리에 앉았던 M은 좀 나았지만, L과 F는 심각했습니다. 특히 F는 턱이 깨지면서 얼굴까지 다친 모양이었습니다. 그에 비해 나는 멀쩡했습니다. 물론 퇴원을 하고도 침 맞으러 가는 일 외엔 아무것도 할 수 없는 몸이 됐지만 다른 애들보다는 확실히 양호했습니다. 나는 친구들을 다시 보는 게 겁났습니다. 나를 원망하고 저주할 친구들이 무서웠습니다. 엄마와 아빠가 나를 대신해 친구들을 찾아가 섭섭하지 않을 만큼 보상비를 주며 사과했습니다. 미안하지만 어쩔 수 없었습니다. 나 역시 치료가 필요했으니까요.

우울증을 겪으며 가끔 환상에 사로잡히기까지 했습니다. 샤워를 하다가 뿌연 수증기 속에서 내려다보면 내 다리가 다른 사람 것처럼 보였습니다. 피멍 자국들은 잉크처럼 새파란 물이 되어 씻겨내려가곤 했는데, 욕조가 넘칠 때까지 끝도 없이 흘러내렸습니다. 멈추지 않는 파란 물을 보면서 여러 계절을 흘려보냈습니다.

어느 날 전신거울을 꺼내 몇 시간 동안 들여다봤습니다. 상처가 모두 사라졌다는 걸 확인할 수 있었습니다. 퍼뜩 기운이 솟았습니다. 하지만 아직 자신감이 부족했습니다. 다시 눈매를 잡아주는 쌍꺼풀수술을 했습니다. 눈은 더욱 또렷하고 예뻐졌습니다. 더욱 당당해지기 위해서 운동에 몰입했습니다. 거리를 오가는 사람들이 전면 유리 아래로 훤히 내려다보이는 피트니스 클럽에서 매일 서너 시간씩 땀을 뺐습니다. 간혹 친구들이 그립기는 했지만 그때마다 사이클을 최고 속도로 높이고 내달렸습니다. 섹스도 즐겼습니다. 원래 그다지 즐기는 타입이 아니었는데 이상하게 흥분이 됐습니다. 아마 예전보다 더 건강해진 나의 몸을 혼자만 보는 게 아까웠나봅니다. 매일 러닝머신 위에서 워밍업을 시작해 섹스로 땀을 뺀 후 가볍게 알고 지내는 남자친구들의 몸 위에서 쿨링다운했습니다. 그러다 S하고도 잤습니다. 그날은 술 때문이었는지 못 할 것도 없다는 생각으로 흔쾌히 즐겼습니다. S의 몸은 고무 벨트가 뻑뻑한 러닝머신처럼 뻣뻣하고 어색했지만 그런대로 괜찮았습니다. 하지만 그후가 문제였습니다. 그의 순정은 가엾게도 미련한 집착으로 바뀌었습니다. S는 입술을 바르르 떨며 말했습니다.

"난 알아요. 미미씨는 실은 외로운 사람이란걸. 미미씨의 몸은 너무 차갑고 가벼워요. 제가 따뜻하게 채워드릴게요."

꼴불견이었습니다. S는 자기가 뭐 기적의 MRI검사기라도 되는 양 내 육체를 통과해 내 모든 것을 알아낸 듯 호들갑을 떨었습니다. 그 동안 놀아줬던 게 무척 후회됐습니다. 나는 S가 실은 순진한 사람이 아니라는 걸 알게 됐습니다. 택시가 지나가면서 흙탕물을 튀겼을 때 혼잣말로 욕하는 걸 목격했는데, 쌍욕이 아주 자연스런 사람이었습니다. 그런 주제에 나를 볼 때는 성가대 소년처럼 한없이 순한 표정만 짓다니. 변성기 소년을 성가대에서 쫓아내듯 S도 내 삶에서 퇴장시킬 필요가 있었습니다.

"저는 미미씨를 진짜로 사랑하는 사람입니다. 저는 미미씨의 그 황량한 내면까지도 사랑합니다. 저를 믿어주세요, 네?"

S는 신문 사회면에 나오는 전형적인 스토커가 되었습니다. 세상에, 어느 날은 제 방 화장대에 앉아 있는 S를 보는 지경에 이르렀습니다. 어쩌면 사고는 자연스러운 일이었는지도 모릅니다. 그날은 정말 끔찍했습니다. 하마터면 나도 다칠 뻔했으니까요. 집에 돌아와보니 S가 시너와 라이터를 들고 마당에서 기다리고 있었습니다. 자기의 사랑을 받아주지 않으면 집에 불을 지르겠다고 그러더군요. 무섭기보다 정말 화가 났습니다. 얼마나 나를 무시하면 저렇게 나오나, 기가 막혔습니다. 나는 그만 이성을 잃고 핸드백이며 구두며 막 집어던지고 울고불고했습니다. 어떻게 몸싸움을 벌였는지 정확히는 기억이 안 납니다. 나는 집 안으로 뛰어들어갔고, 그가 정원에 있던 돌을 들어 현관문을 깨부수었습니다. 깨진 유리 사이로 S가 라이터를 들고 들어오려는 게 보였습니다. 나는 겁에 질려 손에 쥐고 있던 무언가를 집어던졌습니다. 그때 시너 병이 왜 내 손에 있었는지 모르겠습니다. 하여튼 그가 불덩이를 등에 업고 있는 걸 보았을 때는 이미 늦은 뒤였습니다. 나중에 경찰 조사 때 알게 됐는데, S가 스토커 짓을 한 건 내가 처음이 아니었습니다. S의 가족들은 위로랍시고 말했습니다. 저번에도 이런 난리를 치고 나서는 그 여자 근처에도 안 갔다고. 과연 S는 나에게 다시 오지 않았습니다. 또다른 경배의 대상을 찾아 떠났겠지요. 화상 흉터 따위가 그의 집념을 가로막진 못했을 것 같습니다. 그 후 가끔 S가 새로이 숭배할 그녀를 생각하면 피식 웃음이 나곤 했

48

습니다. 누굴 찾아도 나보다는 안 예쁠 게 확실하니까요.

성형수술은 한번 하면 계속 하게 됩니다. 사람들은 그 때문에 성형수술 환자들을 속물 취급하지만, 그들은 잘 모릅니다. 성형수술 중독자들의 그 섬세한 생의 감각을 말입니다. 그들은 자신의 오감을 통해 직접 느끼고 소유하는 진정한 삶의 가능성을 알고 있습니다. 그들은 가족, 사회, 관습 같은, 애초부터 변화를 거부하는 질기고 뻔한 것들에 생의 가능성을 시험하는 어리석은 짓을 하지 않습니다. 그들의 우주는 따로 있습니다. 그들은 코끝의 미묘한 높낮이 변화에서 순수한 삶의 기쁨을 발견합니다. 대부분의 인생은 퇴보하지만 그들은 아닙니다. 그들은 언제나 발전된 현재의 증거만을 가지고 있습니다. 물론 수술에 실패해 대인공포증에 시달리며 암흑 속에 사는 이들도 있긴 하지만요.

나 또한 나도 모르는 사이 가능성의 중독자가 돼 있었습니다. 더 예뻐질 수 있다는, 더 주목받을 수 있다는, 더 행복해질 수 있다는 가능성을 확인하고 싶었습니다. 이번에는 턱이었습니다.

아빠를 졸랐습니다. 내 부탁이라면 거절하지 못하는 아빠는 역시 못 이기는 척하며 들어주셨습니다. 하지만 엄마가 성을 내며 극구 반대했습니다. 엄마는 앨범들을 쭉 펼쳐놓고는 옛날에 내 얼굴이 얼마나 귀여웠는지 조목조목 따져가며 설명하셨습니다. 엄마 이야기는 한쪽 귀로 흘리며 나는 오랜만에 옛날 사진이나 구경했습니다. 전화번호부만큼 두꺼운 앨범 세 권 가득 내 사진들이 들어 있었습니다만, 그것들은 전화번호부의 낯선 이름들만큼 무의미했습니다. 나는 더이상 예전의 내가 아니었습니다. 어쩐지 조금 쓸쓸하기도 했습니다.

"또 뜯어고치면 다시는 안 볼 줄 알아!"

엄마는 아이처럼 볼멘소리를 했습니다. 나는 엄마 목을 껴안고 어리광을 부리며 알았다고 했습니다. 그리고 일주일 후 수술을 했습니다.

얘기는 들었지만 그렇게 아플 줄은 몰랐습니다. 특히, 잠잘 때에도 계속 들리는 턱뼈 깎는 소리의 환청 때문에 미치는 줄 알았습니다. 하지만 달라진 게 없었습니다. 대개 턱수술 한 사람들이 그전과 별 차이를 못 느껴 불만이 많다는데, 그래도 너무한 것 같았습니다. 차라리 실패라면 모를까 아무 변화도 없다는 건 도저히 참을 수 없었습니다. 병원으로 달려갔습니다.

나를 담당했던 의사가 수술중이어서 원장인 X가 직접 면담을 했습니다. X는 종종 언론을 타는 유명한 성형의였습니다. X는 냉정하고 오만해 보였습니다. 그러면서 뭔가 초탈한 표정이었습니다. 다른 의사들처럼 무조건 잘됐다며 친절을 떨지도 않았습니다. X는 뭐가 불만이냐고 물었습니다.

"다요, 다 불만이에요. 얼굴이고 뭐고 다 싫어요."

정신병원도 아닌데 왜 그랬는지 모르겠습니다. 나는 눈에 핏발까지 세워가며 히스테리를 부렸습니다.

"수술을 여러 번 한 환자 중 간혹 수술 여부와는 상관없이 우울증에 걸리는 사람들이 있습니다. 다른 일은 문제없나요?"

외모 이외 다른 것에 참견하려 들다니. X는 성형의로서 월권행위를 했지만 당당한 그 기세에 나는 순식간에 압도당했습니다. 입술을 우물거리며 그를 바라보았습니다. 하얀 가운을 입은 그의 뒤로 작은 나무 십자가가 보였습니다. 나는 기도하듯 두 손을 모으고서 여태껏 누구에게도 하지 못한 이야기를 떠들기 시작했습니다.

성인이 된 후, 나는 내가 재능 있는 부류의 인간이 아니라는 사실을 깨달았습니다. 나의 존재가 빛나 보이는 순간은 내가 무언가를 할 때가 아니라 아무것도 하지 않고 있을 때였습니다. 그저 남들보다 좀더 괜찮은 얼굴과 몸매가 바로 나의 재능이란 자각은 헛된 노력과 망상으로부터 나를 구해주었습니다. 그렇게 나는 소박했습니다. 그저 남들 하듯 나의 재능을 조금이라도 더 살리기 위해 노력한 것뿐이었습니다. 그런데 왜 이렇게 늘 외롭고 불안하고 재수 없는 일만 생기는지 모르겠다며 X에게 울면서 칭얼거렸습니다. X는 간절하게 답을 구하는 나의 얼굴을 한참 동안 바라보았습니다.

나는 태어나서 한 번도 누군가에게 사랑을 구걸해본 적이 없었습니다. 그래서 X를 향한 내 맘이 신기하게만 느껴졌습니다. 언제나 사랑을 받기만 하다가 드디어 사랑을 주는 환희를 알게 되었습니다. 나는 열정적으로 새로운 삶의 가능성에 도전했습니다.

"모두 나한테 너무 많은 걸 원해. 하마 같은 여자들은 제발 늪 속에서 안 나왔음 좋겠어."

매일 못생긴 여자들한테 시달리느라 말할 기운도 없는 그를 나는 열심히 위로해주었습니다.

"최선을 다했는데 뭘 어쩌라는 건지. 조물주도 그 얼굴은 어떻게 할 수가 없다고."

그는 교통사고로 얼굴이 상한 환자가 계속 무리한 요구를 한다며 투덜거렸습니다. X는 자신의 직업에 염증을 느끼는 것 같았습니다. 솔직히 타인의 인생을 변화시키는 훌륭한 일을 하는 그가 왜 자부심을 갖지 않는지 이해할 수 없었습니다. 그는 항상 권태와 허무에 절어 있었습니다. 그를 완전히 이해할 수는 없지만 그의 옆에 있는 것만으로 내 자신이 예전과 다르게 변하는 것을 느낄 수 있었습니다. 그의 눈에 비치는 내 모습은 믿어지지 않을 만큼 청순했습니다. 그 모습을 보는 것만으로도 나는 뿌듯했습니다. 그의 냉정과 침묵이 깨끗한 고요로 느껴질 만큼 우리는 편한 사이가 됐습니다. 그는 비로소 내 마음을 받아들였습니다. 그때쯤 엄마가 돌아가셨습니다.

급성심근경색에 의한 심장마비라는 사인이 있긴 했지만 주치의는 뭔가 이상하다며 혼자 중얼거렸습니다. 의문이 생길 정도로 너무 급작스런 죽음이었습니다. 나는 하염없이 울었습니다. 영정사진 속의 엄마는 나를 보고 웃고 있었습니다. 엄마의 얼굴은 나와 닮지 않았습니다. 엄마는 죽었고 나는 살아 있다는 사실만큼이나 비교 자체가 무의미한 얼굴이었습니다. 문상 온 사람들 대부분이 내가 딸인 줄 모를 정도였으니까요.

나는 X에게 점점 매달리기 시작했습니다.

"내 주위엔 아무도 없어요. 강아지도, 친구도, 엄마도. 이제 남은 건 당신밖에 없어요. 왜 다 나를 떠나가는 걸까요? 내가 무슨 흉측한 괴물처럼 느껴져요."

"아니, 당신은 여전히 아름다워."

X는 내 턱선을 천천히 쓰다듬으며 말했습니다. 그 말은 사실이었습니다. 이상한 일이었습니다. 당시 내 외모는 최고였습니다. 엄마의 죽음을 겪으며 몸무게가 확 줄다보니 피부가 더욱 투명해졌습니다. 만화 주인공처럼 물방울무늬가 떠 있는 맑은 눈, 양쪽 눈에서 흘러내린 눈물이 턱 한가운데에서 만날 것 같은 균형잡힌 얼굴, 어깨에서 가슴까지 이어지는 관능적인 선. 거울을 보고 있자면 성찬을 마친 후처럼 포만감이 느껴졌습니다. 거기에 X의 칭찬은 달콤한 디저트가 돼주었습니다. 하지만 디저트까지 먹은 후에도 내 허기는 가시지 않았습니다. 무언가 부족했습니다. 어떤 필수 영양소가 빠진 식단을 매일 대하는 느낌이었습니다.

그것이 무엇인지는 곧 깨달을 수 있었습니다. 토요일 오후 호텔에서 바쁜 정사를 마치고 나올 때였습니다. 엘리베이터 앞에서 우리는 어떤 커플과 마주쳤습니다. 눈에 띄게 예쁜 삼십대 중반의 여자가 연하로 보이는 남자친구를 옆에 끼고 있었습니다. X와 여자는 서로 아는 사이인지 순간 멈칫했습니다. 엘리베이터 문이 닫히기 전 여자가 나를 힐끗 보더니 X에게 말하더군요.

"미국에 전화 좀 할래? 어머님이 상의할 게 있다네. 부탁해, 여보."

X는 쓸쓸한 얼굴로 고백했습니다. 부부로서 이미 끝난 지 오래고 서로의 삶에 관여조차 안 한다더군요. 나는 그제야 X와 함께해도 왜 늘 공복의 쓰라림을 느껴야 했는지 알 수 있었습니다. 우리는 더욱 힘껏 서로를 안아줘야만 하는 사람들이었습니다. 그나 나나 서로의 부족한 부분을 채워주기 위해 이 세상에 존재했던 것입니다. 나는 그에게 청혼했습니다. 여자가 자존심도 없냐고 욕해도 상관없습니다. 삶을 완성하기 위해서는 그가 꼭 필요하다고 느꼈으니까요. X는 당장은 때가 아니라며 기다려달라고 했습니다. 서울에서 가장 잘나가는 성형의인 그는 정말로 바빴습니다. 결혼 얘기가 나온 후 얼굴 보기도 힘들어졌습니다. 다시 나는 혼자 있는 시간이 많아졌고 생일까지 다가오자 부쩍 우울해졌습니다. 나는 그에게 같이 여행이라도 가자며 졸랐습니다.

"미안해. 당분간은 힘들겠는데. 학회도 있고."

내가 너무 실망하자 X가 달래주었습니다.

"예전부터 선물해주고 싶었는데. 어때, 깜찍한 버선코! 자기한테 잘 어울릴 거야."

내 얼굴에 아직도 부족한 점이 있다니. 나는 조금 언짢았습니다.

"지금도 아름답지. 하지만 자기가 항상 코 좀 손봤으면 했잖아."

그렇긴 했습니다. 콧방울이 좀 도톰하다보니 귀여운 맛은 덜했습니다. 생각해보니 사랑하는 사람한테 나의 전부를 맡기는 것도 멋질 것 같았습니다. 하는 김에 이마도 좀 부풀려달라고 했습니다. 어려 보이는 데는 그게 최고니까요. 내 귀 연골을 잘라서 코끝을 높였습니다. 타이슨이 옆에서 계속 깨물고 있는 것처럼 아팠습니다. 아픔도 아픔이지만 오븐 속의 빵처럼 점점 부풀어오르는 얼굴이 끔찍했습니다. 만약 실패로 끝나면 어쩌나 몹시 두려워졌습니다. X는 가끔 전화로 위로를 해줬지만 나는 빽빽 소리지르며 짜증을 퍼부었습니다. 결과가 나빠 혹시 X를 미워하게 되지는 않을까 걱정이 됐습니다. X를 믿지만 때로는 신도 실수를 하기 마련이니까요.

X는 완벽했습니다. 나는 아름다워졌습니다. 이미 아름다운데 어떻게 더 아름다울 수 있었을까요. 과거와 다르다는 것, 그것이 바로 아름다움이죠. 나는 행복을 느끼기에 충분한 얼굴을 갖게 됐지만 현실은 그렇지 않았습니다. X는 부인과 이혼할 생각이 별로 없는 것 같았습니다. 내가 무섭게 몰아붙이자 X는 슬슬 나를 피하기 시작했습니다. X를 만나기 위해 대기실에서 환자들과 함께 기다리는 일이 많아졌습니다. 열등감과 불안으로 똘똘 뭉친 못생긴 여자들과 같이 있으려니 짜증이 이만저만이 아니었습니다.

"자연스러운 게 좋잖아. 우리 관계도 흘러가는 대로 두자."

X가 피곤한 얼굴로 말했습니다. 나는 X의 부인을 찾아갔습니다. 왜 X를 놓아주지 않는지 멱살을 잡고 따질 작정이었습니다. 부인은 나를 편안히 맞아주었습니다.

"저랑은 재혼이에요. 나도 미미씨처럼 의사와 환자로 만났거든요."

　처음 봤을 때부터 X의 부인이 내가 아는 누군가와 닮았다는 생각을 했습니다. 그 누구는 바로 나였습니다. 우리는 친자매처럼 이목구비가 살짝살짝 비슷했습니다. 부인도 X의 작품들 중 하나였습니다. 그녀는 서로 합의하에 쇼윈도 부부로 사는 것이라며 둘 다 헤어질 뜻이 전혀 없다고 했습니다. 그러면서 X의 바람기를 아직까지 눈치 못 챘냐며 놀라워했습니다.

　"호색한이라기보다 변태죠. 여자들을 수집한다고 해야 하나. 여자를 사귈 때마다 꼭 수술을 해줘요. 어렸을 때부터 조립식 장난감 만들고 모으는 걸 좋아했다더군요."

　나는 X가 사귀었던 여자들을 조사했습니다. 유명 배우, 카페 주인, 대학원생 등 직업도 다양했습니다. 놀라운 사실은 그녀들 모두 한 아버지를 둔 딸들처럼 서로 닮았다는 것이었습니다. 충격과 배신감으로 말도 제대로 나오지 않았습니다.

　X는 처음 봤을 때와 같은 냉정한 의사의 태도로 말했습니다.

　"그 여자들하고 비교를 왜 하니. 당연히 너는 특별하지."

　"결국 그 여자들이나 나나 똑같은 거잖아! 그냥 장난감처럼 만지고 놀다 어디 처박아둘 거잖아!"

　나는 방방 뛰며 난리를 쳤습니다. 그를 사랑했으니까요. 나의 삶을 바꾸어주리라 믿고, 따르며, 그 손길을 기다리는 것이 바로 사랑 아닌가요? 나는 스토커가 되고 말았습니다. 예전에 S가 내게 그랬듯이 존재하지 않는 사랑을 찾아 분노했습니다. X는 나를 이해할 수 없다며 쯧쯧거렸습니다. 그의 실체를 알게 된 여자들은 모두 알아서 떠나갔다는 것이었습니다. 자신을 아름답게 만들어 준 자에 대한 최소한의 예의였을까요. 그러나 나는 그를 보낼 수 없었습니다. 그로 인하여 완벽해졌지만 내 마음은 황폐해졌습니다. 너는 특별해, 너는 아름다워, 너는 최고야. 세상 모든 이한테 그 말을 듣고 싶으나 그럴 수 없으니 한 사람한테만이라도 듣고자 한 것뿐이었습니다. 결코 욕심이라고 생각하지 않았습니다. 하지만 X는 이런 나에게 제발 정신 좀 차리라며 욕을 하더군요. 나보고 머릿속까지 수술을 해야 할 것 같다면서요.

"내가 왜 네 인생을 책임져야 하는데! 현실을 똑바로 봐! 넌 정상이 아니야!"

당연하죠. 난 정상 그 이상이 되기 위해 노력했으니까요. 그의 말대로 난 현실을 제대로 파악하지 못했을지 모릅니다. 그러나 환상을 만드는 게 일인 사람이 현실 운운하는 것은 어째 맞지 않는다는 생각이 들었습니다.

"너 정말 추악하다!"

그렇습니다. 말이라도 그렇게 하면 안 되는 거였습니다. 신이 자신이 꾸민 정원에다 침을 뱉으면 안 되는 거죠. 나는 그에게 달려들었습니다. 싸움이 두렵지 않았습니다. 그는 일단 미친개는 피하고 보자는 얼굴로 도망갔습니다. 나는 그를 쫓아나갔습니다. 그의 가운을 잡아당기자 부욱 찢어졌습니다. 간호사들이 달려왔습니다. 나는 어깻죽지가 하얀 날개처럼 찢어진 X의 가운을 붙잡고 늘어졌습니다. 다른 이는 몰라도 X는 나를 이해해야만 했습니다. 이렇게 아름다워도 외로울 수 있는, 아플 수 있는, 끔찍할 수 있는 이유를 나에게 설명해야만 했습니다.

나는 버둥거리며 경비원들 손에 끌려나왔습니다. 억울해서 지하 주차장에 주저앉아 한참을 울었습니다. 그때 누군가 내 어깨를 잡았습니다. 고개를 돌려보니 얼굴의 반을 덮는 선글라스에 챙이 긴 야구모자를 쓴 여자가 나를 내려다보고 있었습니다. 여자는 나에게 괜찮은지 물었습니다. 나는 그녀가 누구인지 알 수 없었습니다. 하지만 목소리는 분명 내가 아는 누군가였습니다. 그녀는 바로 F였습니다. 스키장에 갔다 오던 길 내가 저지른 교통사고로 인해 다치고 아팠던 나의 친구 F 말입니다. 사고 후 F를 마지막으로 봤을 때도 얼굴에 온통 붕대를 감고 있어 목소리만 들을 수 있었는데, 그날도 목소리만 F의 것이었습니다. F는 병원에서 내가 소란피우는 장면을 목격하고는 따라 나온 것이라 했습니다. 나는 어리벙벙했습니다. F를 마주하니 죄책감과 반가움에 온몸이 떨렸습니다. 어떤 말로 F에게 다시 다가가야 할지 망설여졌습니다. 내 마음을 알아채기라도 했는지 F가 내 손을 먼저 꼭 잡아주었습니다. F는 왼손은 너무 차갑고 오른손은 너무도 뜨거웠습니다. 나는 F가 조금 이상하다는 걸 느끼면서 그녀를 따라갔습니다.

우리는 근처 카페로 자리를 옮겼습니다. F는 뜨거운 커피와 차가운 물을 번갈아 마시며 불안하게 웃고 떠들었습니다. 나는 무슨 일로 X의 병원에 있었는지 F에게 물었습니다. F는 X가 자신의 주치의라 말하며 선글라스와 모자를 벗었습니다.

"그 작자가 날 이렇게 만들었거든."

나는 깜짝 놀랐습니다. 그 얼굴은 내가 알던 F의 것이 아니었습니다. 다행히도 심각하게 망가진 상태는 아니었습니다. 이미 여러 차례 성형수술을 마친 후라 눈, 코, 입이 어디로 도망가거나 하지는 않았습니다. 하지만 너무도 기이했습니다. 얼굴 군데군데가 오목렌즈와 볼록렌즈를 갖다댄 것처럼 과장되고 어색했습니다. 눈두덩은 숟가락으로 푼 것처럼 옴폭 패었고 이마는 찰떡을 얹은 것처럼 동그랗게 튀어나오고 코는 콧대에 분필을 넣은 것처럼 똑 부러뜨리기 쉬워 보였습니다. 예전의 그 통통하고 눈웃음이 귀엽던 F의 얼굴은 흔적도 없이 사라지고 없었습니다. 섭섭하기도 하고 무섭기도 했습니다. F가 이렇게 된 이유는 다 나 때문이라는 생각이 들었습니다. F는 그 동안의 일을 뒤죽박죽 빠르게 이야기했습니다.

"그때 앞니가 다 나가고 턱도 삐뚤어졌었는데, 그건 대학병원에서 고쳤지. 사람들이 말짱하게 돌아왔다고 그러더라고. 그런데 내가 보기엔 아닌 거야. 그냥 나 위로해주려고 거짓말하는 거 같은 거야. 그래서 내가 똑바로 말하라고 막 따지니까 우리 언니가 나 정신과 상담까지 시키더라. 하지만 결국 안 되겠더라고. 이목구비를 재배치힐 필요가 있었어."

그래서 F는 최고의 성형의인 X에게 성형수술을 받았던 것입니다. 다시 뜯어보니 F의 얼굴에 X의 칼솜씨가 묻어나기는 했습니다. 하지만 수술 때마다 X가 피곤해 졸기라도 한 것인지 조금씩 부족하거나 넘쳤습니다. 솔직히 어떻게 저렇게 안 어울릴 수가 있나 놀라울 정도였습니다. 문득 예전에 X가 교통사고 후유증으로 콤플렉스가 생겨 자신에게 맞지도 않는 과도한 주문을 하는 환자에 대해 불평하던 일이 떠올랐습니다. F는 도대체 무얼 원했던 걸까요. 최대한 자연스럽게 숨기는 것이 성형의 기술이자 미덕인데 F는 오히려 적나라하게 현실을 까놓길 원한 것 같았습니다. 미안한 말이지만 F의 얼굴은 지저분하고 탐욕스럽고 조화 없이 치졸한 우리네 현실 그 자체였습니다. 한마디로 그것은 영원한 실패작이었습니다.

"성형의학이 언제부터 발전하기 시작했는지 아니? 일차대전 끝나고부터야. 병신들 때문에."

F가 입에 뭉게뭉게 담배연기를 달고서 낄낄 웃었습니다. 흐릿한 눈동자가 언뜻 무서워 보이기도 했습니다.

"너도 X가 고쳤지?"

나는 고개를 숙인 채 끄덕였습니다. F와 비교할 수 없을 정도로 매끄러운 내 자신이 부끄러웠습니다.

"X, 그 미친 새끼. 여자들 얼굴 다 망쳐놓고 돈방석에 앉아 있네. 죽여버려야 해, 그 새끼."

내 귀를 의심할 수밖에 없었습니다. F는 거울을 보듯 나를 보며 혀를 찼습니다. F의 눈에는 나의 모습이 자신과 똑같이 안쓰럽게 훼손된 상태로 보인다는 사실이 믿어지지 않았습니다.

"난 괜찮은데…… 넌, 네가 원했던 거 아니야?"

나는 어색하게 웃으며 F에게 조심스레 물었습니다. F는 담배를 바닥에 비벼끄며 열을 냈습니다. F의 말에 의하면 X가 자신의 요구를 조금도 이해하지 못한 채 수술을 망쳐놓고 발뺌을 한다는 것이었습니다. F는 X가 양심도 책임감도 없이 돈만 밝히며 여자들 얼굴을 다 망가뜨리고 있다고 욕을 했습니다. 혼돈스러웠습니다. 그러니까 F의 관점에서 보자면 이 세상에 아름다운 여자란 존재하지 않는 것이었습니다. 어쩌면 F는 자신 말고 아름다운 여자가 여전히 존재한다는 현실을 인정하는 게 너무 고통스러웠는지도 모릅니다. 나는 그제야 F가 제정신이 아니라는 사실을 깨달았습니다.

"미안해……"

나도 모르게 중얼거렸습니다. F가 눈을 동그랗게 뜨고 나를 보았습니다.

"뭐가, 너도 피해자면서. 나 X 고소할 거야. 너 알지? 우리 집안 변호사가 한둘이니. 아주 죽여버릴 거야. 당장 폐업시키고. 웬만하면 봐주려고 했는데 그 자식이 얼마나 오만을 떠는지. 나를 완전히 미친년 취급하더라. 여자들이 설설 기니까 자기가 무슨 신이라도 된 줄 알아."

F의 말은 진심이었습니다. 문제는 X가 아닌 것 같았습니다. X가 아닌 다른 의사가 수술을 했더라도 F는 마음에 들지 않았을 것입니다. 그저 F는 원망과 저주와 아픔을 쏟아부을 어떤 대상이 필

요했던 것뿐입니다. F의 눈에 X는 정말로 조물주로 보였을지도 모르겠습니다. 아름다운 세상을 만들겠노라 말로만 떠드는 엉터리 조물주로 말입니다.

나는 울적해졌습니다. 정말로 F나 나나 똑같이 버림받은 불쌍한 존재에 정신나간 또라이들로 느껴졌습니다. F는 설탕봉지를 뜯더니 약을 먹듯이 입에 털어넣었습니다.

"그럼 어떻게 하지? 이제 와 바꿀 수도 없잖아."

F의 상태가 워낙 심각해 보여 은근슬쩍 떠봤습니다. F는 눈을 똑바로 뜨고 한 치의 망설임 없이 대답했습니다.

"난 멈추지 않을 거야. 수술비 환불받고 다른 데 가서 또 할 거야. 내 눈에 찰 때까지. 너도 잘 생각하고 판단해. 어차피 우리는 죽을 때까지 계속 변할 수밖에 없어. 하지만 나는 내가 원하는 모습으로 변할 거야. 그냥 예뻐지려는 게 아냐. 내가 선택하는 거라고. 내 운명도, 내 몸도, 내 영혼도."

나는 대꾸도 하지 못했습니다. 왠지 정신나간 F의 말이 멋지게 들렸습니다. 우리는 서로의 낯선 얼굴을 빤히 쳐다보다가 헤어졌습니다. 그리고 일주일 후, X가 죽었다는 소식을 듣게 되었습니다.

X는 집 근처 골프연습장에서 운동을 하고 나오던 길에 사고를 당했다고 했습니다. X는 전등이 나간 골목길에서 머리에 둔기를 맞고 쓰러졌다가 다음날 아침에 발견되었습니다. 애인이라는 이유로 나도 경찰조사를 받았으나 의심을 사지는 않았습니다. 범인

을 본 사람은 아무도 없었습니다. 그러나 나는 누가 범인인지 알았습니다. X가 유일한 취미인 골프를 치는 시간과 귀찮아서 주차장 대신 차를 세워놓는 어두운 골목을 F에게 알려준 사람은 나였습니다. 나는 F가 그런 극단적인 방법을 쓸 줄은 몰랐습니다. 그러나 F는 죄인이 되지는 않았습니다. F 말대로 집안에 변호사가 많았으니까요. F도 놀랍지만 더 놀라운 것은 X가 그렇게 죽었는데도 내 마음이 아무렇지도 않다는 사실이었습니다. 오히려 내가 그토록 집착하던 X가 사라져주어서 시원하기까지 했습니다.

X는 더이상 나에게 희망을 주는 사람이 아니었습니다. X가 없어도 세상이 변하지 않는다는 건, X가 있어도 세상에 아무런 영향을 미치지 않는다는 걸 의미했습니다. 내 친구 F 덕에 나는 중요한 깨달음을 얻었습니다. 나는 스스로의 의지와 선택으로 다시 행복해질 권리가 있는 존재였습니다. X는 신이 아니었습니다. 나를 지배하기만 하는 자를 신이라 부르는 것은 모욕이었습니다. 그저 내가 죽을 때까지 갈구해야 할 대상을 신이라 부름이 옳은 것이지요. 나는 다시 나의 신을 찾기로 결심했습니다. 다행히 세상에는 X보다 훌륭한 의사가 없지는 않았습니다.

얼마 전 나는 또 한 차례 성형수술을 했습니다. 입술을 명란젓처럼 육감적으로 부풀렸습니다. 내가 찾아낸 의사는 요즘 실력이 제일 좋기로 소문난 젊은 성형의였습니다. 그는 이미 여러 차례 고친 상태라 자칫 이상해 보일 수 있다며 조심스레 나를 말렸습니다. 나는 오히려 그를 격려해주었습니다. 나는 그를 믿었고 무엇보다 나 자신을 믿었으니까요. 수술 후 누군가 나에게 그렇게 예뻐지다가 나중에 뭐가 되겠냐고 비아냥거렸습니다. 솔직히 나도 잘 모르겠습니다. 내가 무엇이 될 수 있을지. 나는 그저 언젠가 사라질 육체라면 내가 할 수 있을 때까지 끊임없이 반짝이며 존재하고 싶을 뿐입니다. 그 동안 내가 겪었던 상처와 실수들을 돌이켜보면 단지 나의 몸만 변한 것은 아니라는 생각이 듭니다. 내 육체가 변화의 고통을 겪는 동안 나의 영혼도 무언가에 의해 단련된 느낌입니다. 나의 모습처럼 나의 내면도 순수하고 아름다워지지 않았을까 그런 기대를 내심 품어봅니다. 어쨌거나 미래는 알 수 없습니다. 그래도 나는 계속 위험에 도전할 생각입니다. 아픔과 고통을 이겨낸 나 자신을 영원히 사랑하며 아껴주고 싶습니다. 겨울이 가면 봄이 다시 오는 게 자연의 이치라지만 그건 의미가 없다고 생각합니다. 겨울이 가면 완벽하게 새로운 봄이 와야만 합니다. 나는 그렇게 살고 싶고, 또 지금 그렇게 살고 있습니다.

오늘의 커피

인옥은 완전히 딴사람이 되었다. 이제까지의 소심하고 안이한 삶의 태도는 구멍난 스타킹 버리듯 돌돌 말아 아무 미련 없이 휴지통에 던져버렸다. 거의 오기에 가까운 열정으로 설치고 다니는 그녀를 아무도 말릴 수 없었다.

무역회사에서 오랫동안 경리업무를 해온 서른여섯 살 노처녀 인옥은 얼마 전 인생의 어퍼컷을 제대로 한 방 얻어맞고 뻗어버렸다.

　진상은 이렇다. 회사 직원들 중 똑똑하다 싶은 몇 명이 몰래 나와 독립하려는 계획을 알게 된 인옥은 자기도 끼워달라고 졸랐다. 그들은 오케이를 했고, 인옥은 기밀사항인 프로젝트 정보까지 그들에게 넘겨주고는 제일 먼저 회사를 그만뒀다. 지긋지긋해서 하루에도 몇 번씩 불 질러버리고 싶었던 회사였다. 동료들도 차례차례 티 안 나게 퇴직을 했고, 일사천리로 준비가 이루어졌다. 인옥은 은근히 자기만 빼고 일이 진행되는 것 같아 좀 섭섭하기는 했지만 워낙 머리 좋은 친구들이라 그러는가 싶었다. 완전히 배신당했다는 사실을 알게 된 건 사무실 개소식 고사까지 다 지내고 난 다음날이었다.

"미안해요. 한동안은 월급도 못 줄 것 같아서요. 괜히 인옥씨까지 고생시킬 순 없잖아요."

어찌나 화가 나는지 입이 다 돌아가는 줄 알았다. 부르르 떨고 있는 인옥의 귀에 이상한 소리까지 들려왔다. 미래의 동업자였던 그들이 테헤란로에서 벤처회사 운세만 전문으로 봐주는 무당한테 가 점을 봤더니, 인옥이 끼면 그 조직은 무조건 깨진다는 점괘가 나왔다는 것이다. 사람을 다 달아나게 만드는 강력한 기운이 인옥에게서 뻗쳐나온다나 뭐라나.

"잘났다, 이것들. 얼마나 성공하나 보자."

인옥은 밤마다 눈물을 흘리며 가슴을 쳤다. 허무했다. 이렇게 나이를 처먹고도 뒤통수나 맞고 다니다니. 억울했다. 돌이켜보면 늘 이런 식이었다. 십여 년 넘게 사회생활을 하는 동안 인간관계는 언제나 서툴고 불안했으며 실속은 다 놓치고 남만 탓하기 일쑤였다. 처음부터 조직사회에 맞지가 않았다. 직장 다니는 내내 매일 못생기고, 성질 나쁘고, 돈도 별로 없는 놈이랑 억지로 소개팅하는 기분이었다. 그래도 참고 노력하며 하루하루를 보냈는데 설마 이런 중급에도 못 미치는 인생이 될 줄이야.

"언니도 인생의 리모델링이 필요해."

사촌동생 혜미의 충고가 직통으로 날아와 가슴에 꽂혔다.

"이제 하고 싶은 일을 한번 해봐. 뭐든 있을 거 아냐. 하고 싶은 게 뭐야?"

십 년 넘게 하기 싫은 일을 하고 산 사람에게는 무기수한테 올해 크리스마스에는 뭐 할 거냐고 묻는 것만큼이나 당혹스러운 질문이었다. 하지만, 인옥은 질문을 회피하고 싶지 않았다. 어쩌면 이 좌절이 전화위복이 될지 모른다는 강렬한 예감이 요동을 쳤다. 그래, 진짜 원하는 것을 해보는 거야. 인옥은 그 동안 놓치고 살았던 인생의 꿈을 추려보는 소중한 시간을 오랜만에 가져보았다. 원래 특별한 야망이나 계획이 있었던 인생이 아닌데다 워낙 오랫동안 무기력한 상태에 빠져 살다보니 희망이 뭐였나 생각도 안 났다.

"카페. 옛날에는 카페 같은 거 하나 해보고 싶었는데."

인옥은 첫사랑을 떠올리듯 중얼거렸다.

"하루 종일 듣고 싶은 음악 들으면서, 한가할 때는 책도 읽고, 괜찮은 단골들이랑 수다도 떨고. 멋질 것 같아. 요즘은 케이크도 팔고 샌드위치도 팔고 하는 예쁜 카페들 되게 많더라. 그런 거 하나 있었으면."

말해놓고 보니 근사했다. 인옥은 옛날부터 그런 환상을 가지고 있었다. 어느 정도 수준 되는 동네의 모퉁이에 있는 크림색 조명이 예쁜 카페, 그곳에 가면 언제나 만날 수 있는 그리 예쁘지는 않지만 미소가 아름다운 여주인이 되는 것. 음악은 재즈 아니면 클래식, 손님은 주로 유학 시절 즐겨 마시던 에스프레소가 그리워 찾아오는 한 동네 대학교수나 근처 치과의사. 카페 창에서 가로수가 보인다면 더할 나위 없겠고. 좋아, 좋아. 왜 미처 이 생각을 못 했을까. 인옥은 붕 날아올랐다.

"어머, 딱 언니가 좋아할 만한 장소를 알고 있는데."

혜미가 적극적으로 맞장구를 쳐주었다. 둘은 당장 택시를 타고 그곳으로 갔다. 부촌으로 알려진 서울 시내 어느 동네의 맛집 골목 근처에 있는 삼층짜리 건물의 일층이었다. 피부관리실과 건강식품대리점이 쌍둥이처럼 붙어 있는 빨간색 벽돌건물은 아담하면서도 정취가 있었다.

"피부관리실이 이사간대. 내 친구네 건물이라서 싸게 할 수 있어."

"정말? 정말?"

주변에 수입상가로 유명한 대형 슈퍼마켓도 있고, 음식점도 많고, 길 바로 건너에는 근처 대학가의 원룸촌이 넓게 형성되어 있었다. 큰길에서 조금 들어가 있어 행인들 눈에 안 띈다는 게 단점이기는 했지만 오히려 더 운치 있어 보여 마음에 들었다. 특히 창밖 길가에 다정하게 서 있는 플라타너스는 무척이나 근사했다. 인옥은 이렇게 흥분된 적이 언제였던가 기억도 안 날 만큼 가슴이 떨렸다. 이런 감정을 바로 희망이라 부르는 건가 싶었다.

"동생 결혼할 때 좀 보태가지고, 적금이랑 다 털어봤자 칠천 좀 넘으려나."

"언니, 나랑 동업할래?"

"돈 있어? 맞아, 위자료 있지!"

초등학교 동창과 바람피우다 걸려서 석 달 전에 이혼을 당한 혜미는 이혼이란 단어도 떠올리기 싫은지 신경을 곤두세우며 짜증을 냈다. 평소에 깍쟁이짓 잘하는 혜미가 팔을 걷어붙이고 나오는 걸 보니 혜미 역시 새로운 삶의 도전이 절실한 듯싶었다.

"나머지는 내가 넣게. 나 회사 관둘 때까지는 언니가 CEO 해. 난 투자자 할게."

"근데, 동업은 아무하고나 하는 거 아니라던데."

인옥과 혜미는 서로의 얼굴을 쳐다보았다.

혜미가 웃으며 대답했다.

"뭐, 우리가 아무나인가."

인옥은 완전히 딴사람이 되었다. 이제까지의 소심하고 안이한 삶의 태도는 구멍난 스타킹 버리듯 돌돌 말아 아무 미련 없이 휴지통에 던져버렸다. 거의 오기에 가까운 열정으로 설치고 다니는 그녀를 아무도 말릴 수 없었다.

"나도 이제 사람답게 좀 살아보자!"

사업의 어려움에 대해 충고하는 사람들에게 그녀는 이렇게 소리쳤다. 카페를 갖는 것이 사람이 되는 유일한 방법인 것처럼.

낮에는 샌드위치와 커피제조 강습을 받고 저녁에는 시장조사를 다녔다. 서울 시내 여대 근방의 소문난 카페들을 순방하고, 삼청동과 청담동, 압구정동에 있는 소위 요즘 제일 잘나간다는 카페와 레스토랑들도 견학했다. 유명 패션 디자이너가 운영한다는 아시안 퓨전레스토랑과 영화 속에서 봤던 젠 스타일, 앤틱 스타일, 지중해 스타일 등등, 갖가지 스타일의 유명한 카페들은 인옥의 기를 사정없이 죽여놓았다. 다른 여직원들이 먹자계를 만들어

서울 시내 유명 음식점들을 돌아다닐 때도 돈 아까워 끼지 않고 기껏해야 'T.G.I FRIDAY'S'에 가는 정도가 최고의 외식이었던 인옥이었다.

'저것들은 도대체 어디서 뭘 먹고 뭘 보고 다녔기에 저렇게 멋진 것들을 생각해낸 걸까.'

카마수트라의 한 장면처럼 나른하게 비단 보료에 누워 커피를 마실 수 있는 인도풍 카페까지 구경하고 나자 인옥은 문화적 충격에 휩싸였다. 그러나, 이 바닥도 일종의 도박과 같아서 그렇게 십억 이상 들인 카페들도 일 년도 못 버티고 나가떨어지기 일쑤라는 얘기를 듣고 조금 안심이 되었다. 사람들의 사랑을 받는 장소는 결국 따로 있는 법인 것이다.

그러나, 눈이 높아질 대로 높아진 인옥은 다른 건 몰라도 인테리어만큼은 양보하고 싶지 않았다. 보증금을 뺀 나머지는 모두 인테리어비로 책정했다. 이태리제 커피머신과 파니니 그릴, 슬라이서, 케이크 진열 냉장고는 혜미가 업종 변경을 하려는 대학가의 샌드위치 전문점에서 싸게 사들였고, 식기들은 남대문에서 주인 아주머니가 안 판다고 내쫓을 때까지 깎고 깎아서 마련했다.

밖에서 볼 때 실내가 은근하면서도 훤히 보였으면 좋겠어요. 어머, 테이블을 그것밖에 못 놓는다고요? 바요? 맞아. 어디 가보니까 거기도 아예 가운데에 바를 만들어놓았던데. 아, 일본에서는 좁은 가게를 그렇게 많이 해요? 좋아요. 그게 더 멋있겠다. 하지만, 여기 주방은, 주인 있는 데는 조금 넓었으면 좋겠어요. 요리하는 건 물론이고, 책도 읽고, CD도 고르고, 거울도 보고 해야 하니까. 그리고, 뭣보다 조명이요. 여기쯤이 제 자리일 텐데. 왜 그런 거 있잖아요. 잡지 사진 찍을 때 보면 딱 떨어지는 핀 조명…… 뒤에 배경도 깨끗하게 해주시고……

공사를 다 마쳤을 때쯤 인테리어 디자이너가 날카로운 지적을 해주었다.

"뭐가 특이한가 생각해봤더니 이 카페는 카페 주인 앉는 자리가 제일 멋지네요. 맘에 드세요?"

마음에 들다뿐이냐. 인옥은 사방에 침을 발라 뒹굴고 싶을 정도로 카페가 좋았다. 작아서 더 포근한 크림색 공간 안에 앙증맞은 테이블과 라탄 의자, 가운데에 놓인 타일 장식의 세련된 바와 긴 다리의 토네트 의자들. 스포츠카처럼 은빛으로 반짝이는 이태리 제 커피머신이 있는 깔끔한 주방. 그리고, 인테리어에는 문외한이나 열정만큼은 폭발 직전인 인옥의 저돌적인 미적 감각과 똥고집이 만들어낸 카운터. 선무당이 사람 잡는다고, 인옥이 주문한 카운터는 가히 환상적이었다. 양쪽에 거울과 책꽂이가 달린 특수 제작된 하얀 책상은, 양옆과 뒤쪽으로 하얀 알전구들이 둘러싸고 있어 마치 프리마돈나의 분장실 화장대 같았다. 인옥은 떨리는 마음으로 조심스럽게 그곳에 앉았다. 이제부터 들러리 인생은 안녕. 이 아름다운 공간의 주인공은 바로 나다. 인옥은 조명발이 죽여주는 그 카운터에서 일어날 생각을 안 했다. 의미 없고 쓸쓸한 하루하루를 묵묵히 견디며 모은 돈으로 이 공간을 이루어낸 자신이 자랑스러웠다. 인옥은 이 훌륭한 카페에 어울릴 만한 옷을 몇 벌 사야겠다고 마음먹었다.

이제 제일 중요한 일 하나만이 남아 있었다.

"길이길이 오래 남을 이름으로 지어야 해."

동업자인 인옥과 혜미는 머리를 맞대고 앉아 상호 작명에 몰입했다.

"명품처럼 근사한 이름 뭐 없나. 명품들 보면 이름 다 멋있잖아. 샤넬, 루이비통, 베르사체, 페라가모, 프라다. 그러고 보니 다 창업자 이름들이네."

"나도 내 이름으로 할까?"

"인옥으로? 아이 촌스럽다. 영어로 하면, I-N-O-K, 인옥, 이녹. 이녹! 어, 이녹은 괜찮네. 무슨 뜻인지 알쏭달쏭한 게. 카페 이녹. 간판을 모던앤틱 풍으로 하면 되겠다."

인옥의 눈이 이글이글, 마음이 들썩들썩 난리가 났다. 내 이름을 단 카페라니. 살다보니 별일이 다 있네. 진짜로 내 인생도 피려나봐. 혜미가 다른 아이디어도 내봤지만 소용없었다.

카페 이녹의 순탄치 않은 역사는 그렇게 시작되었다.

냅킨과 샌드위치 포장비닐까지 다 맞추고 그야말로 문 열 일만 남았을 때 인옥은 불쾌한 사실을 통고받았다.

"언니, 나 사실은 아직 위자료 한푼도 못 받았어."

혜미가 손톱을 잘근잘근 씹으며 중얼거렸다.

"그럼, 커피머신이랑 케이크 냉장고는 무슨 돈으로 산 거야?"

"빌라가 나가면 그 돈을 반반 나누기로 했거든. 그런데 이사철이 아니라서 그런지 안 나가네. 아무래도 계약기간 끝날 때까지 기다려야 할까봐. 그 돈은 친구한테 꾼 거야."

야무진 척은 혼자 다 하지만 혜미가 가끔 제멋대로 대강대강 막무가내라는 사실을 인옥은 깜박했던 것이다. 이번에도 어떻게 되겠지 하고 무작정 돈부터 꾼 모양이었다.

"그럼 실질적인 내 동업자는 누구니?"

그리하여, 소라가 나타났다.

혜미와 고등학교 동창인 그녀는 예쁘고 깔끔한 혜미와는 달리 옷차림도 촌스럽고 까무잡잡하니 지저분해 보였다. 생글생글 웃는 얼굴이긴 한데 앞에 놓인 컵만 보고도 웃는 게 어째 좀 모자라 보였다.

"와— 카페에서 빛이 나네요."

소라는 작은 눈을 쉬지 않고 깜박깜박거리며 감탄했다. 소라는 냉장고 얼음과 서랍 속 포크까지 샅샅이 구경하며 즐거워했다. 혜미가 난처한 얼굴로 조용히 인옥에게 말했다. 돈을 갚기 전까지는 어쨌든 소라도 일정 부분 투자한 몫이 있는 셈이니 둘이 함께 일하는 게 어떻겠냐고.

"아르바이트 구할 거 없이 같이 운영하면 좋잖아. 소라 지금 삼년째 백수거든."

이미 둘은 얘기를 끝내고 온 모양이었다.

"저 친구는 그 돈이 어디서 난 건데?"

"몇 달 전에 엄마가 돌아가셨거든. 아빠가 부조금 모은 거 준 거래."

어쩐지 일이 술술 잘 풀린다 했다. 인옥은 자신의 돈과 자존심을 몽땅 걸고 도전한 카페 이녹의 창업에 무책임하게 동조한 혜미를 한 대 세게 쥐어박고 싶었다.

"언니, 열심히 할게요. 카페가 너무 좋아요."

소라가 뱅글뱅글 돌며 즐거워하는데 어쩔 수 없었다. 혜미만 믿고 전 재산을 다 털어서, 당장 월세는커녕 양상추며 연어며 샌드위치 재료 살 돈도 없는 형편이었다. 인옥은 카페와 함께 새 인생을 펼쳐보겠노라 큰 소리 땅땅 친 후 처음으로 불안함을 느꼈다. 그저 새로운 생활을 맞기 전의 생생한 긴장감이려니 스스로를 안심시키며 뜻밖의 동업자를 받아들이는 수밖에 없었다.

카페 이녹의 첫 손님은 시장 다녀오는 길에 우연히 만나 수다떨려고 들어온 동네 아주머니 둘이었다. 아주머니들은 카페가 새로 생긴 줄도 모르고 그냥 지나가다가 마침 가게가 있기에 들어온 것이었다. 그 점이 인옥을 좀 섭섭하게 하기는 했지만 곧 괜찮아졌다. 두 사람이 주문한 아메리칸 커피와 생토마토주스를 인옥은 실수 없이 내갔고, 그런 스스로가 자랑스러워 얼굴까지 벌게졌다.

냄새를 피우지 않기 위해 샌드위치로 대충 식사를 때운 후, 드디어 인옥은 그토록 꿈꾸었던 카페 여주인만의 고즈넉한 티타임도 갖게 되었다. 우선 피아졸라의 CD를 틀고, 머그잔에 갓 뽑은 커피를 담아, 오후의 햇살이 설탕처럼 녹아내리는 창가에 앉았다. 인옥은 눈을 감고 자신이 이룬 이 아름다운 공간과 시간을 음미했다. 간섭도, 명령도, 소음도, 시비도 없는 이 작고 하얀 그녀만의 방이 가슴을 충만하게 채워주었다. 그 동안 그녀가 있던 곳은 언제나 삭막하고 몰인정했으며, 그곳의 사람들도 그녀를 좋아하지 않았다. 그러나 이곳은 어떠한가. 오직 그녀의 향기, 그녀의 취향, 그녀의 선택만으로도 충분히 평화로우며 당당하다. 인옥은 눈치와 요령만 피우며 바보같이 살아온 지난 세월이 떠올라 코끝이 시큰거렸다. 이렇게 그녀도 스스로의 힘으로 자유롭고 아름다울 수 있는 존재인데. 인옥은 눈물이 날 것 같아 눈을 꼭 감으며 눈꺼풀 위로 살포시 내려앉는 햇살에게 인사를 했다.

"엇, 분위기 잡고 있네."

그녀의 역사적인 첫번째 티타임을 방해한 건 그녀의 동업자였다. 소라가 반갑게 웃으면서 들어왔다. 인옥은 후다닥 일어났다.

"언니, 이 아보카도라는 게 원래 비싸요? 나 이거 오늘 처음 봐."

동업자의 안목은 예상대로 걱정되는 수준이었다.

"그래서 샌드위치가 이렇게 비싼 거구나. 팔천원도 넘는 걸 사 먹는 사람이 있나보네."

"요즘 괜찮은 데는 다 이래."

"그나저나 하루 종일 뭐 하지? 언니랑 맨날 수다만 떠나?"

안 해도 되는 소리를 하는 게 취미인지 소라는 내내 인옥의 뒤를 쫓아다니며 종알종알거렸다. 소라의 태도는 어쩐지 일부러 과장해서 명랑하게 구는 것 같기도 했다.

"잡지 읽어. 인터넷 하든가. 손님 있을 때 고스톱 오락은 하지 말고."

인옥은 계속 소라의 바지를 힐끔거리며 말했다. 하트 모양의 엉덩이 윤곽이 그대로 드러나는 꼭 끼는 스판 청바지가 영 눈에 거슬렸다. 이 모던하고 우아한 카페에 전혀 어울리지 않는 차림이었다. 인옥은 그런 옷은 입지 말라고 한마디 할까 말까 계속 망설이다가 결국 문 닫을 때까지 말하지 못했다. 아보카도가 든 샌드위치도 팔지 못하였다.

며칠 동안 낮에는 손님이 거의 없었지만 그래도 저녁에는 가족들이나 친구들, 또 혜미가 우르르 몰고 오는 친구들 덕분에 하루하루가 꽉 차서 지나는 것 같았다.

첫번째 맞는 토요일 밤 소라의 친구들이 개업을 축하한다며 난을 사가지고 왔다. 이미 거나하게 취한 그들은 삼겹살 냄새를 피우며 시끌벅적하게 카페를 다 차지하고 앉았다. 어디 복덕방에나 어울릴 법한 난 화분을 어쩌지도 못하고 들고 서 있는 인옥의 귀에 해괴한 소리가 들려왔다.

"소라야, 축하해. 사장님 된 거."

"언니, 여기 뭐 맛있는 안주 좀 해주세요. 샐러드 이딴 거 말고."

친구들은 인옥을 일하는 아줌마쯤으로 아는지 이것저것 시키며 소란을 피웠다. 맥주를 엎지르고, 비싼 살라미를 쥐포처럼 구워먹고, 재떨이에 침을 뱉고. 문을 열고 들어오던 손님들이 놀라서 도로 나갔다. 자정까지 그렇게 놀던 소라와 친구들은 급기야 술판의 하이라이트인 싸움으로 화려하게 마무리를 지었다. 서로 건방지다며 멱살을 잡고 싸우던 남자애 둘은 주위에서 말리자 더욱 신이 나 펄쩍펄쩍 뛰더니 갑자기 이단옆차기로 몸을 날렸다. 하얀 벽에 시커먼 발자국들이, 하나는 정장화, 하나는 나이키 농구화, 이건 뭔지 하이힐까지, 지그재그로 아주 선명하게 찍혔다. 인옥은 새벽까지 그것들을 지우느라 퇴근도 못 했다. 인옥은 씩씩거리며 수세미로 문지르고 또 문질렀다. 차라리 내 얼굴에 찍혔으면. 인옥은 주인으로서 카페 이녹을 깨끗하게 지켜주지 못한 것이 마음이 아팠다. 그녀는 카페 이녹의 명예를 더럽히는 일이 앞으로 제발 일어나지 않기를 두 손 모아 기도했다. 열두 살 때 맹장수술 이후 처음으로 해보는 기도였다.

아무래도 그녀의 기도는 하늘에 닿지 않은 모양이었다. 아무리 초반이라지만 손님이 너무 없었다. 안 그래도 눈에 띄는 위치가 아닌데 점심시간이면 대형 관광버스 서너 대가 가게 앞을 떡하니 막아서곤 했다. 화교들이 많이 사는 그 동네는 중국인 관광객들이 주로 찾는 중국음식점들이 여럿 있었다. 알고 보니 카페 이녹 앞 도로가 그 관광버스들의 지정 주차구역이나 다름없이 사용되고 있었던 것이다. 가끔 먼저 카페 이눅을 발견하고 다가오는 사람들도 있었으나 이상하게 문 앞에서 잠깐 서성거리다가 그냥 돌아서기 일쑤였다. 인옥은 발길을 돌리는 사람들의 마음을 이해할 수 없었다. 왜 눈에 넣어도 안 아플 이 예쁜 카페를 마다하는 것일까. 인옥은 초조해서 하루 종일 커피만 마셨다. 카페 여주인의 평화로운 티타임은 완전히 물 건너갔다. 손님 없는 것도 스트레스지만 인옥은 소라와 함께 있는 것이 더 골치 아팠다.

"언니는 가요는 싫어요? 집에 좋은 가요 CD 많이 있는데."

가요 라디오프로그램을 크게 틀어놓고, 배고프니까 떡볶이랑 순대 사먹자고 조르고, 하루 종일 MSN 메신저로 친구들과 수다떨고. 인옥이 괜찮으니까 집에서 좀 쉬라고 해도 소라는 아침부터 밤까지 인옥 옆에 딱 붙어 있었다. 소라는 카페에 있는 걸 진짜로 좋아했다.

"나 그냥 여기서 살까봐."

소라는 테이블에 엎드린 채 팔을 베고 누워 조그만 눈을 반짝이며 천진하게 중얼거렸다. 소라의 돈으로 월세를 내야 하기에 뭐라고 할 수도 없고 해서 답답해 죽겠는데 혜미까지 가세를 했다. 알고 보니 이 가게를 싸게 내준 혜미의 친구는 다름이 아니라 혜미와 바람을 피워서 이혼까지 이르게 한 장본인인 성식이었던 것이다. 혜미는 매일 퇴근 후 카페 이눅에서 성식이를 만났다. 혜미는 이왕 이렇게 된 이상 부잣집 아들인 성식이와 잘해보려는 야무진 포부를 가지고 끈덕지게 노력중이었다. 하지만 눈치 없는 인옥이 보기에도 성식이는 양심의 가책 때문에 혜미를 도와주고 있기는 하나, 부모님한테 혜미와의 관계를 들킬까봐 전전긍긍하며 붙여 우 혜미의 손바닥 위에서 힘없이 놀아나고 있는 것 같았다. 하여튼 둘은 문 닫을 때까지 테이블 하나를 차지하고 앉아 머리를 맞대고서 '우리 이제 어쩌지' 속닥거리며 끈적한 눈빛을 주고받았다. 인옥은 자신의 카페가 불륜의 증거이자 그에 따른 암묵적이고 치졸한 거래임을 알고 기분이 더러워졌다. 완전히 새로운 세계가 펼쳐질 줄 알았는데 돈 걱정과 꿍한 성격으로 인한 스트레스는 여전하다는 현실이 인옥의 신경을 긁어댔다. 거기다가 하도 커피만 마셔대서 급기야 치통까지 도졌다. 참고 참다 이러다 죽겠다 싶어서 인옥은 치과 진료를 시작했다. 불안하지만 소라에게 카페를 맡기는 수밖에 없었다.

얼마간 야간 진료를 받느라 카페에 좀 소홀한 사이 깜짝 놀랄 일이 벌어졌다. 인옥이 자리를 비운 동안 매상이 급격히 늘었던 것이다. 심지어 단골까지 생겼다. 근처 제약회사의 직원들이 퇴근 후 매일 밤 맥주 한 잔씩을 하러 들렀다.

"소라씨, 컵 시원하게 준비해뒀지?"

소라는 직원들과 완전히 한 식구가 되어 있었다. 자연스럽게 그들 사이에 끼어 웃고, 떠들고, 때론 심각하게 소곤거리기도 하며 제법 연륜 있는 여주인 노릇을 했다. 그중 제일 나이 많아 보이는 중년 남자는 큰소리로 웃으며 은근슬쩍 소라의 허벅지에 손을 얹기도 했다.

'저게 지금 여기서 물장사를 하네.'

인옥은 기가 막혀서 입을 벌린 채 소라를 째려보았다. 언니도 와. 같이 앉으세요, 사장님. 우리 주인언니는 너무 얌전하셔. 소라와 직원들이 인옥에게도 함께 어울리자며 손짓을 했지만 인옥은 차분한 미소로 거절의 뜻을 비춘 후 설거지를 했다. 한쪽에선 까르르 손뼉치며 웃고 떠들고 한쪽에선 밀린 일이나 하고. 인옥에게는 아주 익숙한 풍경이었다. 소라 저 무식하게 생긴 애는 무슨 재주로 손님들에게 인기를 끄는 걸까. 타고나기를 전봇대와 경쟁할 정도로 뻣뻣한 인옥은 스스로가 원망스러웠다. 하지만 저런 손님들에게는 잘 보이고 싶지도 않았다. 그들은 카페 이녹에 어울리지 않는 불청객들이었다. 인옥 자신은 무시당해도 괜찮으나 카페 이녹이 같은 취급을 당하는 건 참을 수 없었다. 그녀는 차라리 카페 이녹이 텅 비어 있을 때가 더 아름답다고 생각했다.

석 달째 적자였다. 써보지도 못하고 버린 아보카도가 더 많았다. 낮에는 텅텅 비고 밤에는 무례한 단골손님들의 술시중. 이름만 사장이지 땡전 한푼 없어서 소라한테 유지비며 월세까지 일일이 받아 써야 하는 상황이 비참하기만 했다.

"원래 처음에는 그런 거야. 언니 너무 날카로워져 있다. 내가 위자료 받으면 다 갚을게."

혜미의 위로는 인옥을 더욱 열받게 했다. 혜미가 싸게 주고 사온 커피머신과 케이크 냉장고가 가끔씩 노쇠한 몸을 못 버티고 졸다 깨다 하며 말썽을 일으켰기 때문이다.

소라한테 월세를 받으며 인옥은 민망함을 감추기 위해 질문을
던졌다.

"너, 이 일이 맘에 드니?"

소라는 눈을 크게 뜨며 대답했다.

"그럼요, 언니는 안 좋으세요?"

인옥은 뜨끔했다. 카페 이녹이야 사랑스러워 죽겠지만 무언가
문제가 있다는 사실을 직감하고 있는 중이었다.

"그냥…… 네가 어떤 생각을 하고 있나 궁금해서."

"저는 요즘 돈이 좋다는 생각을 해요."

인옥이 놀라서 소라를 쳐다보았다. 평상시 맹하니 들떠 있던 표
정을 싹 걷고 소라는 조용히 말했다.

"제가 여기서 일하게 된 건 돈 때문이잖아요. 엄마한테 감사해
요. 엄마 부조금으로 이 카페 이녹의 한 부분에라도 끼게 된 거니
까. 부조금을 무조건 나한테 주라고 한 건 엄마의 유언이었거든
요. 아무리 생각해도 엄마가 마지막으로 저한테 선물을 주고 간
것 같아요."

테이블에 떨어진 물방울을 살짝 건드리며 소라는 이야기를 계
속 했다.

"여기 있으면 모르는 사람들을 기다릴 수 있고, 만날 수도 있고,
차도 줄 수 있고, 돈도 벌 수 있고, 무엇보다 무섭지 않아서 좋아
요. 집에 있으면 어딜 보나 엄마 생각이 나서 무섭거든요. 가끔은

여기에 앉아 있을 때도 엄마 모습이 보일 때가 있어요. 우리 엄마는 좀 바보 같은 평범한 아줌마였거든요. 제가 엄마 닮았어요. 엄마는 맨날 집에만 있었는데…… 엄마는 이렇게 세련된 카페에 한 번도 와본 적 없을 거야."

오라는 손님은 안 오고 귀신이 웬 말이냐. 속으로 투덜투덜 거리며 인옥은 서툴게 그릇을 치우고 있는 소라를 바라보았다. 문득 소라가 자기보다 카페 이녹을 더 사랑하고 있는 게 아닐까 하는 생각이 들었다. 엄마의 유산과도 같은 카페의 커피 맛은 얼마나 쓰고도 달고 또 진할까. 인옥은 소라에게 묘한 질투의 감정을 느꼈다.

서울 간 이도령을 기다리는 춘향이도 인옥보다는 나았을 것이다. 매상이 문제가 아니라 사람들이 카페 이녹을 몰라준다는 것 자체에 인옥은 분노했다. 심지어 어쩌다 오는 손님한테도 왜 이제야 왔는지 따지고 싶을 정도로 인옥은 제정신이 아니었다. 그러던 중 카페 이녹 개업 이후 최대의 사건이 벌어지게 되었다.

카페 문을 열자마자 골프웨어로 멋을 낸 중년 여인 둘이 BMW를 가게 앞에 세워놓고 샌드위치 열 개를 포장 주문했다. 다행히 연어며 치즈며 살라미며 재료들이 다 갖춰져 있어서 인옥은 허겁지겁 실력 발휘를 할 수 있었다. 어찌나 기쁜지 인옥은 싹싹하게 문까지 열어주며 배웅을 했다. 다음날, 그 여인들은 다시 가게로 찾아왔다. 허옇게 반쪽이 된 얼굴로 사생결단 삿대질을 하며.

"도대체 장사를 어떻게 하는 거야! 이 집 샌드위치 먹고 우리

모임 사람들 다 토하고 설사하고 밤새 떼굴떼굴 굴렀잖아!"

알고 보니 무지하게 험악한 아주머니들이었다. 인옥은 케이크 냉장고에 넣어둔 연어와 치즈 등을 꺼내 냄새를 맡았다. 호물호물 역한 노린내가 올라왔다. 냉장고의 조명은 그대로지만 냉기가 없었다. 식품위생법 위반으로 고소하겠다느니, 내과 가서 십오만원 내고 조직검사 하면 원인이 다 밝혀지니 발뺌할 생각 말라느니, 아주머니들은 인옥의 머리를 죄 뜯어놓을 기세로 빽빽 소리를 질러댔다. 소라가 당장 은행에 달려가 현금을 찾아왔다. 머리를 땅에 박아가며 소라가 사죄의 인사를 했다. 배상금을 받고도 아주머니들은 한 차례 더 인옥을 몰아세우고는 BMW를 타고 유유히 사라졌다.

인옥은 서러운 울음을 엉엉 터뜨렸다. 들어오는 손님이 없어서 우는 데는 아무 지장 없었다. 눈물이 완전히 동이 날 무렵 드디어 인옥은 폭발했다.

"네가 사온 싸구려 냉장고 때문이야!"

혜미는 뭐라고 변명도 못 하고 고개를 숙였다. 성식이가 혜미에게 물을 갖다주었다. 인옥이 발을 구르며 소리쳤다.

"여기가 너희들 연애장소야? 보자보자 하니까, 이제부터 돈 내고 커피 먹어!"

타이밍도 잘 맞췄지. 그때 제약회사 직원들이 요란하게 문을 열어젖히며 들어왔다. 인옥이 눈물 콧물을 흘뿌리며 소라에게 악을 썼다.

"네가 마담이야? 어디서 술장사야! 이 모양이니 제대로 된 손님이 오질 않지!"

그 동안 참고 참았던 불만들이 한꺼번에 터져나왔다. 이성을 잃은 채 사자후를 토해내는 인옥을 말리는 일은 쉽지 않았다. 마음을 졸이고 있던 소라가 인옥을 위로해주기 위해 다가갔다.

"언니, 장사가 안 되면 낮에 칼국수라도 팔까? 그렇게 하는 다방 많거든."

말이 끝나기가 무섭게 싱크대 청소용 철수세미가 희한한 쇳소리를 내며 빙글빙글 날아가서 소라의 얼굴 정면을 정확히 후려치고는 풍풍 거품방울을 남기며 조용히 떨어지려 했으나 뾰족한 철끄트머리가 늘어진 머리카락에 걸려 제대로 엉켜버리고 말았다.

"어, 어, 앗 따가, 앗 따가."

소라가 두 팔을 허우적거리자 혜미와 성식이 달려가 수세미를 떼어내기 시작했다. 그 한심스러운 모습을 지켜보는 인옥의 눈에 또다시 뜨거운 눈물이 맺혔다.

워낙 강경하게 나오자 혜미는 우선 인옥의 뜻대로 해주기로 했다. 혜미가 소라한테 잘 얘기했다. 아무래도 둘이 잘 안 통하는 것 같으니 이해해달라고. 돈은 이자 쳐서 당장 돌려줄 테니 기분 나빠하지 말라고. 소라는 진심으로 실망했다. 소라는 카페 이녹에 더 있고 싶다고 졸랐지만 인옥이 노망난 시어머니 얼굴을 풀지 않자 결국 물러설 수밖에 없었다. 마침 식당을 하는 오빠 내외가 쌍둥이를 낳아서 오빠네 집에서 애들을 봐줘야만 하는 상황이기도 했다.

이리하여, 인옥은 홀로 카페 이녹의 여주인이 되었다. 그리고 아주 신기하게도, 그날부로 그나마 있던 단골들마저 뚝 떨어져나 갔다. 카페 이녹에는 이제 주인 한 사람만이 남게 되었다.

어느 날 밤, 음악도 틀지 않고 혼자 멍하니 앉아 길가를 바라보고 있는데 문이 열리며 낯익은 얼굴 하나가 들어왔다.

"어…… 여기를 어떻게 알고."

인옥은 깜짝 놀랐다. 혜미의 전남편 경근이었다. 경근은 쑥스러운 듯 웃으며 들어오더니 혜미 친구한테 들었다며 축하한다고 안 하던 친한 척을 했다. 앉아서 이십여 분 넘게 쓸데없는 소리를 지껄이던 경근은 혜미와 다시 시작해보고 싶다며 인옥에게 도와달라고 부탁했다. 경근은 당연히 자신의 뜻대로 되리라 확신하는 표정이었다. 인옥은 그제야 혜미에게 오늘은 오지 말라고 문자메시지라도 보내야겠다고 생각하며 엉거주춤 일어났다. 하지만 이미 늦은 후였다. 혜미와 성식이 거의 얼싸안다시피 하며 들어왔다. 세 사람 모두 갑자기 피가 모자란 듯한 얼굴이 되었다. 조마조마한 말싸움이 시작되는가 싶더니 금방 절정을 향해 치달았다. 이것들이 죽으려고! 죽긴 누가 죽어, 너나 죽어! 아주 가관이었다. 혜미는 자신이야말로 피해자라며 경근의 과오를 조목조목 끄집어냈다. 혜미는 남자 성질 돋우는 데 천재였다. 경근은 부들부들 떨며 똑같은 말만 되풀이했다.

"이것들이 죽으려고…… 이것들이 죽으려고…… 그래, 이 돈 만 많은 새끼가 그렇게 좋냐? 이것도 이 자식이 차려줬냐?"

맞을까봐 멀찌감치 떨어져 있는 성식을 보며 경근이 울부짖었다. 이미 뒤집어진 경근의 속을 마저 뒤집기 위해 혜미가 최대한 싹수머리 없는 표정으로 비아냥거렸다.

"맞아, 성식이가 차려줬어. 너 카드빚은 다 갚았니?"

경근이 고장난 선풍기처럼 달달달달 떨고 빙글빙글 돌며 미친 듯이 카페 내부를 둘러보더니 갑자기 바깥으로 냅다 뛰어나갔다. 인옥은 문가로 달려갔다. 경근은 그새 사라지고 없었다. 모두 어리둥절해 있는데 혜미의 핸드폰이 울렸다. 전화를 받은 혜미가 황당한 표정으로 말했다.

"내 차 키를 지도 갖고 있다는데, 이게 뭔 소리야."

인옥의 두 눈에 노란 헤드라이트 빛이 번쩍 반사되었다.

"안 돼!"

비명을 지르며 인옥이 뛰어나갔다. 카페 이녹을 향해 길 건너편에서 혜미의 하얀 아반테가 돌진해오고 있었다. 짧은 순간 인옥의 머리에 내일의 뉴스 한 토막이 떠올랐다. '질투에 눈먼 이혼남, 전처의 가게를 차량 습격, 가게 풍비박산나!' 미친 경근이 무섭게 달려오고 있었다. 너 죽고 나 죽자고 덤비는 놈의 광기를 막을 자는 아무도 없었다. 겨우 하나 있다면, 카페를 제 몸보다 사랑하는 주인 정도? 인옥은 광속으로 날아가 밤하늘에 온몸을 던졌다. 뭔가가 확실히 부서지는 소리가 옆 동네까지 울려퍼졌다.

미라 같은 자세로 꼼짝 않고 누워 천장만 봤다. 입은 움직일 수 있었지만 아무 말도 하지 않았다. 할말이 없었다. 늦은 밤 소라가 병원으로 허겁지겁 뛰어와서 앉자마자 인옥의 손을 붙잡고 질질 짜기 시작했다. 인옥은 침울하지만 또한 편안하기도 했다. 자신이 모자라고, 못나고, 부족한 인간이란 걸 모르는 게 아니었다. 알기에 더욱 노력하였고 또 꿈을 꾸었던 것이다. 꿈을 가졌다는 것 자체가 그녀에게는 용기였다. 하지만, 용기는 무너졌다. 돈을 벌지 못했으니까. 사람들이 카페 이녹을 찾지 않았으니까. 사람들이 뭔가 오해를 한 듯싶었다. 카페 이녹은 작아 보이지만 실은 누구든지 받아들일 수 있는 넉넉한 공간이었다. 사람들이 그 사실을 알지 못하는 것이 아쉬웠다. 카페 이녹은 사람들을 기다리고 있는 것 같아 보이지만 실은 사람들에게 먼저 다가가고 싶어했다. 이 또한 사람들이 알지 못한 것이 인옥은 못내 아쉬웠다. 인옥은 더이상 아무것도 바라지 않았다. 그저, 단 한 사람만이라도 그들에게 다가가고 싶었던 그녀의 마음을 알아봐준다면 그것만으로도 행복할 것 같았다. 물론, 이제 다 소용없는 일이었다.

"혜미 언니는 남편이 계속 협박해서 잠수 탔고, 난 오빠 부부 퇴근할 때까지 애 셋 돌보느라 밤늦게까지 시간이 안 나는데, 카페는 어쩌지?"

소라가 콧물을 닦으며 물었다. 인옥은 헛웃음이 나왔다.

"됐어, 문 닫아야지. 새 주인이 나타날 것도 아닌데."

"무슨 소리야! 언니가 온몸이 빠개져라 지켜낸 카페인데."

인옥은 헛웃음이 계속 나왔다. 자신의 모습이 하도 한심하고 불쌍해서 웃음이 멎지 않았다.

"가게는 잘 있니?"

눈가에 핑, 하고 눈물이 맺혔다. 인옥은 가까스로 눈물을 참았다. 하지만, 언제까지 아픔을 감출 수 있을지 자신은 없었다.

오전 일곱시 이전과 밤 아홉시 이후만이 자유시간이었다. 소라는 새벽에 일어나 카페 이녹으로 가서 가게 문을 열었다. 청소를 하고, 찻잔들을 정리하고, 고장난 커피머신을 치운 자리에 놓은 전기주전자와 간편한 커피메이커를 손보았다. 그리고 바로 옆에 대추차와 인삼꿀차, 원두커피 가루가 가득 든 병들을 챙겼다. 메뉴는 이렇게 세 가지. 카페 곳곳에 메모지를 붙였다. '가격은 이천원. 돈은 바구니에 넣어주세요. 카페 주인은 바로 여러분입니다'. 그러고 나서, 소라는 오빠 부부가 출근하기 전에 서둘러 집으로 돌아갔다.

무인가게. 소라는 어느 지방 소도시의 역 앞에서 이런 방식으로 운영되는 분식집을 본 적이 있었다. 주인 없는 가게에 손님들이 알아서 라면도 끓여먹고 떡볶이와 오뎅, 튀김 등을 떠먹고는 양심껏 돈을 내고 간다. 신기하게도 황당하기 그지없는 그 방식으로 분식점은 조용히 잘 돌아가고 있었다. 머리를 굴리다 굴리다 그 분식점을 생각해낸 소라는 자신이 할 수 있는 최대한의 정성과 노력을 기울여보기로 결심했다. 소라는 카페 이녹을 꼭 지켜내고 싶었다. 억울한 마음을 가진 채 사라져버린다는 것. 많은 이들이 그냥 그렇게 인생을 산다지만 소라는 싫었다. 하늘나라의 엄마도 분명 원치 않을 것 같았다. 존재한다는 것, 그 자체만으로 희망이다. 고속도로 공중화장실 문에 붙어 있던 어느 명언을 떠올리며 소라는 한번 도전해보기로 했다.

점심식사를 마치고 다시 관광버스에 오르기 전 담배를 피우며 입가심거리를 찾던 중국인 단체 관광단의 가이드가 처음으로 카페 이녹을 발견하였다. 그가 처음 텅 빈 카페 안으로 들어섰을 때 그곳에는 음악도 없고 주인도 없이 허전하고 서늘한 기운만이 감돌고 있었다. 그는 신기해하며 주방으로 들어가 직접 커피를 타 마셨다. 기분이 이상했다. 나쁘지 않았다. 마치 카페의 주인이 된 듯한 느낌이었다. 음악도 골라서 틀고 창밖을 보며 분위기를 잡고 있는데 어쩐지 조금 쓸쓸하다는 생각이 들었다. 아무래도 손님이 있어야 할 것 같았다. 그는 나가서 중국인 관광객들에게 이 희한한 카페에 대해 설명해주었다. 관광객들은 신기해하며 카페 안으로 들어갔다. 관광객들은 그들을 기다리고 있는 맛있는 대추차와 인삼꿀차, 다양한 한국 최신가요 CD들을 보고 반가워했다. 그들은 직접 차를 타 마시며 또 가족과 친구들에게 타주며 모두 주인 노릇을 했다. 집을 떠나온 지 며칠씩 된 관광객들은 그곳에서 부담 없이 편히 쉬며 여행의 피로를 풀었다. 곧 중국인 단체 관광객들 사이에서 카페 이녹은 화제가 되었다. 관광객들은 한국을 떠나기 전에 남은 원화를 기꺼이 신비하고 따뜻한 찻값으로 지불하였다. 카페 이녹은 동네에서 차츰 유명해졌다. 얼마 후 근처의 맛집 골목을 취재 나온 방송국 촬영팀이 카페 이녹에 대해 듣게 되었다. 제작진들은 베일 속에 가려져 있는 카페 이녹의 주인을 긴급히 찾았으나 만날 수 없었다. 예전에 비해 많이 더러워지고 촌스러워졌지만 사람들은 끊임없이 카페 이녹을 찾았다. 혼자서 혹은 여럿이서. 사람들은 차례대로 그 공간을 소유하였다. 이 세상에 그곳을 마음대로 가지지 못하는 사람은 단 한 사람뿐이었다.

인옥은 여전히 미련을 못 버리고 먼발치에서 사람들이 카페 이녹 안으로 들어가는 모습을 구경하였다. 소라가 안쓰러워 그녀를 위로해주었다.

"언니, 다시 돌아가고 싶으면 그렇게 해."

인옥은 입술을 꾹 깨물며 고개를 내저었다.

"오늘 커피 맛은 어떨까?"

인옥이 힘없이 물었다. 소라가 대답했다.

"커피 맛이야 다 똑같지. 사람들이 뭐 커피를 맛으로 먹나. 분위기로 먹지."

"분위기는 우리 가게가 죽이지?"

"당연히 죽여주지."

인옥은 분위기가 죽여주는 자신의 카페를 향해 남몰래 손을 흔들었다. 안타까웠지만 어쩔 수 없는 일이었다. 그녀는 잘 알고 있었다. 세상에는 자신이 포기해야만 의미 있는 일도 존재한다는 걸.

　동업자 인옥과 소라는 팔짱을 낀 채 카페 이녹 앞을 자연스럽게 지나쳐 걸었다.

서른 살이 된 롤리타

젊음, 열정, 낭만, 파멸, 열망. 그는 여전히 그런 단어들을 동경했어. 그에게는 다리를 꼬고 앉아 칠판을 노려보던 청색 교복의 창백한 소녀가 반드시 필요했지. 분명 그녀는 특별한 소녀였어. 그러나 별나던 아이들은 대부분 별거 아닌 어른이 되어버리지. 나처럼 이렇게 말이야.

롤리타의 청첩장

할일도 없는데 깜빵 구경이나 가볼까나, 뭐 그런 마음?

역에서 내려 택시를 잡는데, 구치소에 간다니까 기사가 두당 천원만 받을 테니 합승을 하자 한다. 같이 탄 중년 여자는 아는 동생이 사고를 쳤다며 앉자마자 훌쩍댄다. 잘 키운 연하의 애인이 성깔머리 좀 세웠나보지. 여자가 내 쪽으로 머리를 빼며 묻는다. 아가씨는 누굴 보러 오셨나. 이런 멋진 가을날 오후 혼자 여기까지 와서 시시한 대답은 내 스타일 아니니까…… 약혼자가 안에 있어요…… 나는 턱을 감질나게 떨며 대답한다. 남자 복도 지지리 없는 너랑 나랑은 이미 동지라는 표정으로 여자가 웃는다. 내 참, 꼴도 아니다.

접견실에는 버글버글 사람이 많다. 복잡해 보이지만 의외로 편리한 방식이다. 창구에 가서 예약을 확인하고 대기번호표를 받는다. 병원에서 약을 탈 때와 똑같다. 홀 전면에 면회시간과 방 번호를 실시간 알려주는 대형 전광판이 혼자 바쁘다. 사람들은 가만히 풀 죽은 얼굴로 그 앞에 앉아 있다. 그 틈을 엉덩이로 비집으려니 피식— 방귀 같은 웃음이 터진다. 약혼자? 치잇, 틀린 말도 아니지. 이 지경만 안 됐으면 지금쯤 한 지붕 아래 여보 당신 깨를 볶으며 놀고 있을지 모르지. 갑자기 폭탄주를 삼킨 듯 화끈 열이 치솟는다. 붉게 달아오른 뺨을 토닥이며 괜히 주위를 의식한다. 다른 이들도 쓰디쓴 현재의 시간을 마지못해 삼키고 있다. 그래도 나만큼 입맛 쓴 이는 없는 것 같다. 변태 자식. 내 쪽 다 팔리게 해 놓고 콩밥 먹으니 맛있냐. 구치소가 펄쩍 뛸 만한 욕지거리를 퍼붓고 싶지만 입이 벌어지지 않는다. 남자에게 배신을 당하면 아는 단어의 삼분의 일을 잊어버리게 된다. 나도 이번에 처음 안 사실이다. 딱 지난달 연체 청구서만큼 닳은 청첩장을 꺼내본다. 그나마 여기에는 아는 단어들이 있다. 행복, 가을, 축하, 평온, 가정…… 그러나 그 뜻이 예전과 같을 수는 없다. 건너편에 버버리 짝퉁을 위아래로 입은 아줌마가 비슷하게 체크무늬가 복잡한 교복 입은 소녀를 끌고 지나간다. 가슴이 쿵덕거린다. 교복 입은 소녀만 보면 행여 그 아이가 아닐까, 의심도 아닌 확신을 하는 것이 요즘 나의 중병이다. 이제는 대적조차 어림없는, 무릎이 비누처럼 매끄럽고 조숙하게 눈썹을 끝까지 다듬은, 파란 체크무늬 스커트의 여고생.

청첩장 내 이름 바로 옆에 있는 남자가 사랑했던 그 여고생 말이다.

체크무늬 스커트 속의 칼

소녀는 매일 불 꺼진 음악실 책상에 엎드려 울었어. 어느 날 노크처럼 조심스런 발소리가 다가왔지. 우리 학교 교복은 꼭 식탁보 같아. 어둠 속에서 소녀를 보고 당황한 국어선생님이 농담이랍시고 말했어. 소녀는 허벅지 위로 올라간 치맛자락을 확 잡아당겼어. 허벅지는 누군가 부주의로 엎지른 우유처럼 하얗게 반짝거렸어. 선생님은 우뚝 그 자리에 박혀버렸지. 소녀는 슬픔을 과시하기 위해 누런 연습장 종이를 쫙쫙 찢어버렸어. 총각인데도 인기가 없는 국어선생님은 작고 마른 몸에서 책상다리 끄는 듯한 목소리가 나 항상 애들을 짜증나게 했지. 이상하게 아이들은 그를 무시하고 징그럽게 여겼어. 체육대회 날 꽉 끼는 초록색 트레이닝 바지를 입은 그를 보고 아이들은 깔깔거리며 '피망'이라는 별명을 지어주었지. 적나라하게 드러난 그 울퉁불퉁한 부위가 크기나 모양이 꼭 피망 같았거든. 만만해서 소녀는 한번 덤벼봤어. 선생님, 고기 사주세요. 고기의 종류를 모두 헤아려보는지 피망 선생님은 한참을 그대로 있었어. 그러고는 학교 건너편 아파트 상가의 갈빗집에서 저녁을 사주셨지. 매일 밤 소녀는 자율학습하는 교실에서 빠져나와 음악실로 갔어. 넌 특별한 아이야. 그래서 남들보다 더 힘든 거야. 둘만 있을 때 선생님은 초콜릿 은박지 포장을 뜯을 때처럼 달콤하고 은밀한 소리를 냈어. 둘은 복도의 형광등 불빛을 빌려 머리를 맞대고 좋아하는 가수와 음악에 대해 이야기했어. 록 그룹의 콘서트에 갔다가 아빠한테 흠씬 두들겨맞고 이제 정말 아빠를 죽여버려야겠다고 결심한 날도 선생님이 위로해줬지. 소녀의 정수리를 쓰다듬는 선생님의 손바닥은 얇고 축축했어. 소녀는 고개를 들어 그를 봤지. 떨리는 눈빛을 급히 거두는 선생님의 얼굴을 잡고 갑자기 키스를 퍼부었어. 선생님은 체크무늬 교복 스커트를 껴안은 채 소리를 삼키며 울고 또 울었어. 방학식 날 친구들이 어색하게 화장을 하고 나이트클럽으로 몰려갈 때 소녀는 귤을 사들고 선생님의 자취방으로 갔지. 선생님은 또 울었어. 책상 위에는 아직 접어서 봉투에 넣지도 않은 선생님의 청첩장이 수북이 쌓여 있었어. 선생님은 눈물을 닦지도 않고 좀약 냄새가 밴 싱글 침대로 소녀를 데려갔어. 소녀는 체크무늬 교복 스커트를 벗어 청첩장들을 덮어버렸지. 그다지 의미를 둔 행동은 아니었어. 결혼을 하고 둘째를 낳을 무렵 선생님은 학교를 그만뒀어. 그는 입시 학원가에서 꽤 유명한 족집게 강사가 되었지. 소녀는 삼수 끝에 들어간 전문대학을 결국 졸업하지 못했어. 그후 삼류 극단에 들어가 포스터 붙이는 일도 하고, 텔레마케팅으로 영어잡지도 팔고, 친구와 여대 앞에서 보세 옷가게를 운영하기도 했지. 열심히 살면서 다양한 남자들을 만났어. 거의 유부남들이었지. 돈 좀 쓰고, 차 있고, 군대 갔다 온 남자를 찾다보니 그렇게 되더군. 격하고 숨 가쁜 연애에 쫓기는 환상만으로 사정을 치르는 유부남들. 그 남자들은 평범한 사람들이었어. 다만 소녀가 일찍 자신의 재능에 눈을 뜬 거였지. 소녀는 단번에 알 수 있었어. 어떤 남자들이 천성적으로 비열한 자들인지. 소녀가 작정하고 던진 몇 번의 미소와 조소만으로도 부들부들 떠는 남자들. 세상에는 죄의식과 가파른 체위의 정사를 즐기는 남자들이 꽤 많았어. 소녀는 자신을 일종의 도우미라고 생각했어. 일명 '인생 나가리 도우미'. 어차피 그녀가 아니더라도 정신 박힌 채 살아가기 힘든 인간들이었어. 소녀가 첫 단추를 아찔하게 풀어준 것뿐이었지. 그들은 얼마 안 있어 벌거숭이가 된 채 나뒹굴다 흩어졌어. 하지만 선생님만은 끝까지 소녀 곁에 남았어. 물론 수백 번도 넘게 헤어지려 애썼지. 하지만 쉽지 않았어. 내 인생에서 특별한 존재는 너 하나뿐이야. 시험 예상문제라도 되는지 선생님은 밑줄 치고 또 밑줄 치고 돼지꼬리 땡땡 치며 강조하셨어. 그렇게 십 년이 흐르자 소녀는 깨달았어. 사람이 때론 무언가의 대용품이 될 수 있다는 사실을. 선생님은 하얀 와이셔츠 위에 분필가루와 비듬이 수북하던 옛날이 골프웨어에 장어구이 냄새가 밴 지금보다 아름답다고 느꼈어. 소녀는 그 아름다운 시절의 유일한 증거였지. 젊음, 열정, 낭만, 파멸, 열망. 그는 여전히 그런 단어들을 동경했어. 그에게는 다리를 꼬고 앉아 칠판을 노려보던 청색 교복의 창백한 소녀가 반드시 필요했지. 분명 그녀는 특별한 소녀였어. 그러나 별나던 아이들은 대부분 별거 아닌 어른이 되어버리지. 나처럼 이렇게 말이야.

소용돌이 캔디와 분홍 혀

　머리에 쉿물이라도 퍼부은 걸까. 진갈색으로 머리를 염색한 여자애가 옆에서 커다란 비닐을 껴안은 채 부스럭댄다. 영치품으로 넣을 물건인지 하얀 캘빈클라인 팬티를 한 장 한 장 곱게 정리하는데 딱하게도 손끝이 익숙하다. 문득 떠올랐는지 여자애가 후드점퍼 주머니에서 무언가를 꺼낸다. 막대사탕이다. 무지개 빛깔이 소용돌이치는 사탕은 현기증을 유발한다. 가장 아름다운 빛은 가장 혼돈스러운 무늬를 만들고, 여자애는 반한 듯 빨려들어간다. 여자애는 사탕을 팬티들 틈에 숨긴다. 그러다 정신을 차렸는지 머리를 흔들며 사탕을 바닥에 던진다. 사탕이 깨지는 소리가 딱딱하고 달콤하다. 점을 봤는데 우리 오빠 운명에 참수형이 있대요. 입술에 녹슨 못 같은 머리카락을 물고서 여자애가 말한다. 나는 그것 참 안됐다고 대꾸해주며 일어난다. 구매창구로 가본다. 유리진열장 속의 간식 모형들은 맛도 참 더럽게 없게 생겼다. 순전히 미운 놈 떡 하나 더 준다는 심정으로 훈제 닭과 계란, 사과 등을 사서 창구에 접수한다. 강간, 원조교제 뭐 이딴 구린 걸로 들어온 놈들은 안에서도 엄청 구박이라던데 이거라도 챙겨줘야지. 하나나의 이런 세심한 배려를 그가 반길 리 없다. 안 봐도 DVD다. 분명 내가 면회를 신청한 사실을 안 순간부터 우황청심환을 찾았을 것이다. 꼴에 양심은 달렸으니 당연 그랬을 거다. 그래도 그는 나를 피하지는 않을 것이다. 두려운 현실은 현실대로 두고 숨쉴 만한 환상의 구멍을 찾는 것이 나약한 남자들의 특징이다. 주로 내가 만난 놈들이 그랬다는 거다. 아마 그는 나를 보고 장마철만 되면 새는 우리집 천장처럼 뚝뚝 울며 내 성질을 건드릴 것이다. 물론 미안하다는 말은 진심이란 걸 안다. 그래야 저만의 안전한 구멍으로 피신할 수 있을 테니까. 이렇게 뻔히 알면서 여기까지 온 나는 뭔가 싶다. 여자애는 참수형인 오빠의 운명을 확인하러 왔다 치자. 그럼 난 뭔데. 우거지상을 하고서 죄수들과의 만남을 기다리고 있는 그들의 가족, 친구, 연인, 동료, 원수들을 본다. 죄인들의 운명에 그들은 끌려가는 걸까 아님 그것을 끌고 가는 걸까. 몇몇 인간들은 갇힌 자보다 더 햇빛을 못 본 얼굴을 하고 있다. 어쩜 이곳에는 공범들도 꽤 와 있을 것이다. 죄인들의 운명을 방치하고 방조한 이들이 소리 죽여 웃고 있다. 나도 따라 키득키득 웃는다. 이미 나는 알고 있었던 것 같다. 어느 날 밤 꿈이 내게 먼저 일러줬던 것 같다. 남자한테 배신당하는 엿 같은 상황이 오면 그냥 엿인지 알고 쭉쭉 빨라고. 맞다. 몰랐을 리 없다. 나를 선택한 남자들은 예외 없이 폭탄이었다. 그만은 아니라고 여겼다면 혼나도 싸다. 하지만 이상하다. 언제 터뜨릴지 정한 건 매번 나였다. 이번처럼 누르지도 않았는데 저 혼자 '빵'한 건 처음이다. 이쯤 되면 기특한 폭탄남이라 할 수 있겠다. 아무래도 나는 처음부터 모조리 알고 있었던 것 같다. 내가 이곳으로 오게 되리란 사실을. 아니라면 내가 여기에 올 이유가 없다. 나는 공범의 운명을 확인하러 온 것이다. 가까스로 인정하자면 그와 나는 같은 죄를 지었다고도 할 수 있다. 그는 사랑이란 변명 아래 또라이 짓을 했다. 나로 말하자면 사랑 없이도 또라이 짓을 했다. 이것만 봐서는 둘이 잘 어울리는 것도 같다. 사랑이 있고 없고는 중요한 게 아니다. 있지도 않고 없지도 않은 것을 뺐을 때 무엇이 남느냐는 거다. 차가운 유리벽을 사이에 두고 그와 나만이 남았을 때 우리는 무엇을 알게 되느냐는 거다. 나는 유리벽에 예의바르게 노크를 하며 물어야 할 것 같다.

당신, 누구냐고.

스물아홉 롤리타, 결혼정보회사에 등록하다

소녀는 더이상 소녀가 아니었어. 소녀가 자라서 뭐가 되는지 알아? 기대에 못 미쳐도 어디에 갖다버릴 수도 없는 그냥 '나'가 되는 거야. '나'는 새로운 인생을 살고 싶었지. 그러기 위해서는 정리정돈이 필요했어. 먼저, 내가 왜 선생님의 손아귀에서 못 벗어나고 있나 따져보았지. 짜증나게도 뱃살처럼 끝까지 나를 떠나지 않는 고민의 대부분은 결국 돈이더군. 나는 원조교제의 상도덕을 지키기로 했어. 늙으면 관둬야 하는 거야. 일단 선생님이 담보 대

104

출로 마련해준 열 평짜리 테이크아웃 커피전문점을 정리했어. 살고 있던 원룸까지 빼서 그 동안 진 빚을 갚은 후 나의 영원한 피망 선생님한테 안녕도 고하지 않고 '뿅' 하고 잠적해버렸지. 요즘 분양하는 아파트 신발장보다 작은 고시원 방에서 라면을 먹으며 열나게 살길을 모색했어. 무섭더라. 처음으로 두려움이란 녀석이 날 찾아왔어. 세상에는 책이라곤 잡지만 보고 콤팩트 분첩이 걸레가 돼도 안 빠는 더럽게 무식한 여자들이 많은데, 나도 그중의 하나였지 뭐야. 다행히 80년대 인기 있던 홍콩 여배우를 빼닮은 눈매와 머릿결은 아직 쓸 만하더군. 나는 과한 욕심은 부리지 않기로 했어. 신뢰도가 바닥을 기는 모 결혼정보회사에 등록을 했지. 키를 약간 높이면서 학력과 재력, 부모님 직업 등을 조금 손봤지. 다섯 번 선을 봤는데 다섯 번 다 졸려 죽는 줄 알았어. 결혼은 내 인생의 패가 아니다 싶어 그만 버리려 할 때 그를 만나게 됐지. 그날도 호텔 커피숍에서 나는 맥빠진 채 상대를 찾고 있었어. 그런데 입구 옆자리에 꾸부정하게 앉아 있는 한 남자가 눈에 띄었어. 그 남자는 테이블 위에 놓인 백설탕과 황설탕, 인공감미료를 주르르 펼쳐놓고 줄을 세워 분류를 하고 있었어. 설탕을 가지고 병정놀이를 하고 있는 꼴이었지. 저 사람이 나의 여섯번째 상대구나. 척 보니 알겠더군. 진짜 볼품없는 남자였어. 작고 마른 체구, 턱 아래 지나가는 바람을 찢을 듯 뾰족한 턱, 숱 없는 눈썹 아래 물을 탄 듯 연한 갈색 눈동자. 나는 일찌감치 기대를 접고 부담없이 대해주었어. 설탕 갖고 뭐 하세요. 그의 목소리는 생각보다 차분했어.

맛이 다 다르거든요. 그래서 우리는 세 잔의 커피에 각각 다른 설탕을 넣어서 맛을 보았어. 저는 이게 좋네요. 나는 인공감미료의 가짜 단맛을 골랐어. 어, 저도 그런데요. 고향이 같기라도 한 것처럼 그가 반가워했지. 내가 이야기를 잘 받아주니까 그가 더듬더듬 쉬지 않고 수다를 떨기 시작했어. 하루 종일 고기 굽는 냄새를 맡다 보면 머리가 텅 비어요. 처음에는 너무 답답해서 카운터에 손님들 드시라고 내놓은 박하사탕 한 상자를 내가 다 먹어버렸다니까요. 거래처 일은 아버지가 다 보시고요. 주말에는 정신이 하나도 없어요. 그는 하소연만으로도 스트레스가 풀리는 모양이었어. 삼십대 중반이란 사실이 민망한 유약한 남자였지. 뭐, 그런 남자들이야 의외로 많으니까 놀랍지도 않았어. 지방대 독문과 대학원까지 나온 그는 유학을 가고 싶었대. 그러나 유학의 '유' 자도 꺼내보지 못하고 아버지의 강요에 이끌려 고시공부에 매달리게 된 거야. 계속되는 낙방으로 위장기능 저하와 신경쇠약에 시달리게 된 그는 실패보다 아버지가 더 무서웠나봐. 그의 아버지란 작자는 아직도 사람들 앞에서 다 큰 아들의 따귀를 갈기는 그런 남자였어. 실망한 아버지는 아무래도 아들의 앞날이 걱정됐는지 대학가에 와인삼겹살전문점을 열어주었어. 그는 아버지에게 자신이 채식주의자라고 고백도 못 한 채 꼭두각시 지배인 노릇을 할 수밖에 없었어. 사람들은 왜 친구를 만나면 꼭 삼겹살을 먹나요. 머리에 폴폴 고기 냄새를 풍기며 한숨짓는 그를 나는 위로해주었어. 그가 딱 내 밥이라는 생각이 들었거든. 특히 그의 아버지가 사회 경험이 많다며 나를 귀여워했어. 신도시에 삼십 평대 아파트까지 마련해 놓았다고, 말 시작하고 끝날 때마다 자랑하는 아버지가 역겹기는 했지만 나는 깍듯하게 굴었어. 돌이켜보니 마냥 허덕이면서도 잘난 맛에 산 내게도 잘못이 있더라고. 나는 그 동안 평범한 사람들을 괜스레 무시했던 거야. 주말에는 대형 마트와 패밀리 레스토랑에 가고 아파트 시세와 사교육 얘기만 나오면 귀를 세우는 이 사회의 건강한 구성원들 말이야. 갑자기 나도 그들처럼 바른 생활 시민이 되고 싶었어. 그다지 욕 안 먹으면서 자연스럽게 그 세계로 편입하는 데엔 많은 이들이 그렇게 하듯 약삭빠른 결혼이 최고라더군. 유부남 핸드폰에 엉뚱한 거래처 이름으로 입력되는 거, 재미없잖아. 불륜이 진부해지니 희망이 생기더라. 다들 그런 거야, 나만 그런 거야?

인생이 케이크라면, 당신은 설탕이라오

자판기에서 캔커피 버튼을 누른다. 쿠당. 작은 폭탄이 내 발 아래 떨어진다. 손을 뻗어 캔커피를 꺼낸다. 뜨겁지도 차갑지도 않고 나처럼 갈팡질팡한다. 단체로 자주색 조끼를 맞춰 입은 노조 아저씨들이 삿대질을 하며 싸우기 시작한다. 옆에 있다가는 맞을 것 같아 얼른 자리를 피한다. 매점 앞에는 공예품과 그림 등이 심심하게 전시되어 있다. 전시회라 부르자니 햇살과 먼지만 관람객이라 퍽 겸연쩍다. 재소자들이 그린 걸까. 소박한 액자 속 서예와 풍경화 들은 어쨌든 우리 동네 이발소 그림보다는 낫다. 나는 한 바퀴 돌면서 감상한 후 거꾸로 다시 한번 돌아본다. 시선을 잡아 끄는 그림이 하나 있다. 단풍 든 산을 업고서 한 남자가 웅크리고 앉아 흐르는 강물을 내려다본다. 동양화는 단아한 맛이 다인 줄 알았는데 이 그림은 종이가 먹을 삼키고 뱉은 듯 터프한 멋이 있다. 게다가 구도도 약간 어그러져 묘한 느낌이 난다. 그림 속 남자는 고개를 숙이고 있어 표정은 알 수 없다. 남자는 새치를 찾으려 거울을 보듯 골똘히 강물을 들여다본다. 수면에는 그의 그림자가 비친다. 그림자는 마치 뒤집힌 채 떠 있는 익사체처럼 거멓고 길다. 오싹하다. 익사체를 바로 돌리면 그림 속 남자의 얼굴이 나타날 것 같다. 때맞춰 재수 없게 약혼자의 얼굴도 덩달아 떠오른다. 왜인지는 모르겠다. 괜히 커피를 마셨나보다. 메슥거리고 불편하다. 이제라도 돌아갈까. 막상 면회시간이 다가오자 초조해지고, 그런 내 꼴이 우스워 다시 초조해진다. 난데없는 불안감이 사람을 바보로 만든다. 그 인간 얼굴을 알아볼 수나 있을지 모르겠다. 그래도 넉 달을 데이트하고 예식장까지 예약한 사이인데 그놈 얼굴이 깜깜하다면 요즘 젊은것들도 많이 걸린다는 치매인가보다. 어릴 때 자길 버린 엄마를 만나는 입양아처럼, 준비해둔 말은 많지만 무엇부터 꺼내야 할지 모르겠다. 죄를 짓지 않아도 벌 근처에 가게 된다는 걸 여기 와서 깨닫는다. 사람들이 나를 위로하거나 비웃었던 까닭은, 나는 그를 사랑하는데 그는 나를 사랑하지 않기 때문이었다. 병신들, 니들은 그런 걸로 슬프냐. 돈이란 있을 때도 있고 없을 때도 있는 것이고, 사랑도 마찬가지지. 진짜 문제는 미성년자를 꼬드긴 혐의로 점퍼를 뒤집어쓰고 있는 내 약혼자를 일곱시 뉴스에서 보았을 때 내가 밥숟가락을 놓지 않고 드디어 올 것이 왔다는 심정으로 저녁밥을 마저 다 먹었다는 데 있다. 정말 희한했다. 잠깐이지만 마음이 평온했으니까. 일이 벌어진다면 그런 식이기를 바랐던 걸까. 어찌 됐건 그는 내가 선택한 남자다웠다. 놀라운 건 나 역시 그가 선택한 여자다웠다는 거다. 순순히 인생을 보내주지 않는 험한 상대한테만 끌리는 까닭은, 우리가 잘못되어서가 아니라 인생이 원체 그러자고 덤비기 때문이다. 그런 정황으로 인해 나는 그가 필요했던 것이고, 그는 나와 그 여고생을 필요로 했던 것이다. 따져보면 우리의 먹이사슬은 깔끔하고 평등하다. 나는 그를 물고, 그는 여고생을 물고, 여고생은 나의 꼬리를 놓지 않는다. 우리는 하나의 원으로 이루어져 있다. 남세스러워 말하기 뭣하지만 사실 이 상황을 나만큼 이해할 여자도 없을 듯싶다. 심지어 나는 그 여고생의 본능까지 내 것처럼 빤하다. 내가 나의 피망 선생님을 알아봤듯 그 아이도 내 약혼자를 한눈에 알아본 것뿐이다. 나는 한 입 거리도 안 돼 보이던, 괴테를 추억하는 독문과 출신의 비리비리한 고깃집 사장을 이제야 처음으로 인정하고자 한다. 그러기에 나는 그를 다시 보아야만 한다. 썩은 물 위에 시체처럼 둥둥 떠 있는 그의 몸을 돌려 그의 얼굴을 똑바로 응시해야 한다. 퉁퉁 부은 뺨과 붉은 눈, 물이끼가 붙은 이마를 닦아줄 사람은 나밖에 없으니까. 애꿎게도 그의 약혼녀는 아직 이 몸이 맞기에.

페망 선생님은 주유소에서 리터당 1420원짜리 눈물을 흘렸다네

사건이 터진 후 사람들은 입을 모았지. 요즘 애들은 무서워. 무슨 소리! 무서운 애들은 쭈욱 무서웠다고. 나는 그 소녀가 보고 싶었어. 예고에서 연기를 전공하고, 그 일대에서 모르는 애가 없다는 4대 얼짱 중 하나인 그 소녀.

나의 피앙세가 그 얼짱 소녀를 만난 건 일 년 전이었어. 만약 인터넷 채팅방에서 그애를 만났다면 그토록 절절하게 빠져들지는 않았을 거야. 아주 고전적인 방법으로 둘은 만났지. 마을버스 정류장에서 딸기가 그려진 수첩을 주운 그는 뒷장에 있는 핸드폰 번호를 곧장 눌렀어. 처음에는 그냥 아는 아저씨와 동생으로 지냈던 것 같아. 그러다 여자애가 스파게티나 스테이크가 아닌 술을 먹고 싶다며 어느 비 오는 밤 끈질기게 붙잡았겠지. 그는 여자와 뽀뽀하는 것도 처음이었어. 어떻게 그 나이에 그럴 수 있느냐 하겠지만 세상에는 그 나이에 비행기 한 번 못 타본 사람도 의외로 많다고. 여자를 모른 채 산 건 그가 못나서이기도 하지만 고결해서 그런 건지도 몰라. 그는 돼지 볼때기를 뒤집기엔 상당히 안 어울리는 가늘고 흰 손을 갖고 있었거든. 그런 손을 가진 사람은 만날 비굴하게 웅그리고 다니면서도 콘크리트 바닥에 말라붙은 아름다움까지 호시탐탐 노리지. 살짝 나온 보드라운 아랫배, 바닐라 향이 맴도는 말랑말랑한 입술, 머리띠 자국이 난 검고 차가운 머리에 얼굴을 묻고 그는 아마 숨도 제대로 쉬지 못했을 거야. 그애의 생일, 모텔방에 분홍 하트 풍선을 달아놓고 '아이 러브 유' 모양의 케이크 초를 끄며 소중한 언약식을 갖기까지 그는 정신없이 빠져들었던 거야. 그날 밤 디지털카메라에 동영상으로 남겨진 혼인빙자간음의 증거. 내가 등장하지 않았다면 그들은 전국의 모텔을 돌며 사랑의 도주를 벌이는, 말 그대로 영화를 찍었을지 몰라. 아버지 성화에 어쩔 수 없이 선을 본 거였지만 그는 처음부터 내게 호감을 느꼈지. 철없는 어린 애인과 비교하니 얼마나 편했겠어. 내가 그의 가게에 들르는 일이 많아지자 소녀는 돌변하기 시작했어. 안 그래도 야윈 그를 빨래 짜듯 쥐어짰지. 나는 너만 사랑해, 심각한 사이 아니야, 결혼 같은 거 절대 안 해, 조금만 기다려줘…… 내 약혼자는 몰랐던 거야, 여자는 달래기보다 속이는 편이 편하단 걸. 그애의 삼촌이라는 무지막지한 인간이 가게로 찾아와 숯불이 타는 화로를 발로 차며 그를 찾았을 때 그는 놀라서 그만 지글거리는 불판 위로 쓰러져버렸지. 돼지목살과 자신의 허연 손이 익어가는 소리를 들으며 그는 차라리 다 타서 저 벽의 그을음이나 되기를 바랐을 거야. 아버지가 불판 집게를 들고 자신에게 다가오는 모습이 오줌 쌀 정도로 무서웠거든.

　그날은 이상한 날이었어. 그의 팔꿈치가 적당히 익어가는 동안 나 역시도 장작구이 통닭처럼 불길에 시달리고 있었지. 나의 영원한 피망 선생님이 용하게도 나를 찾아내고 만 거야. 선생님의 집착은 무서울 정도로 변해 있었어. 선생님은 하룻밤만이라도 자기와 있어달라며 내 발목을 붙잡고 늘어졌어. 정말이지 겁나게 굴었지. 나를 사랑한다고 악을 쓰는데 정신이 번쩍 들더라고. 딱하게도 왜 여자는 남자가 미친놈이라는 중요한 진실을 한 대 맞는 지경에 이르러서야 깨닫게 되는 걸까. 그 눈빛의 광기는 단지 나 하나가 아니라, 다시는 가질 수 없는 모든 것을 잃었기에 나올 수 있는 것이었지. 선생님은 억지로 나를 자기 벤츠에 태웠어. 운전을 하며 선생님은 계속 뒤를 돌아보았어. 쫓아오는 이도 없는데 도망은 왜 가는지. 선생님은 아무도 모르는 곳에서 우리 둘만 살 거라고 했어. 선생님께 나는 사실을 알려주었지. 이제 나는 슈퍼에서 주는 검정 비닐봉지만큼이나 흔한 사람이라고. 그러니까 맘 놓고 버리라고. 그 말이 서러웠는지 선생님은 핸들에 얼굴을 묻고 꺼이꺼이 울기 시작하는 거야. 그 검정 비닐봉지 안에 뭐가 들었는지도 모르고 평생을 소중히 간직해온 사람처럼 말이야. 일단 그 상황을 모면하기로 했지. 배가 아프다고 주유소에 세워달라고 떼를 쓴 후 화장실로 갔어. 남자화장실에서 만난 화물트럭 기사한테 스토커에게 납치됐다고 하니까 뒷문으로 빠져나가면 자기가 태워다주겠다고 하더라고. 쭈글쭈글 시든 나의 피망 선생님이 휘발유처럼 비싼 눈물을 쏟아내는 동안 나는 미련 없이 도망가버렸지. 트럭 기사 덕에 무사히 시내로 돌아왔지만 씁쓸하고 불안해서 혼자 있고 싶지 않았어. 이럴 때 약혼자를 불러내 지친 어깨를 기대면 왠지 그림이 될 것 같았지. 그는 손과 팔에 붉은 촛농 같은 딱지를 달고서 내게로 왔어. 그는 얼 나간 얼굴 전체를 구기며 말했어. 오늘 밤 제발 자기를 버려달라고. 그날 밤이 유일한 기회인 양 그는 간절했어. 영문도 모른 채 나는 그럴 수 없다고 했지. 그를 깊이 좋아한 것도 아니었는데 그 순간만큼은 불길한 예감으로 무지 슬펐어. 나는 그를 알지 못했지. 단지 그를 모르는 것뿐인데 세상을 알 수 없는 것처럼 암담해졌어. 앞에 있는 누군가를 모르면 나 자신도 알 수 없고 세상도 그저 거대한 검정 비닐봉지에 불과한 것이 아닌가. 헛된 망상이었다면 그렇게 내 마음이 저릿하지 않았을 텐데.

롤리타의 청혼

다시 한 차례 사람들이 면회실 쪽으로 우르르 빠져나간다. 내 순서가 다가오자 갑자기 살살 아랫배가 아프다. 화장실에서 볼일을 보고 나오는데 거울 앞에 그 아이가 있다. 아까 엄마 손에 끌려가던 교복 입은 여자아이 말이다. 여자아이는 주머니에서 튜브형 립글로스를 꺼내 입술로 가져간다. 나는 그 옆에 슬그머니 서서 그 앳된 바닐라 향을 훔쳐 맡는다. 아무래도 그 계집애 수상해. 어린 게 눈 밑이 까매가지고. 합의금 얘기를 눈도 깜박 않고 꺼내더라고. 삼촌이란 놈은 까놓고 기둥서방처럼 구는데, 완전 꾼한테 걸린 거지. 미친놈, 지를 좋아하지도 않았는데 것도 모르고. 그의 아버지는 내 얼굴에 침을 튀기며 아들을 욕했다. 원래 그런 거예요, 아버님. 소녀의 사랑이란…… 소녀는 누군가를 사랑하기보다 그 누군가가 바라보는 자신을 더 사랑하기 마련이거든요. 이번 결혼이 깨져도 책임 따위 없다는 본론으로 가기 위해 서론부터 펄펄 뛰는 아버지에게 나는 조용히 일러두었다. 그를 기다리겠노라고. 그의 아버지도 놀랐지만, 나는 더 놀랐다. 내가 그런 청순가련형의 대답을 할 줄 누가 알았겠는가. 어쩌자고 그런 곤란을 떠맡았는지 스스로에게 또 묻고 답해본다. 진정 나를 사랑하기는 했는지 확인하기 위해 그를 기다린다는 뜻인가. 그건 아니다. 사랑이 뭐 가스밸브인가, 일일이 확인하게. 설령 그가 그 얼짱 소녀를 여전히 사랑한다며 끝까지 배신을 때리더라도 나는 그러려니 할 것이다. 왜냐하면 이미 나는 알고 있으니까. 결국 그가 선택할 사람은 바로 나라는 것을. 나는 그에게 친절히 정리해줄 것이다. 당신이 늘 반하고 마는 아름답고, 간악하고, 순수하고, 애처로운 존재는 바로 나라고. 당신이 사랑할 그 여자아이는 내가 될 수밖에 없다고. 그러기에 우리는 처음부터 서로를 알아본 거라고. 얼떨떨해서 머뭇거리는 그에게 나는 재차 강조할 것이다. 나로 말할 것 같으면 나의 밥이자 국이자 나물이 되는 남자를 놓친 적이 없으니 도망갈 생각일랑 일찌감치 접으라고. 그나 나나 모른 척하여도 우리는 엄연히 같은 존재들이다. 우리는 언제나 감당하기 힘든 선택만을 하며 그로 인해 벌을 받고 아픔을 얻는다. 그러나 우리는 피하지 않는다. 내가 결정한 인생으로부터 도망칠 수 있는 방법이란 없다. 중력의 법칙을 깨달았다 하여도 중력으로부터 벗어날 수 없듯이. 불쑥 그 얼짱 소녀에 대한 질투가 솟는다. 장담하건대 그 시절 나의 미모를 따라오려면 그 얼짱 소녀는 가랑이가 찢어질 것이다. 언젠가 그에게 청색 교복을 입은 나의 모습을 보여주고 싶다. 그에게 나의 과거와 현재와 미래를 온전히 보여주지 못한 것이 이제야 아쉽다. 진실하지 못했음을 후회하기에 이 장소만큼 적절한 곳도 없다. 립글로스를 바른 후 실핀을 옮겨꽂는 여자아이에게 나는 대뜸 빌려달라고 손을 내민다. 별꼴이야, 하는 얼굴로 여자아이가 립글로스를 건넨다. 나는 그 여린 핑크색을 손가락 위에 짜서 눈두덩에 슥슥 하고 바른다. 순식간에 화사하고 세련된 눈매가 완성된다. 여자아이가 저런 화장법도 다 있나 감탄하며 나를 본다. 넌 아직 멀었어. 한 수 가르쳐주고는 나는 화장실을 나온다. 햇빛 아래에서 옷매무새를 다시 고쳐본다. 이제 그를 만나야 할 시간이다. 그 작은 유리방은 나를 모욕한 남자와 새로 시작하기에 그리 나쁜 곳은 아닐 것이다. 주어진 시간이 짧기는 하나 멍청이들이나 시간 탓을 하는 법이니까.

키티 부인

남자는 일어나 나가서 검정 유성펜을 가지고 온다. 그리고 헬로키티 하나하나에 입을
그려넣기 시작한다. 곰인형을 안은 헬로키티가 웃는다. 칫솔을 든 헬로키티가 혀를 내
민다. 꽃을 든 헬로키티가 어금니를 드러낸다. 책가방을 맨 헬로키티가 욕을 한다. 누군
가를 부른다. 자기 이름을 말한다. 일흔네 개의 헬로키티들에게 입이 하나도 없다는 건
서글프다. 하품을 하고, 생선을 훔치고, 교성을 지를 입이 그들에게도 필요하다.

남자는 베란다에서 주전자처럼 울고 있는 고양이를 본다. 벌써 일주일째 고문이다. 가만히 있는 고양이도 다루기 힘든데 발정난 암고양이는 그저 처치 곤란이다. 고양이는 바닥에 배를 비비며 남자를 노려본다. 수박씨 크기로 줄어든 동공과 마주친 남자는 움찔한다. 짜증나서 달려가 걷어차고 싶지만 실은 무섭다. 남자는 내쇼날 전기 안마의자에 털썩 앉는다. 작동버튼을 누르자 온몸이 미세한 진동에 휩싸인다. 남자는 거대한 자위기구의 한 부품이 된 기분이다. 가능만 하다면 자신을 저 망할 고양이한테 빌려줄 의향도 있다. 남자는 포기한 듯 몸을 맡긴 채 베란다 유리에 겹치는 고양이와 자신을 본다. 며칠째 면도도 하지 않은 삼십대 중반의 남자가 분홍색 헬로키티 파자마를 입고 있는 모습은 사뭇 측은하다.
　아내가 집을 나간 후, 남자는 끝내 잠옷을 찾지 못했다. 남자는 신혼여행 당시의 항공사 스티커가 아직 붙어 있는 트렁크를 끌고 나가는 아내를 잡지 않았다. 오랜만에 킹 사이즈 침대를 독차지할 생각에 오히려 설레기까지 했다. 남자는 아내의 부재가 전혀 아쉽지 않았다. 딱 잠옷을 찾아 헤매기 전까지는 말이다. 빨래바구니까지 다 뒤졌는데도 남자는 자신의 하늘색 실크 잠옷을 찾을 수가 없었다. 그제야 남자는 아내가 없다는 사실이 불안해졌다. 잠옷이 없으면 잠을 못 자는 남자를 아내는 종종 비웃곤 했다. 정말 성격 한번 이상해. 그날 밤 처음으로 남자는 자신의 성격이 정말 이상하다고 느꼈다. 한참을 씩씩대며 서랍을 뒤지다 겨우 발견한 것이 분홍색 헬로키티 파자마 세트였다. 아내가 임신 말기를 대비해 사놓은 커다란 파자마에는 아내가 가장 좋아하는 헬로키티가 눈을 동그랗게 뜬 채 둥둥 떠다니고 있었다. 입어보니 영락없는 변태였다. 아내가 돌아올 때까지만 변태가 되자. 그러고서 두 달. 고양이가 발정나기 전까지만 해도 그런대로 지낼 만했는데. 지금, 남자는 괴롭다. 남자는 곧이곧대로 갈구하고 욕망하는 짐승이 낯설다. 잡아먹힌 아기가 뱃속에서 내는 듯한 울음소리와 욕실 매트에 몸을 비비는 격렬한 구애는 그를 공포에 떨게끔 한다. 정신 나간 여자가 살려달라 붙잡는 느낌이랄까.

남자는 좌우대칭이 완벽한 고양이의 등 무늬를 홀린 듯 바라본다. 그르릉 끓는 신음소리에 바르르 유리창이 떨린다. 저 고양이처럼 길들일 수 없는 여자들을 남자는 떠올려본다. 손 내밀면 할퀴고, 돌아서야 제 몸을 꼬며 비비는 여자들에게 돈 깨나 날렸던 남자다. 혜나는 정확히 그런 부류는 아니었다. 그래서 좋았는지 모르겠다. 아무리 머리를 짜도 이 골치 아픈 상황을 도와줄 사람으로 혜나만한 인물이 떠오르지 않는다. 남자는 견딜 만큼 견뎠다고 스스로 독려하며 옛 여자의 연락처를 찾아 일어선다.

"사파리야? 구경만 하고 있게?"
거의 일 년 만의 통화인데 혜나는 그다지 놀라지도 않는다. 우는 소리로 상황을 말하니 오히려 깔깔 신났다.
"나 덮칠까봐 겁나 죽겠어."
남자는 반가워서 괜히 엄살이다.
"걔는 뭐 남자 보는 눈도 없는 줄 알아?"
구박도 반갑고 뭐든 반갑다. 어서 이 고양이 발정 지옥에서 빼내주기만 한다면.
"너, 전문가잖아. 해달라는 거 다 해줄게. 제발 나 좀 도와줘라."
"누구를 도와야 하는데? 사람부터 봐줄까?"
얄밉게 굴려다 남자가 싹싹 빌자 혜나는 못 이기는 척한다.
"그런데, 애 이름은 뭐야?"
"⋯⋯애? 아직 안 지었는데. 부모님이 작명소에 맡기시겠지."
"에앵, 뭔 소리야?"
혜나는 고양이 이름을 묻는데 남자는 다음달 태어날 아이를 말한다.
"키티, 키티야."

남자는 고쳐 말하지만 씁쓸하다. 오빠는 아빠 될 자격도 없어. 아내가 등뒤로 문을 닫으며 낮게 중얼대던 말이 떠오른다.

요즘 하루에 몇 번씩 그 말이 아프게 찾아온다. 그는 아이를 기대하지 않았다. 아니다. 그럴 리 없다. 자신을 꼭 닮은 딸이 어느 날 이 지구상에 뚝 떨어진다 생각하면 마냥 가슴이 따뜻해졌다. 그저 시기가 나빴을 뿐이다. 연봉 이억오천에 성과금 판공비 무제한이던 시절에는 아이가 생기질 않더니 연봉 삼천오백일 때 임신이 됐고 그마저 그만두었을 때 아내는 집을 나가버렸다. 아내가 아이를 얼마나 기다렸는지 남자는 잘 안다. 아내는 두 번이나 유산을 했다. 두번째 유산을 하고 누워 있는 아내를 위해 남자는 고양이를 선물했다.

아니, 솔직히 말하면 아내를 위해 산 것은 아니었다.

혜나는 그 무렵 남자의 애인이었다. 그는 골프 말고도 활발한 취미활동을 하고 있었는데, 화류계 여자들과 사귀는 게 그것이었다. 그녀들에게 선물하려고 어찌나 명품을 많이 샀는지 압구정동 한 명품숍의 최우수 고객이 되기도 했다. 혜나와 사귄 지 얼마 안 됐을 때 그는 단골 코스인 명품숍으로 데리고 갔다. 그러나 혜나는 별로 탐을 내지 않았다.

"최이사님은 진정한 럭셔리를 모르신다."

혜나는 입술을 쫑그리더니 근처 고양이 전문숍으로 갔다. 쇼윈도 앞에서 샴고양이 새끼 재롱떠는 모습을 보는 혜나의 가는 발목과 하이힐이 남자에게는 눈이 시릴 정도로 섹시해 보였다. 혜나는 에르메스 버킨 백보다 고양이가 더 좋다고 했다. 핸드백 수집하듯 고양이를 모으는 그녀는 이미 터키시 앙고라 두 마리와 러시안 블루 한 마리를 키우고 있는데도 욕심을 냈다. 고양이숍의 브리더는 자신 있게 브라운 태비의 아메리칸 쇼트헤어를 추천했다. 손바닥만 한 녀석이 삼백만원이나 한다는 게 놀라웠지만 버킨 백보다는 쌌다. 혜나가 고양이를 젖 먹이듯 안고 달래는데 남자는 아내가 떠올랐다. 아내에게도 한 마리 사다주면 좋을 것 같았다. 아내는 헬로키티 마니아였다. 다섯 살 때부터 사모은 헬로키티 캐릭터 상품이, 반창고에서부터 한정판 노트북까지 없는 게 없었다. 진짜 고양이면 더 좋겠지. 스스로 기특해서 남자는 한 마리를 더 샀다.

"입술이 있네."

목에 자주색 벨벳 리본을 단 새끼 고양이를 한참 보더니 아내는 말했다.

"헬로키티는 입이 없거든."

손가락으로 고양이의 입술을 만지며 아내는 배시시 웃었다. 고양이의 이름은 당연히 키티가 되었다. 아내는 키티에게 분홍 레이스 침대와 쿠션을 사주었다. 늦게 들어오는 날이면 남자는 그 옆에서 팔베개를 하고 잠든 아내를 볼 수 있었다. 그러나 아내는 키티를 아기인 양 가슴으로 안거나 어르지는 않았다.

문을 열자 혜나가 서 있다. 검정 슈트 정장에 버버리 체크의 애완동물 이동장을 들고 서 있는 모습이 산뜻하고 매력 있다. 남자가 입을 벌리고 서 있자 혜나가 쯧쯧거리며 밀친다.

"와, 최이사님 집 좋네. 한 육십 평 되나봐. 벽지 괜찮다. 사모님이 감각 있네. 근데 사모님 진짜 없는 거야?"

"애 낳으러 친정 갔다니까."

"아이, 봤으면 좋았을 텐데."

혜나가 눈을 흘기는데 순간 진심이 느껴져 남자는 살짝 떤다. 옛날 애인을 집으로 끌어들인 상황 자체가 우스운 걸 알지만 어쩔 수 없다. 남자는 의사선생님한테 환자를 보여주듯 혜나를 베란다로 데리고 간다. 키티가 졸다가 놀라서 귀를 세운다.

"어머, 예쁘게 컸네. 털 빠진 것 좀 봐. 완전 스트레스 받았구나. 이제 걱정 말아요. 언니가 신랑 데려왔으니까."

"미안해. 동물병원 가려는데 무서워 만지지도 못하겠더라고. 봐, 봐, 저 요물이 이 난리를 쳐놨다니까."

빗살무늬토기 문양으로 핏자국이 난 팔뚝을 내밀어 보이며 남자는 칭얼댄다.

"간만에 최이사님 얼굴도 보고 좋지 뭐."

혜나는 팔뚝을 탁 치며 과하게 명랑한 어조로 말한다. 씨가 있는 말이라 남자는 겸연쩍다.

넉 달 정도 만나면서 좋을 때는 좋았지만 막판에는 엉망이었다. 혜나가 일하는 룸살롱 테이블 위에 오줌을 싸고 가라오케의 모니터를 부수고, 난리도 아니었다. 막 회사에서 밀려난 무렵이라 제정신이기 어려웠다. 자신을 내몬 어제의 친구이자 적들의 면상을 향해 노란 오줌을 갈기며 가만 안 두겠노라 소리쳤었다. 손도 못 만지게 구는 몸값 비싼 텐프로 아가씨들이 혀를 차며 퇴장하는데 혜나는 끝까지 발을 동동 구르며 그를 안타깝게 쳐다봤었다. 그후 직업상 눈치 구 단인 혜나가 알아서 연락을 끊어준 게 오히려 고마울 정도로 남자의 형편은 말이 아니었다.

"토오옴! 이리 나와봐, 톰! 예쁜 신부가 기다리고 있어, 톰!"

이동장 문을 열자 키티보다 조금 덩치가 큰 아메리칸 쇼트헤어 한 마리가 슬금슬금 기어나온다. 코를 킁킁거리며 낮은 포복자세로 주위를 살피는데 여간 만만치 않다. 조금 낯설어할 뿐 두려워하지 않는다. 남자는 녀석의 유연한 허리가 마음에 든다. 저 정도면 키티쯤은 가볍게 눌러줄 수 있을 것 같다.

"내가 사준 그놈 맞아? 잘 컸네."

혜나도 우등생을 둔 학부모처럼 뿌듯해한다.

"벌써 한 번 교배도 했어. 저번에 병원 갔을 때 중성화수술 하랬는데 안 하길 잘했네. 일단 서로 친해져야 하니까 베란다에다 둘만 가둬두자."

번쩍 고양이를 들어올리더니 혜나는 성큼성큼 베란다로 간다. 키티가 딴청을 피우고 있는 사이 재빨리 톰을 안에다 밀어넣는다. 남자와 혜나는 베란다 창에 이마를 붙이고 관람에 나선다. 톰이 쑥 미끄러져 들어가자 그제야 키티가 놀라서 꼬리털을 부풀린다. 캬악— 캬악— 찢어져라 입을 벌리며 위협하는 키티를 보자 남자는 또 움칠한다. 남자가 술 취해 꼬리를 밟았을 때 처음으로 키티의 저런 모습을 보았었다. 남자는 깜짝 놀라 소파 위로 번쩍 뛰어올라갔고, 아내는 고소한 듯 깔깔거리며 구경을 했다. 공격이 아닌 방어라 해도 남자는 심장에 발톱이 박히는 듯 소름이 끼쳤다. 마치 아무도 모르게 숨겨둔 자신의 비행을 알아채고 경고하는 것 같았다. 끼야아앙— 끄으으아앙— 처음 맡는 수컷의 냄새가 온몸 구석구석 파고들었는지 키티는 미친 듯이 경계한다. 톰도 놀라긴 했는지 다가가다 말고 귀를 납작 눕힌다. 하나 곧 키티가 '여자'인 걸 알아내고 눈빛을 번쩍거린다. 톰이 화분 뒤로 숨은 키티의 꼬리를 발견한다. '여자' 냄새에 이끌려 항문에 코를 들이대는데 키티가 기겁하며 공중으로 날아오른다. 쟁그랑. 화분이 깨지고 돌들이 흩어진다. 잡기 놀이가 시작된다. 키티가 내빼고 톰이 쫓는다. 후다닥 키티가 뛰다 돌연 고개를 돌려 크아악— 송곳니를 드러내면 톰도 얼떨결에 멈춰 등을 핥는다. 그러다 '저까짓 것' 하는 생각이 들었는지 훌쩍 뛰어올라 키티를 덮친다. 목을 물고 조준을 하려는데 키티가 요동을 친다. 끝까지 거부하는 일도 쾌감의 일부인지, 키티가 번쩍 서서 캥거루처럼 주먹질을 한다. 이에 질세라 톰도 두 발로 서서 잽을 날린다.

"왜 저러는 거야? 못 해서 안달이더니 꼴에 여자라고 튕겨?"

남자는 키티의 변덕이 아니꼽다.

"괜찮아. 처음이라 거리 두는 거야."

혜나는 그 난장판을 흥미진진하게 구경한다. 남자는 초조하고 짜증이 난다. 사람도 다 알아듣는 노골적인 신음소리를 내는 주

126

제에 달려드는 수컷한테 고맙다고는 못할망정 저렇게 내동댕이
치다니.

"아니, 저년이 미쳤나!"

소용돌이가 일어난다. 고양이들이 서로 꼬리를 물고 태극무늬
로 뒹구는 그 위로 히로시마의 버섯구름처럼 털구름이 피어난다.
수컷의 털을 입에 물고 씩씩거리는 키티의 눈빛은 이미 먼 세상에
있다. 보다 못한 혜나가 얼른 뛰어가 톰을 안는다. 화가 난 남자가
한 대 갈기려 달려가자 키티가 잽싸게 구석으로 숨는다.

"됐어. 놀라서 그런 거니까 잠깐 놔둬. 저번에도 암컷이 저러더
니 결국 하더라고."

자기들이 싸운 것도 아닌데 남자와 여자는 옷매무새를 고치며
자리에 앉는다. 두 사람은 눈을 맞추다 말고 피식 웃는다. 톰이 연
방 발등으로 이마를 매만지다가 아무래도 아쉬운지 다시 베란다
로 가 기웃거린다. 속도 없는 놈! 그래도 귀엽긴 하다.

"오래 걸릴 것 같은데 어쩌지? 오늘 가게 나가야지?"

"나 없어도 너무 잘 돌아가서 큰일이야. 근데, 커피도 한잔 안
주네?"

커피분쇄기를 찾는데 혜나가 주방까지 따라와 샅샅이 살핀다.
이사할 집을 고르는 주부처럼 냉철한 눈길이 남자는 어째 부담스
럽다.

"나도 시집가면 이런 싱크대로 할까봐. 냉장고도 퍼플로 맞췄
네."

보랏빛 냉장고에 등을 기댄 채 혜나는 냉기를 흡수하듯 두 팔을 벌린다. 그러고 가만히 남자를 바라보다 입을 여는데, 얼음여왕처럼 차가운 입김이 새어나온다.

"우리 술 마실까?"

흑설탕 빛깔의 갈색 스타킹에 햇살이 내려앉는다. 혜나는 안마의자에 다리를 쭉 뻗고 앉아 지난 겨울에 있었던 교통사고에 대해 주저리주저리 떠든다. 여자의 다리를 멍하니 보고 있으려니 흡사 최면에 빠진 듯하다. 톰은 다시 베란다로 진입했으나 키티의 무서운 앙탈에 질려 눈만 끔벅인다. 남자는 불안하다. 말린 자두와 와인으로 채운 속이 역겨울 정도로 달콤하다. 혜나는 죽을 뻔한 그 사고를 계기로 자신이 변했다고 강조한다. 그후 교회에도 나가고 절에도 가봤지만, 결론은 하나, 지금의 삶은 한 번뿐, 고양이처럼 아홉 개의 목숨을 가질 수는 없다는 사실을 깨닫게 됐다고 한다. 바로 그 때문에 혜나는 최대한 빨리 결혼을 하고 아이도 낳겠다고 선언한다. 남자는 진지한 혜나를 본다. 아무래도 사고 후유증 같다.

"우리 업소에 나 다니던 교회 목사님이 오셨는데 그러시더라. 가정이 천국이라고. 그래서 나도 가정이란 걸 좀 꾸려보려고."

"목사님은 왜 천국 놔두고 거기서 술 마신 건데?"

"최이사님 천국은 어때?"

이 계집애, 알면서 슬슬 긁네. 남자는 혜나가 친절히 여기까지 행차하심이 미적지근했던 연애에 대한 작은 앙갚음임을 그제야 깨닫는다. 그러나 남자는 앙심을 품는 여자들에게 익숙하다. 그리고 그것을 돈으로 매수하는 일 역시 익숙하다. 혜나가 비틀거리며 일어난다. 발꿈치를 들고 휘청대며 화장실을 찾는다.

아내가 나간 후, 아내의 부재를 가장 크게 느꼈던 곳은 희한하게도 부엌이 아니라 화장실이었다. 칫솔이 하나만 꽂혀 있는 칫솔통을 보자 기분이 참 묘했다. 홀로 남은 자신의 칫솔을 보는데 불쑥 아내의 말이 떠올랐다.

"우리가 언제부터 잘못된 건지 모르겠어."

아내는 그렇게 말하며 집을 나갔다. 결혼생활 삼 년, 그는 자신을 얼추 평균적인 남편이라 생각했다. 술 마시는 횟수도 여자 만나는 횟수도 친구들과 비교해 앞서지도 뒤서지도 않았다. 좀 바쁘기는 했어도 아내를 실망시킬 만한 일은 결코 들키지 않았다. 애인 줄 선물을 사면 아내에게는 동그라미가 하나 더 붙은 가격의 선물을 사주곤 했다. 아내도 습관적으로 투덜거릴 뿐 별 불만은 없었다. 덤덤하던 아내가 변하기 시작한 건 배가 불러와 더이상 예전 옷을 입지 못하게 된 시점부터가 아닐까 남자는 짐작한다. 아내는 종일 우울한 얼굴을 했다. 그즈음 남자는 사업 준비를 이유로 명색뿐이던 이사 자리에서 물러났다. 마음만 먹으면 남자는 종일 아내의 구겨진 면상을 구경할 수 있었다.

"장인어른 봐서 잘 알잖아. 비즈니스 하다보면 한 박자 쉬어야 할 때도 있는 거야. 이유를 모르겠네. 대체 왜 우울한데?"

떳떳하지 못할 까닭이 남자는 없었다. 일은 쉬어도 생활비는 본가에서 넉넉히 조달되었다.

"언제부터인지는 모르겠는데, 자꾸 그런 예감이 들어…… 모든 게 잘못된 게 아닐까…… 나도 모르는 사이 어긋나기 시작해서…… 이미 돌이킬 수 없게 된……"

주부 대상 모노드라마에나 나올 법한 독백을 서툴게 중얼대는 아내가 남자는 고까웠다.

"태교도 모자랄 판에 잘하는 짓이다."

"그래서 나도 답답해. 내 몸속에 우리 아기 말고 또다른 뭔가가 차지하고 앉아서 자꾸 참견하는 것 같아. 이건 아니라고, 잘못 돌아가고 있다고. 아기한테 미안해 죽겠어."

공부를 암만 해도 성적은 그대로인 수험생처럼 아내는 전전긍긍했다. 진심으로 부대끼는 얼굴이라 남자도 걱정이 되긴 했다. 그러나 아무리 따져봐도 아이 가진 여자로서의 허세가 아니고서야 이유가 없었다. 잘못된 건 없었다. 있더라도 눈에 띄지 않았다. 샤워부스에 숨어 혼자 훌쩍이는 아내를 보는데 남자는 오히려 담담해졌다. 생리통처럼 결코 도울 수 없는 어떤 부분이 여자의 인생에는 존재한다는 사실을 그는 알았다. 아내가 마음속 분란의 주모자로 그를 지목하고 몰아세울 때마다 그는 침묵으로 대꾸했다.

"자신있어? 좋은 아빠가 될 것 같아? 나는 오빠가 정말 아이를 원하는지도 모르겠어."

본인도 감당 못 할 하소연에 지쳤는지 아내가 먼저 떨어져 지내는 편이 나을 것 같다고 했을 때 남자는 시원했다. 아내는 워커힐에서 이틀을 꼬박 울다가 친정으로 들어갔다. 그후, 아내와 함께 사라진 분홍색 칫솔의 빈자리를 볼 때마다 하얀 거품 같은 의문이 남자의 입가에 맴돌았다. 우리가 언제부터 잘못된 걸까. 남자는 간혹 아내를 흉내내며 스스로에게 물었다. 답은 없었다.

"어머머, 어머! 이게 다 뭐야!"

혜나가 비명을 지른다. 남자는 깜짝 놀라 소리가 난 쪽으로 간다.

혜나가 아기방 한가운데에서 빙그르르 돌며 자지러진다. 그 방을 본 여자들 대부분이 저런 반응을 보였다. 아내는 남자가 주로 포르노를 다운받을 때 사용하던 서재를 치우고 아기방을 꾸몄다. 헬로키티의 성지 혹은 헬로키티의 사설 물류창고. 분홍색 벽지와 커튼 아래 분홍 아기 침대를 감싸고 있는 헬로키티 침구. 헬로키티가 그려진 미니 옷장과 전화기와 쿠션과 소파, 천장에 붙은 반짝이는 헬로키티 풍선들과 스탠드와 거울, 기저귀가방과 헬로키티 일회용 기저귀와 꼬마 변기, 젖병과 숟가락과 물티슈와 무선 미아방지기…… 아이를 위한 모든 물건에는 헬로키티가 있었다. 남자는 눈이 어지러워 방문을 여는 것도 꺼렸으나 여자들은 아니었다. 여자들은 그 방에 들어서면 추운 겨울날 캐러멜라테가 든 머그잔을 두 손으로 감싸고 있는 듯한 얼굴이 되었다.

"미쳐, 미쳐. 너무 판타스틱한 거 아냐! 어머, 어머! 나도 어렸을 때 이거 있었는데!"

동전 소리가 요란한 헬로키티 저금통을 흔들며 폴짝폴짝 뛰다가, 혜나는 균형을 잃고 헬로키티 인형들이 무덤처럼 쌓여 있는 소파 위로 넘어진다. 아내가 다섯 살 때부터 모아온 일흔네 개의 헬로키티 인형들이 흩어지며 나뒹군다. 혜나는 광기 어린 눈빛으로 까르르르 웃는다. 남자의 여동생이나 아내의 친구들도 그 방에서는 다들 혜나와 비슷하게 이상했다. 모두 어린 시절로 돌아간 듯 즐거워하였으나 남자의 눈에는 어색하게만 보였다. 여자들에게서는 모두 아이일 수 없는 어떤 냄새가 났다.

남자는 옛날부터 이해가 안 갔다. 왜 여자들이 헬로키티를 좋아하는지. 차라리 바비인형이라면 어느 정도 인정할 수 있었다. 어렸을 때 동생의 바비인형을 몰래 가져다 뾰족한 유방에 고추를 비벼대며 그 견고한 재질에 놀란 기억이 있다. 바비는 겁나도록 섹시하다. 그것만으로도 존재 이유는 충분하다. 하지만 헬로키티는 머리 크고 뚱뚱한 하얀 고양이에 지나지 않는다. 귀여워 보이려고 작정한 그 표정과 과도한 핑크색은 혀짧은 소리를 내는 여자처럼 부담스러울 뿐이다.

"귀엽잖아."

혜나는 세상 여자들과 단합한 듯 대답한다. 그러나 남자는 이해할 수 없다. 새로 나온 BMW7시리즈의 열쇠고리로 헬로키티를 달고 다니는 아내의 친구를 보면서는 답답해서 한마디 해주고 싶었다. 그건 BMW에 대한 모독이라고. 물론 아내의 생각은 달랐다.

"그런 게 바로 여유야. 삶의 여유!"

딱 붙는 펜슬 스커트가 후루룩 올라가 혜나의 매끈한 허벅지가 드러난다. 탐스런 엉덩이에 무게중심을 두고 다리를 부채꼴로 벌리고 앉은 혜나는 인형놀이에 전념한다. 천장이 어떻게 생겼는지 보여주기라도 하려는 듯 인형들을 일렬로 가지런히 눕힌다. 그리고 옆에다 인형들의 옷이나 장신구들을 나란히 놓는다. 마치 무장 공비 소지품을 진열해놓은 반공 전시회 같다고 남자는 생각한다.

"혹시 사모님이 키티를 닮았나?"

쓸데없는 취미라고 남자가 한숨을 짓자 혜나가 묻는다.

"사람들은 자기랑 닮았거나 닮고 싶은 것들을 숭배한다잖아. 바비 인형 너무 좋아해서 똑같이 성형수술한 미국 여자도 있었거든. 미친년이지."

남자는 아내가 머리에 분홍 리본을 달고 한 손에는 곰인형을 들고 가만히 앉아 있는 모습을 상상해본다. 우습다. 어울리지 않는다. 아내는 귀여운 여자를 하위의 여자로 만드는 그런 유형의 미인이다. 물론 아내도 동그란 이마에 가는 눈웃음으로 귀여운 인상이긴 하지만 한 발자국 가까이 다가가면 알게 된다. 눈만 웃고 있을 뿐 입은 웃지 않는다는 걸. 아내는 조용하고 도도하다. 그 덕에 무식한 편인데도 별로 티가 나지 않는다. 아내는 세련된 취향으로도 유명하다. 디자이너 브랜드의 가장 기본적인 화이트 블라우스에 돈을 아끼지 않는 아내는 절제된 미감의 정수를 안다. 그런 여자가, 그 많은 훌륭한 물품들에 둘러싸여 있는 여자가 이 유치한 소녀 취향의 캐릭터용품에 집착하고 있다는 사실이 이해가 안 된다. 다른 여자에게는 이미 쓰레기가 된 것을 그녀는 아직도 버리지 못하고 있다.

"으으, 은근히 엽기적인걸. 사모님 혹시 잔혹 취미?"

혜나는 눈알이 없어진 몇 개의 헬로키티들을 들어 보인다. 누군가에게 복수라도 당했는지 눈들이 지워진 그것들은 괴기스럽다. 남자는 옷장 위에 혼자 앉아 있는 실크 웨딩드레스를 입은 헬로키티를 기억한다. 결혼 전 함께 일본 여행을 갔을 때 아내에게 선물한 것이다.

서른번째 생일을 맞은 아내에게 남자는 가장 하고 싶은 일이 무언지 물었다. 아내는 자신이 세상에서 가장 좋아하는 장소에 데려다달라고 했다. 바로 산리오 사의 캐릭터상품 테마파크인 산리오 퓨로랜드였다.

"거기에 키티 하우스가 있거든. 오빠 안 가봤어? 완전 천국이야. 처음 갔던 날 바닥에 주저앉아 울고 싶더라니까. 꿈속에서 봤던 그대로였거든."

"천국 같은 소리 하네. 나잇값 좀 해라."

면박은 줬어도 남자는 아내의 천국이 궁금했다. 삼천 엔의 입장료를 지불하고 입장한 아내의 천국은 그러나 퍽 실망스러웠다. 그곳은 깜찍한 취향을 끔찍이 싫어하는 사람이라면 자살충동을 느낄지 모를 팬시상품의 파라다이스일 뿐이었다. 하나 그곳에 들어서자 아내는 삶의 묘약이라도 마신 사람처럼 변했다. 아내는 아직 소유하지 못한 헬로키티 신상품들을 보면서 탐욕스럽게 입술을 핥았다. 하얀 낯에 흰자위만 핑크빛으로 반짝이는 아내의 얼굴은 흡사 그곳의 일부처럼 보였다. 남자가 황당해서 바라보자 아내는 수줍어하며 고백하였다.

"다섯 살 때였어. 아빠가 동경 출장갔다가 처음으로 키티를 사오신 거야. 그때 한참 엄마한테 동생 만들어달라고 조르고 있을 때였거든. 근데, 키티를 처음 본 순간 동생 따위는 필요 없어진 거야. 그렇게 귀엽고 예쁘고 사랑스러운 아이를 난 본 적이 없었거든. 키티를 안고 있으면 정말 기분이 좋았어. 사람들도 모두 나랑 키티가 닮았다고 그랬어. 아빠랑 엄마는 눈에 띄는 대로 키티들을 사주셨어. 강아지처럼 치근덕거리지도 않고, 선생님처럼 잔소리하지도 않고, 친구들처럼 내 비밀을 함부로 떠들고 다니지 않는 키티는 그때부터 나의 베스트 프렌드였지."

그때 진작 눈치챘어야 하는데. 고양이를 두 마리 이상 키우는 여자와는 결혼하지 말라는 격언을 남자는 몰랐던 것이다.

"주위에서 뭐라고들 많이 했지. 왜 똑같이 생긴 걸 계속 사냐고. 똑같이 생겼기 때문에 계속 사는 건데 말이야. 헬로키티랑 있으면 항상 변함없는 기분이 들어. 아주 따뜻하고 누군가한테 영원히 사랑받는 느낌. 그런 걸 어디에서 느끼겠어. 있잖아, 집에 불이 나면 무얼 갖고 나올 거냐고 물어보면 대부분 일기장이나 앨범, 보석 같은 걸 갖고 나온다고 말하잖아. 하지만, 난 그런 것들 필요 없어. 다시 나가서 헬로키티만 사면 돼. 그러면 난 다시 가장 소중한 걸 갖게 되거든."

아마 아내가 했던 가장 내밀한 고백일 것이다. 아내의 생급스런 모습이 너무 귀여워 남자는 여기에서 제일 비싼 걸 사주겠노라 공원 중앙의 '지혜의 나무' 앞에서 외쳤다. 있기만 하다면 헬로키티관이라도 사줄 작정이었다.

"헬로키티랑 나랑 동갑인 거 알아? 애도 나처럼 74년 가을에 태어났어. 우리가 이렇게 서른 살이 되다니. 그 동안 해놓은 일도 하나 없는데. 세월만 혼자 빠르네……"

아내는 감상에 젖어 자신을 둘러싼 지독한 분홍의 세계를 바라보았다. 여자가 돌연 쓸쓸함을 토로할 때 어떻게 해야 하는지 남자는 잘 알았다. 과한 격려와 칭찬으로 여자가 사랑받는 존재임을 확인시켜줘야 한다. 남자는 웨딩드레스를 입은 헬로키티를 내밀었다. 남자는 청혼을 했다. 아내는 감격해서 입을 열지 못했다. 그들 뒤로 격에 맞지 않는 전자음악이 흘러나왔지만 그들은 신경쓰지 않았다. 분홍 벽돌집 앞에서 그들만큼 행복을 확신하며 즐거워하는 입장객은 없었다.

"이 집 딸은 좋겠다. 완전 공주님 탄생이셔."

서랍장에 가득한 아기옷들을 펼치며 혜나는 비꼰다.

"아직 딸인지 아들인지 몰라. 그 병원 되게 웃기더라. 대한민국에서 제일 좋은 데라면서 아이 성별도 안 가르쳐주냐."

"최이사님은 당연히 아들이지? 딸이라도 괜찮겠어? 남자들 딸이 좋다고 말만 하지 허전해 죽던데, 뭐."

남자는 초음파로 딱 한 번 본 그 작은 생명체가 과연 자신으로부터 시작된 것인지 아직도 실감이 안 간다. 그것은 꼭 우주로부터 온 어떤 신호 같았다. 남자는 그 경이로운 메시지를 이 지구상에서 무사히 해독할 수 있을지 두려웠다. 아내도 마찬가지였다. 아내는 사랑하는 만큼 아이에게 잘할 수 있을지 저만치 앞서 걱정했다. 이제 남자는 어서 빨리 아이가 태어나길 바란다. 아이가 태어나면 분명 아내도 달라질 것이다. 본인도 이해 못 할 상실감과 싸우기보다 늘어진 뱃살과의 현실적인 투쟁을 택할 여자가 바로 아내다. 그 모든 변화에 덩달아 끼어 남자도 일단 무력감에서 벗어나리라 희망한다. 모르긴 몰라도 부모님이 가만 계시지는 않을 것이다. 손자를 안겨드리면 못 이기는 척 평소에 바라던 스시 바 정도는 차려주실 것이다. 부모가 되어 또 부모에게 비빌 생각을 하니 남자는 처음으로 조금 바끄럽다.

"아니야, 난 딸이었으면 좋겠어."

인심 쓰듯 남자는 말한다. 아들에게 아내의 핑크 유전자가 섞이느니 미인 엄마를 빼닮은 딸이 더 나을 것이다. 남자는 아내의 소녀 시절 모습을 기억한다. 남자와 아내는 주일이면 신도들의 중형 승용차들로 인해 인근 교통체증이 심각해지는 대형 교회에서 만났다. 부모님들이 사교를 빙자한 사업상 이유로 마련한 식사 자리에서 고등학생이었던 남자는 중학생이었던 아내를 보게 되었다. 어린 아내는 새침하면서도 둔해 보였다. 도통 무슨 의도인지 알 수 없는 눈웃음과 긴 머릿결이 딱 남자들에게 인기있는 스타일이었다. 대학생이 되어 다시 만났을 때 아내는 여전히 예쁘고 매력

적이었다. 그러나 남자는 약간 답답한 마음이 들었다. 어찌 된 건지 그녀는 그저 그런 성인이 된 왕년의 아역배우처럼 뭘 해도 예전이 나아 보였다. 몇 년 후 남자는 어머니로부터 아내에 대한 이야기를 듣게 되었다. 어학연수 때 만난 남자친구와 결혼이 틀어진 후 다니던 홍보회사도 관뒀다며 한번 만나보는 게 어떻겠냐고 어머니가 먼저 권했다. 남자는 단번에 감을 잡았다. 아내는 이제 오디션이 두려운 잊혀진 아역배우였다. 아내와 같은 유형의 여자들이 결혼과 커리어란 시장에서 낙오되었을 때 어떤 상태에 놓이는지 남자는 잘 알았다. 미끼를 풀 필요도 없었다. 당시 남자는 유망한 벤처기업의 이사로 여성지의 매력적인 싱글남 코너에 두 번이나 소개되기도 했었다. 그러나 남자의 부모는 매사에 실속 없는 아들의 허세가 늘 걱정이었다. 남자와 여자의 부모들은 서로의 재력을 담보로 골치 아파지기 직전인 자식들의 혼사를 추진했다. 계산은 정확했다. 조건도 잘 맞았고, 남자와 여자가 서로 사랑하기까지 했다. 그들의 결혼은 서울 강남의 중산층이란 우량 품종끼리무리 없이 교배된 흐뭇한 짝짓기였다.

"뭐야, 쟤네 또 싸우나봐."

귀부터 세우고 혜나가 일어난다. 고양이들이 재격돌한 모양이다. 혜나가 황급히 뛰어나가는데 남자는 그냥 분홍 미니 소파에 박힌 듯 앉아있다. 고개를 숙이고 분홍색 헬로키티 슬리퍼를 본다. 그는 처음으로 헬로키티와 아내가 닮았다고 느낀다. 두 암컷이 다를 이유가 그에게는 없다. 아내에 대해 잘 알고 있지 못한 건 아닌지 남자는 그제야 의심해본다. 사과 다섯 개만큼의 키와 사과 세 개만큼의 몸무게를 가지고 있는 이 암고양이를 이해하는 정도로만 아내를 알고 있는 것인지도 모르겠다.

"봐, 봐! 시작했어!"

혜나가 허겁지겁 뛰어와 남자를 잡아끈다. 베란다에 두 마리의 고양이가 하나로 포개져 있다. 톰이 암컷의 등 위에 올라타서는 못이라도 박는 듯 찔러대고 있다. 그간의 괄시에 복수라도 하는지 인정사정 안 두고 키티의 목을 깨문다. 남자는 보기가 편치 않다. 어째 짝짓기가 아니라 사냥 같다. 원체 짝짓기가 사냥인지도 모르겠다. 키티가 아르르릉 노여워하며 눈을 감는다. 여전히 들썩이며 반항하지만 수컷이 더 세게 목을 물면 엉덩이를 부르르 떨며 쑥 뺀다. 남자는 민망하고 답답하다. 저것들이 지금 무슨 짓을 하고 있는지 알기나 할까.

"본능이야, 본능. 저걸 모르면 죽어야 하는 거라고. 날 때부터 알았어. 사람하고 똑같아."

제법 노련한 포주처럼 혜나가 알려준다.

남자와 눈이 마주치자 키티가 모른 척 수염을 내리며 고개를 돌린다. 남자는 진심으로 묻고 싶고 듣고 싶다. 이제 만족하는지. 이제 그 끔찍한 울음은 그만인지. 이제 그 원망스런 눈빛은 끝인지. 남자가 찌푸리자 혜나가 발끝으로 툭툭 친다.

"어째 포르노 보는 얼굴이야?"

"쟤네도 사생활이 있는데. 그만 보자."

남자가 돌아서는데 혜나가 잡는다. 고양이가 영역을 표시하듯 뺨을 유리창에 비비며 미소를 흘린다.

"오늘 이 집 분위기 끝내주는데. 집 구경 좀 더 할까?"

여자의 등을 내리누르며 남자는 몸의 중심을 쏟아붓는다. 말려 올라간 스커트 자락 아래 깎아놓은 사과 같은 엉덩이와 머리카락 사이 뒷목덜미가 눈이 부시도록 하얗다. 남자는 진동하는 혜나의 허리를 잡고서 좀 전 고양이들의 정사를 떠올린다. 흡사한 체위다. 다만 옷을 입고 한다는 점이 다를 뿐이다. 목놓아 울 만큼 절실한 욕망이 없다는 것 역시 다르다. 몸은 기계처럼 자동으로 움직이지만 생각은 따로 논다. 의자를 옮기듯 번쩍 여자를 들어 체위를 바꾸다가 남자는 맞은편 드레스룸 거울에 비친 자신과 눈이 마주친다. 성기가 뜨거운 국물 요리를 먹는 양 뻘겋게 땀을 흘리고 있다. 남자는 그 꼴이 보기 싫어 여자의 몸속으로 그것을 감춘다. 남자는 여자를 없애버릴 듯 뭉개는 자신의 무심한 얼굴을 본다. 이것은 이미 목격한 장면이다. 남자는 현장에 되돌아온 범인이다. 남자는 이제껏 한 번도 돌이켜본 적 없는 그날이 놀랍게도 기억난다. 존재하자마자 소멸하는 기억들 중 살아남은 그것이 저벅저벅 그에게로 걸어온다. 다른 날과 다를 바 없는 날이었다. 그날도 역시 그는 꽉 막히는 도로에서 욕을 하고, 친구녀석의 성공을 시기하고, 찍어둔 여자에게 추파를 던졌을 것이다. 집에 돌아와 배란일이라고 기다리고 있던 아내와 한 섹스는 그저 형식일 뿐이었다. 그날은 특히 피곤해서 오락프로그램이나 보다가 잠들고 싶었다. 그러나 붉은 동그라미를 그려놓은 달력 앞에서 고개 숙인 아내를 무시할 수도 없었다. 남자는 어둠 속에서 더듬더듬 위치를 잡았다. 전등 나간 복도에서 열쇠구멍을 찾는 꼴이었다. 당연히 사랑한다는 말 따위는 없었다. 어쩌면 최고로 냉정한 섹스였을지 모른다. 남자는 축 처진 성기를 바라보며 중얼대던 소리까지 기억난다. 애 좀 어디서 안 파나. 귀찮아 죽겠네. 농담이었을 텐데 아내는 이불을 뒤집어쓰며 등을 돌렸다. 그리고 그날 아이가 생겼다. 왜 하필 그날이었을까. 남자는 뚝 멈추어 정면을 본다. 우리가 언제부터 잘못된 건지 모르겠어. 아내의 질문이 떠오른다. 그리고 답도 이어진다. 남자는 끔벅거리던 초음파 영상에서 아이가 보냈던 메시지를 이제야 해독한다. 그것은 그곳에는 아무것도 없다는 뜻이다. 나태한 일상과 의무와 증오 속에서 존재하기 시작한 자는 외롭다는 뜻이다. 쓰레기장에서 돌을 맞으며 교미하는 도둑고양이보다 시시한 본능으로 만들어진 존재가 바로 자신이라는 뜻이다. 그리하여 기분 한번 더럽다는 뜻이다. 아이는 쉼없이 말을 하고 있었던 것이다. 언제부터 잘못됐는지 모르겠다고 아내가 느끼기 시작한 바로 그 순간부터 자신이 살아가고 있었음을. 아내 역시 알고 있었을 것이다. 차마 말하면 진실이 될까 겁나 못했을 뿐. 남자는 텅텅 빈 보물상자를 발견한 탐험가처럼 허탈하고도 기쁘다.

혜나가 푸하핫 웃음을 터뜨린다.

"내가 알려줘? 와이프가 왜 우울한지? 이사님 연봉이 다시 억대로 돌아오면 좋아질걸. 그때는 지금처럼 징징대지 않았지? 그렇지?"

그렇다. 그것도 답이라는 걸 남자도 모르지 않는다.

"스타킹이나 치워. 뱀 풀었냐."

그래도 아내 흉보는 게 싫은지 남자는 혜나를 타박한다. 자기도 미련 없다는 듯 혜나가 스타킹을 도넛처럼 돌돌 말며 일어난다.

"뭐, 와이프도 갑갑하긴 하겠다. 항상 이 수준으로 살아야 될 거 아냐. 쪽팔리지 않게."

나가기 전 혜나는 아기방을 가리키며 마저 참견한다.

"그거 알아? 여자들은 다들 마약 한 가지씩 하는 거. 저것도 중독이야, 중독."

손 흔들며 윙크까지 하고 가는 혜나를 보는데 남자는 어째 당했다는 기분이 든다. 그러나 원망은 없다. 헛발을 디딘 건 또 자신이다. 키티는 다시 마루에 나와 웅크리고 앉는다. 알뜰하게 실속 챙긴 얼굴로 전용 쿠션을 찾아가 존다. 너라도 다행이다. 남자는 피식 웃으며 축하한다. 키티의 사과만한 얼굴에 후회와 의심 따위는 없다. 상큼하게 빛나는 본능의 충족만이 있을 뿐이다. 정직하게 욕망하고 그만큼만 만족하기가 어렵다는 것을 남자는 안다. 그러기에 냉정히 다 잊고 요염으로 되돌아온 고양이의 날쌘 천성이 존경스럽다. 그는 아기방으로 들어간다.

분홍의 세계는 초록이나 검정의 세계와 달리 무언가를 강요한다. 행복하고 따뜻하고 달콤한 감정을 만끽하라 조르고 우긴다. 아내는 그 순진한 분홍의 세계 안에서 평화를 느꼈을 것이다. 그러다 세상이 기분대로 살 수 있는 작은 고양이 인형이 아니란 사실을 깨달은 것이다. 더이상 자신이 사랑받는 분홍색 키티가 아닌 현실은 아픔이었던 것이다. 남자는 그 흔한 캐릭터상품 몇 개로 영혼의 충만을 확인하는 아내가 처음으로 안쓰럽다. 세상에 넘쳐나는 절망한 늙은 소녀들 가운데 하나인 아내가 마지막으로 귀엽다. 남자는 마주 앉아 헬로키티 인형들을 바라본다. 똑같은 얼굴이라 착시현상이 일어난다. 저들끼리 뭐라고 숙덕거리는 것도 같다.

남자는 일어나 나가서 검정 유성펜을 가지고 온다. 그리고 헬로키티 하나하나에 입을 그려넣기 시작한다. 곰인형을 안은 헬로키티가 웃는다. 칫솔을 든 헬로키티가 혀를 내민다. 꽃을 든 헬로키티가 어금니를 드러낸다. 책가방을 멘 헬로키티가 욕을 한다, 누군가를 부른다, 자기 이름을 말한다. 남자는 쭈그리고 앉아 열심히 입들을 그려본다. 일흔네 개의 헬로키티들에게 입이 하나도 없다는 건 서글프다. 하품을 하고, 생선을 훔치고, 교성을 지를 입이 그들에게도 필요하다.

남자는 실크 웨딩드레스의 헬로키티를 꺼낸다. 그리고 정성을 다해 입을 그려넣기 시작한다. 아내의 새치름한 입술을 찬찬히 흉내낸다. 그러나 까맣고 뾰족한 입은 웃는 건지 우는 건지 알 수가 없다. 남자는 괜찮으니 이제 숨겨둔 말을 꺼내보라 달랜다. 눈을 깜박이고 수염을 털며 망설이다 드디어 헬로키티가 입을 연다.

"아저씨, 우리는 너무 끔찍해. 알고 있잖아, 여보. 야옹, 헬로!"

남자는 오줌 싼 아이를 어쩌지 못하듯 헬로키티를 들고 흔들며 끌끌 웃는다. 비로소 말문이 트인 쓰레기들에 묻힌 채 남자도 이내 사랑스러운 핑크가 된다.

불륜 세일즈

"문화적 차이, 그걸 무시하는 것 자체가 문화적 차이야."

처음에 미애는 그 말을 이해할 수가 없었다. 그래서 문화적 차이란 걸 극복하기 위해 무작정 노력했다. 시누이가 입는 브랜드의 옷을 따라 입고, 미용실, 헬스클럽, 뮤지컬을 쫓아다니고, 어린이 영어 요리 강습에 등록하고, 골프 교습에 줄을 서고. 이제는 미애도 시누이가 누리는 모든 문화를 당당히 즐긴다. 최후의 액세서리, 애인까지 두었으니 기죽을 까닭이 없다.

사 개월 전. 새벽 한시경, 거실. 미애는 엉덩이를 쭉 빼고 엎드려 카펫을 살피고 있다. 세탁한 지 얼마 안 된 카펫에 쟁반만한 검은 자국이 있다. 냄새도 안 나고 축축하지도 않고 결이 상한 것도 아닌데 그 부분만 어둡다. 아무리 보아도 원인을 모르겠다. 초인종이 울린다. 대리운전 기사가 만취한 남편을 업고서 비틀비틀 서 있다. 으레 하듯 미애는 턱짓으로 침실을 가리킨다. 기사는 남편을 침대까지 질질 끌고 간다. 미애는 요금을 지불하고 기사를 배웅한다. 침대 위 남편은 축 젖은 빨래처럼 널브러져 있다. 미애는 양말과 옷들을 신속하게 벗긴다. 허리띠를 풀고 바지를 내리던 미애는 눈을 번쩍 뜨며 멈춘다. 남편의 사각팬티 안에서 무언가 반짝거리고 있다. 미애는 팬티를 조심조심 내린다. 콘돔이다. 남편의 축 처진 성기 끝에 쪼글쪼글한 콘돔이 매달려 있다. 미애는 스탠드를 밝히고 다시 확인한다. 그녀는 부엌에 가서 나무젓가락을 가져온다. 콘돔을 살짝 집어올려본다. 누군가의 점액이 비린내를 풍기며 마르고 있다. 빠지직. 미애는 나무젓가락을 시원하게 분질러버린다. 그 와중에도 콘돔은 끼고 했네…… 미애는 기가 차서 웃는다. 화도 나다가 만다. 여태껏은 남편을 죽여버리고 싶은 마음이었으나, 그 꼴로 살다가 죽어라 한마디 던지고 나니 짐짓 편안하기조차 하다. 미애는 비로소 확신을 굳힌다. 이제 무슨 짓을 한다 해도 남편 앞에서 당당할 수 있으리라. 바람피우다 못해 콘돔까지 긴 채로 들어온 인간에게 그에 맞먹는 엉터리 짓을 떳떳이 못 할 이유가 없다. 미애는 베개를 들고 거실로 나간다. 소파에 누운 순간 뚝 끊어지듯 생각이 떠오른다. 카펫의 얼룩이 어디서 왔는지. 작년 겨울 그 자리에 화분을 올려놓았었다. 미애는 베란다로 나가 그 화분을 찾아다 카펫의 검은 자국 위에 올려놓는다. 다시 집 안은 얼룩 하나 없이 깨끗하고 단정하다. 미애는 만족하며 잠을 청한다.

미애는 활기차게 아침을 준비한다. 남편에게는 직접 만든 두유와 찰떡을 주고, 딸에게는 망고 슬라이스가 든 유기농 시리얼을 먹인다. 책가방을 메기 전 딸은 졸고 있는 아빠의 뺨에 건성으로 뽀뽀를 한다. 미애는 남편보다 먼저 딸과 함께 집을 나선다. 아침 라디오 방송을 들으며 미애는 경쾌하게 운전을 한다. 딸이 다니는 사립초등학교 앞에는 이미 학부모들의 차가 줄서 있다. 딸을 들여보내고 차를 빼려는데 낯익은 은빛 렉서스가 옆에 와 선다. 아들들을 등교시키고 나오는 시누이다.

"얼굴이 너무 좋아졌다. 팽팽한 게, 꼭 임신한 여자 같아."

퍽 반가워하며 시누이가 차에서 내린다.

"그래요? 요즘 그런 소리 많이 듣는데. 병원 한번 가볼까."

일 년 전 신문 끊을 때 남편하고 잠자리도 끊었어요, 미애는 말하려다 그냥 삼킨다.

"전화를 얼마나 했는데. 저번에 얘기한 거 생각해봤어? 애들 영어캠프 말이야."

시누이는 방학마다 애들을 영어캠프에 보내기 위해 미국으로 간다. 올해는 미애 모녀도 함께 가자고 조른다.

"네, 민지도 꼭 가고 싶대요. 저희도 명단에 넣어주세요."

시누이는 브런치를 먹으며 얘기나 하자고 잡지만 미애는 슬쩍 뿌리치며 차에 오른다. 아쉬운 눈길로 마냥 서 있는 시누이를 보자니 미애는 어쩐지 고소하다. 머리띠처럼 걸쳐놓은 선글라스를 다시 끼며 시누이는 하늘을 바라본다. 만사가 지루한 얼굴이다. 미애는 시누이가 왜 방학 때마다 쏜살같이 영어캠프를 찾는지 잘 알고 있다. 바로 애인들을 만나기 위해서다. 보스턴에서 석사학위를 받은 시누이는 아직도 그곳에 친구들이 많다. 그리고 그 친구들 중 몇몇 남자들은 이제는 애인이 되어버렸다. 예전에 시누이는 미애에게 동경의 대상이었다. 미애는 남편을 호텔 나이트클럽에서 만났다. 당시 부킹의 전당으로 명성이 자자하던 그 나이트클럽에서 남편은 미애를 보고 첫눈에 반했다. 남편의 집안에서는 학벌과 집안이 한참 떨어지는 미애를 남편의 여자친구로 인정해주지 않았다. 미애가 임신을 하는 바람에 못 이기는 척 결혼을 허락하기는 했지만 구박과 멸시는 계속되었다. 특히, 시누이의 은근한 경멸은 한 수 위였다.

"문화적 차이, 그걸 무시하는 것 자체가 문화적 차이야."

처음에 미애는 그 말을 이해할 수가 없었다. 그래서 문화적 차이란 걸 극복하기 위해 무작정 노력했다. 시누이가 입는 브랜드의 옷을 따라 입고, 미용실, 헬스클럽, 뮤지컬을 쫓아다니고, 시누이 아들들이 다니는 유치원에 딸을 집어넣기 위해 출생신고를 하자마자 대기자 명단에 올려놓고, 어린이 영어 요리 강습에 등록하고, 골프 교습에 줄을 서고. 딸이 그 경쟁률 치열한 사립학교에 입학하고 나자 시누이와 미애의 문화적 차이는 상당히 좁혀졌다. 돈이 좀 들었을 뿐 그다지 힘든 일도 아니었다. 예전에는 전공 서적도 가끔 훑어보던 시누이가 인테리어 잡지만 읽는 여자가 되어버린 탓이다. 이제는 미애도 시누이가 누리는 모든 문화를 당당히 즐긴다. 최후의 액세서리, 애인까지 두었으니 기죽을 까닭이 없다.

삼 개월 전부터 미애는 무척 규칙적인 생활을 하고 있다. 딸의 수업이 시작될 때쯤 미애도 본격적인 하루를 시작한다. 운전을 하면서 미애는 능숙하게 한 손으로 핸드백을 뒤져 립밤을 꺼낸다. 살짝살짝 찍어 바르는 입술에 달콤한 라즈베리 향이 묻는다. 강남대로에 접어들자 미애는 저도 모르게 농염한 미소를 짓는다. 우회전하자 편의점 앞에 서 있는 그의 모습이 보인다. 자판기 커피 한 잔으로 아침을 때운 얼굴이 핼쑥하다. 양복 엉덩이가 반들반들 닳았으나 구두와 시계가 비싸기 때문에 초라해 보이지는 않는다. 전체적으로 괜찮다. 늘씬한 키에 이목구비가 가늘면서도 시원하다. 한때 연기자를 꿈꾸었다는데, 딱 젊었을 때 배우 하고 싶었을 얼굴이다. 그녀의 차를 발견한 그가 미끄러지듯 올라탄다.

"굿모닝."

"그래, 굿모닝."

약간 수줍고도 음란한 눈빛을 주고받은 후, 두 사람은 단골 모텔 중 하나로 향한다. 미애는 가장 환기가 잘 되는 방을 부탁한다. 미애가 열쇠를 받는 동안 남자는 DVD 타이틀을 고른다. 남자가 영화를 켜는 동안 미애는 침대를 정리한다. 별로 당기지 않다가도 남자는 미애가 하얀 이불보를 터는 모습을 보면 충동이 인다. 꼭 간호사가 침상을 정리하는 것 같아서다. 다행히도 어려서부터 나이팅게일을 흠모했던 남자는 별 노력 없이 여자를 단번에 쓰러뜨린다. 미애는 종종 괴성을 내지른다. 남자는 처음에는 깜짝깜짝 놀랐으나 이제는 익숙하다. 그들의 정사는 대체로 2막으로 나뉜다. 막간을 이용해 남자는 영화를 보려 하지만 미애가 다시 이불 위에 고양이처럼 쭈그리고 누워 청소를 하면 자동적으로 일어선다. 대략 두 번의 정사가 끝나면 어느덧 점심시간이다.

"오늘은 뭐 먹지?"

미애가 물으면 남자는 고민한다. 또 뭘 먹나. 먹고살자고 하는 짓이 맞긴 한가. 남자는 배고픈 자신이 처량하다. 둘은 모텔 근처 먹자골목으로 간다. 주로 참치회나 장어구이, 오리고기 같은 스태미나 요리를 먹는다. 회사원들 틈에서 급하게 식사를 마친 후 둘은 다시 차에 오른다. 미애는 아침과 달리 오후가 되면 쫓기는 사람처럼 속 타는 얼굴이다. 학교가 파하기 전에 딸을 데리러 가야 하기 때문이다.

"스케이트를 얼마나 잘 타는데. 소질이 있나봐. 미셸 위도 어렸을 때 스포츠는 다 해봤대."

섹스하고 밥 먹는 시간 빼고 미애는 온통 딸 얘기뿐이다. 그녀의 말을 종합하자면 딸은 영재 혹은 수재, 아니면 머리 나쁘다는 사실을 세상에 제 엄마 하나만 모르는 불쌍한 아이다.

"내일 봐. 잘 가, 자기야."

둘은 재빨리 차창 밖을 살피며 키스를 주고받는다. 남자가 내리자마자 미애는 돌아보지도 않고 출발한다. 그제야 남자는 남들보다 반나절 늦은 하루를 시작하기 위해 사무실로 간다. 그가 운영하는 삼류도 아닌 사류 연예기획사에는 어차피 기다리는 일도 없다.

오늘도 어제와 별반 다르지 않다. 딸을 학교에 데려다준 후 애인을 싣고 모텔로 향하는 주부의 얼굴이 백합처럼 순수할 리 없다. 미애는 요염하게 코웃음을 흘리며 남자의 얼굴을 살핀다.

"어머, 뭐야?"

남자의 반반한 이마 위에 살색 밴드가 붙어 있다.

"으응, 넘어졌어."

병우는 어젯밤 술집 계단에서 굴렀다고 차마 사실대로는 말 못하고 얼버무린다. 길고 하얀 손으로 얼굴을 가리며 침대에 털썩 눕는다. 빌린 돈이나 갚으라고 구박하는 동창 녀석과의 주먹질 따위는 이제 졸업해야 할 텐데. 피로가 밀려와 눈을 감는데 여자가 베개를 잡아 뺀다.

"그럼, 오늘은 쉬는 거야? 내일은 못 볼 텐데."

대놓고 실망하는 미애를 보자 병우는 어째 좀 기가 막히다. 일요일과 공휴일, 학부모회의가 있는 날만 빼고 석 달 내내 섹스만 했다. 불륜관계 석 달, 진지하게 생각해봐야 할 시점이다.

"오늘, 같이 있고 싶다, 하루 종일."

병우는 슬그머니 미애의 허벅지를 쓰다듬으며 떠본다. 같이 좀 있자는 것뿐인데 결혼이라도 하자는 줄 아는지 미애는 질색을 한다.

"알잖아, 안 되는 거. 오후에는 글짓기 과외 있단 말이야. 피아노 레슨도 있고."

"하루 땡땡이친다고 하늘이 무너져?"

정말 미애는 하늘이 무너질 듯한 표정을 한다. 병우는 신기하다. 어린 딸을 하루 종일 끌고 다니며 과외를 시키는 거야 요즘 그런 미친 여자들 많으니 그렇다 쳐도, 남편 밥 차려줘야 하기 때문에 집에 가야 한다는 말은 절대 안 하니, 저것도 복인가보다.

"요즘 사업이 잘 안 풀려?"

돌연 미애가 배를 살살 문지르며 정답게 군다. 독립한 이래로 잘 풀린 적이 한 번도 없는 병우로서는 뭐라 할말도 없다. 그저 오늘만이라도 푹 쉬며 돈 걱정이나 안 했으면 좋겠다.

"나는 이렇게 잠깐이라도 자기랑 있으면 좋은데, 자기는 안 그런가 봐."

미애가 시침 뚝 떼고 교태를 부리는데 병우는 화도 나고 약도 오른다.

"남편은 요즘 어때? 뭐라고 안 해?"

병우는 미애를 골려주려고 괜한 말을 꺼내본다. 작정한 듯 턱을 부르르 떠는 미애의 표정이 꼭 연습하고 나온 사람 같다.

"그 인간 얘기를 왜 꺼내? 마누라가 누드집 낸다고 설쳐도 눈하나 깜짝 안 할 인간이야."

남편 얘기를 꺼낼 때마다 미애는 지나치게 발끈한다. 꼭 자기를 학대한 고아원 원장님을 욕하는 어린아이 같다.

"그 인간은 돈만 주면 다 되는 줄 알아. 그런데, 사람 사는 게 그런 게 아니잖아."

그런데, 그 돈을 가져다주지 않으면 너와 딸은 무슨 수로 그 특별 레슨들을 감당하니. 병우는 그 사실을 알려줄까 하다 관둔다. 처음에는 저리도 예쁜 부인을 자신에게 반나절씩 꼬박꼬박 양보하는 남편이란 작자가 우습고도 가여웠으나 요사이 생각이 달라졌다. 새삼 그 인간의 여유가 부럽다. 요즘 형편 되는 놈들은 저는 물론 마누라 불륜까지가 기본이란다. 병우는 만사가 귀찮다. 아침

시간을 창이 막힌 모텔에서 보내는 일도 처음에는 달콤한 도피였으나 이제 지친다. 진지하게 따져볼수록 불안하고 까마득하다. 병우는 미애의 종알거림을 뒤로하고 그냥 잠에 빠져든다. 실로 오랜만에 단잠이 찾아온다.

일어나보니 미애는 없다. 대신 핸드폰에 문자메시지가 가득하다. 하나하나 삭제버튼을 누른다. 자기 요즘 이상하드라. 삭제. 밥 꼬옥 먹고. 삭제. 자기도 나만큼 조아해쑴 조케써. 삭제. 월요일에 만나. 보고시포. 삭제. 삭제. 삭제. 일단은 다 삭제다. 엄지 하나로 다른 징글징글한 것들도 삭제할 수 있으면 얼마나 좋을까, 병우는 또 허튼 생각을 해본다.

처음 미애와 병우가 만난 곳은 헬스클럽 안의 카페테리아다. 먼저 아는 척을 하며 붙잡은 사람은 병우가 아니라 미애다.

"하루도 안 빼먹으시나봐요?"

세련된 검은 단발에 파스텔톤 면바지, 자주색 푸마 스니커즈를 신은 모습이 꽤 상태 좋은 미시족이다. 자그마한 얼굴에 버섯코 닮은 콧날과 미백한 치아가 주부모델을 해도 될 듯싶다. 여자는 처음 헬스클럽에 등록한 날부터 병우를 보았다고 말한다. 조용히 집중해서 덤벨을 드는 모습이 멋있어 몰래 훔쳐봤다고 대뜸 고백하는데, 병우는 당연히 몸 둘 바를 모른다. 전에도 유부녀를 상대한 적이 있긴 하지만 요번은 특별하게 느껴진다. 여자는 단수 높은 유부녀들과 달리 어설프고 순진해 보인다. 병우는 당연히 넘어올 줄 알고 식사나 하자 권한다. 여자는 망설이는 척하며 따라 나온다. 여자는 맥주를 홀짝이며 명랑하게 떠든다. 남편은 벤처투자 회사 이사로 영화투자 일을 하고, 딸은 가톨릭계 사립초등학교에 다니며, 얼마 전 부상하기 시작한 주상복합아파트로 이사를 갔다고 한다. 역시 팔자 편한 여편네가 구김살이 없다니까. 병우는 속으로 기죽은 심사를 다독이며 과장을 두루 섞어 자기 소개를 한다. 병우의 말대로라면 그는 현재 요식업과 엔터테인먼트 사업 분야에서 두각을 나타내고 있는 유망한 청년 실업가이다. 물론 이백프로 희망사항인 걸 여자가 알 리 없다. 거품 뺀 실상은 이렇다. 제대 후 매니지먼트 회사에서 로드 매니저 일을 시작한 병우는 간신히 모은 돈으로 친구들과 포장마차를 개업한다. 연예인들이 들락거리는 것으로 유명세를 탄 덕에 장사는 성공적이었다. 돈이 모이자 병우는 친구들과 다툰 후 독립해 나온다. 턱도 없는 배짱으로 선배와 함께 몇몇 TV 조역 배우들을 데리고 매니지먼트사를 차린 것이 지금의 회사이다. 부업으로 낮에는 여고 앞에서 김밥집을 하고, 그 돈으로 미래의 보아를 꿈꾸는 아역 배우들을 훈련시키는 일이 쉬울 리 없다. 운도 안 따라주어서, 그나마 꽤 잘되던 김밥집 건물에 화재가 나는 바람에 얼마 전부터는 사무실 운영비는커녕 배우들 프로필 사진도 외상으로 찍는 판국이다. 여러모로 우울하던 차에 넉넉해 보이는 유부녀의 미소는 여간 흐뭇한 게 아니다. 병우는 여자의 외로움을 측정하기 위해 다시 한번 남편에 대해 묻는다. 남편이 일 년 내내 과일은 딸기만 먹는다며 여자는 입을 가리고 웃는다. 병우는 여자의 가려진 입가 끝에 매달린 경멸과 증오를 잡아낸다. 오늘 밤 함께 동해안에 가자고 해도 통할 유부녀를 병우는 택시에 정중히 태워 보낸다. 어차피 내일 아침 집안을 정리하자마자 자신에게 쪼르르 전화할 것임을 알기에.

병우는 둘의 관계를 찬찬히 돌이켜본다. 얄궂게도 이제야 허점이 보이기 시작한다. 미애는 참으로 쉽게 유혹을 받아들였다. 오랫동안 다이어트에 시달린 여자가 만사 포기하고 식탐에 빠져드는 모양으로. 처음에는 마땅히 특별하게만 느껴졌다. 그 점이 바로 불륜의 특징인 걸 어쩌자고 또 잊은 걸까. 좌우지간 불륜은 재미있다. 안타깝고, 불안하고, 문득문득 인생의 순간이 이렇게 지나가나 가슴이 저릿저릿하다. 그러나 석 달 내내 모텔과 식당만 전전한 건 심했다. 불륜이 가지고 있는 '풍취'는 느낄 수도 없다. 석 달 내내 야한 동영상을 본 것처럼 온몸이 뻐근하기만 하다. 이런 관계는 처음이라면서 어디서 다 보고 배웠는지 미애는 이상한 방식으로 몰아붙인다. 꼭 그녀가 원하는 시간에만 만나야 하는 건 불편한 걸 떠나서 치사하고 의심스럽다.

"나 만나기 전에는 매일 뭐 했어?"

"민지 학원 끝나는 거 기다리는 동안 뭘 하기도 그렇고. 그냥 백화점에 있는 거지. 나 완전 특급 VIP잖아. VIP 룸에서 잡지도 보고 차도 마시고 친구도 만나고."

예전에는 백화점이나 뱅뱅 돌며 버리던 시간을 정부와 보내니

뜻깊기는 하겠다. 미애의 시간을 빛내준 것이 흐뭇하기는 하나 병우는 섭섭하다. 평소에는 전혀 자신을 생각하지 않는 것 같다. 같이 있을 때만 살살 안기는데, 예쁜 여자 특유의 가식이 넘친다. 예전에 알던 유부녀는 남편이 뉴스 볼 때마다 몰래 베란다에 쭈그리고 앉아 '사랑한다'는 문자메시지를 스무 통 이상 날려댔다. 진부하고 추잡하지만 그런 팔팔한 열정이야말로 불륜의 꽃일진대, 미애에게는 그런 게 없다.

'이 여자도 나를 무시하나……'

미애가 모텔 숙박료와 식사값을 내기 시작한 날부터 주도권을 뺏긴 게 아닐까. 병우는 자책해보지만 후회할 정도는 아니다. 돈도 없거니와 어차피 데리고 살 여자도 아니다보니 절로 뻔뻔해진 것이다. 사실 저번주에는 출장비 명목으로 돈도 좀 빌렸다. 현금 인출기에서 돈을 찾아오는 미애의 표정이 어찌나 뿌듯하던지 꼭 월급날 마누라 용돈 주는 남편 같았다. 미안하지만 그 돈을 갚기 전 미애를 정리할 것 같은 예감이 든다. 미안한 김에 핑계를 대자면 그렇게 선뜻 돈을 주다니, 주부가 헤프면 못쓰는 법이다.

멀티플렉스 극장 앞에 사람들이 바글바글하다. 시사회에 온 배우들을 찍는 취재진과 핸드폰 카메라를 들고 꺅꺅 소리를 지르는 팬들 때문에 정신이 하나도 없다. 병우는 인상을 팍팍 쓰며 그 가운데를 헤치고 나온다. 〈불륜 세일즈〉. 영화는 재미있었다. 보는 내내 병우는 장이 꼬이고 배가 아팠다. 남자주인공을 연기한 선재는 병우의 친구 도진이 키우는 녀석이다. 드라마와 광고에서 연타를 날리더니 이 영화로 장외 홈런을 친데다 일본에서도 영상집을 준비한다고 한다. 도진은 선재 덕분에 무덤에서 기어나왔다. 함께 로드 매니저 시절을 보냈던 도진은 몇 년 흙탕물을 구르더니 보란 듯이 재기에 성공한 것이다. 독한 자식. 하도 부러워서 욕이 절로 나온다. 카페에 먼저 와 있던 도진이 번쩍 손을 들며 반긴다. 잘나가는 놈들은 역시 때깔부터 다르다.

"아주 날아다니는구나. 좋겠다, 새끼야."

친구 앞에서 쓸데없는 허세를 부리기도 싫어 병우는 진심으로 축하해준다. 대체 무슨 수로 성공했을까. 그 비결을 훔쳐서라도 갖고 싶다.

"이제 겨우 빚잔치했다."

제법 겸손을 떠는데 도진이 어째 더 고깝다.

"그 동안 고생하면서 나 여러 번 해탈했다. 옛날에는 배우를 내 분신이라 생각하고 미친놈처럼 뛰어다녔잖아. 그런다고 되는 게 아니더라. 될 놈은 되고 말 놈은 말어. 이제 되는 놈을 보는 눈이 생긴 거지."

도진은 자기 두 눈을 가리키며 끄덕거린다. 제대로 밥맛없다. 해탈을 하도 여러 번 해서 다시 원상복귀된 것 같다. 이 자식 얼마 후면 또 배우한테 뒤통수 맞고 팔팔 뛰면서 지랄을 하겠네. 병우는 도취상태에 빠진 도진을 차분히 관찰한다. 도진이 벌떡 일어나며 '형님!' 하고 누군가를 부른다. 기름기가 적당히 흐르는 호남형의 검은 양복이 씩씩하게 걸어와 악수를 청한다. 도진이 설설 기며 눈웃음치는 걸 보니 중요한 사람임이 틀림없다.

"정이사님, 제 친구녀석입니다."

선심 쓰듯 병우를 소개하는데 정이사란 자가 손을 덥석 잡는다. 원체 호쾌 그 자체 같다. 병우와 정이사는 안주머니에서 명함 지갑을 꺼낸다. 명함을 교환한 후 둘은 재빨리 서로의 간을 본다. 하나는 별볼일 없고 하나는 별볼일 많다. 정이사는 잘 부탁드린다는 인사치레를 한 후 다시 일행 쪽으로 간다. 모 벤처투자회사의 이사라는 명함을 가만히 보던 병우가 깜짝 놀란다.

"저 인간 잘 알아?"

"응, 이따 저녁에도 만날 건데, 왜?"

"저 인간 마누라랑 술 한번 먹었거든. 어떤 놈이야?"

도진이 흥미진진 대답한다.

"원래 집도 좀 살고…… 중부방직 아들이야. 그 마누라는 어디서 만났는데? 그 여자 고생 좀 할 거다. 아니지, 저 정도면 그냥 포기하고 지도 엔조이하고 다니겠지. 저 형, 여자를 고기보다 좋아해. 매일 먹으러 다녀. 술도 말술이고. 타고났다니까. 체력도 좋지. 나 이따 저 형이랑 마시다 실려갈지 모른다."

고개를 돌려 다시 한번 정이사를 보려는데 용기가 안 난다. 용기뿐 아니라 살맛도 안 난다. 기분 한번 더럽게 요상하다. 미애의 남편을 내내 불쌍하다고 생각했었는데 저렇게 번질번질 윤이 나는 인간이라니. 질투 반 배신감 반이다. 병우는 힘이 쑥 빠진다.

부부가 둘 다 체력은 좋나보다.

　아침 일찍 일어난 병우는 곧장 나가서 핸드폰을 새것으로 바꾼
다. 그리고 옛날 핸드폰을 버리기 전에 미애에게 문자메시지를 보
낸다. '출장이야. 올라가면 연락할게.' 병우는 현명한 방법이라
자신한다. 불륜은 장기전이 되기 전에 끝내야 한다. 경험상 이것
이 미애를 위하는 최선이다. 병우는 새 핸드폰을 기분 좋게 바라
본다. 몇 달간의 슬럼프는 잊자. 다시 정신차리고 방송국도 찾아
가고 영화사도 돌면서 길을 뚫자. 도진이 녀석도 하는 걸 내가 못
해낼 리 없다. 병우는 맑은 얼굴로 웃는다. 오랜만의 웃음이다.
　미애는 오랜만에 우거지상을 되찾는다. 미칠 지경이다. 며칠째
통화가 안 된다. 사고라도 난 것일까. 이럴 줄 알았으면 집이라도
알아둘 걸. 미애는 딸을 학교에 들여보낸 후 혹시나 하고 단골 모
텔에 가본다. 모텔 직원이 초조하게 발까지 구르는 미애를 딱하게
바라본다. 핸드폰이 열이 받아 터질 지경에 이르자 미애는 그제야
깨닫는다. 병우가 일부러 피하고 있다는 사실을. 헤어지는 건 당
연하다 해도 이런 식은 아니다. 애인한테까지 업신여김을 당한다
는 생각이 들자 미애는 된통 부아가 치민다.
　미애는 다시 백화점으로 간다. 한 손에는 핸드폰을, 한 손에는
쇼핑백들을 들고서 백화점을 뱅뱅 돈다. 불안할수록 미애는 지갑
을 연다. 이번 시즌 유행하는 핸드백, 유기농 타월, 아로마 램프,
없어도 그만인 것들이지만 잠시나마 위안이 된다. 마치 병우의 존

재처럼.

"오늘도 쇼핑하다 늦은 거야?"

학원 건물 앞에서 기다리고 있던 딸이 엄마를 야단친다.

"늦으면 차를 빨리 몰게 되고 그러다 사고난단 말이야."

"너 또 선생님한테 한소리 들었지?"

"나 그림 배우기 싫어."

딸은 그제야 속을 털어놓는다.

"그냥 학원이 아니잖아. 공간지각능력을 향상시켜서 사고력을 키우는 거야. 얼마나 좋니? 엄마는 옛날에 미술학원 다니고 싶어도 못 다녔어."

한마디 지는 법이 없는 딸이다.

"엄마는 꼭 엄마가 하고 싶었던 걸 나 시키더라."

"시끄러!"

딸의 버르장머리가 걱정되기는 하지만 똑똑한 소리 하는 건 알아줘야 한다. 그래도 딸을 보니 마음이 좀 풀린다. 딸은 미애의 꿈이다. 처녓적에는 돈 많은 남자랑 결혼하는 게 꿈이었는데 다행히 이루어졌다. 비참한 날들이 반이었지만 그래도 해낸 자신이 기특하다. 이제 다시 새로운 꿈을 꿀 자격이 있다고 미애는 생각한다. 미애는 스스로 대견해서 딸을 보며 웃는다. 딸은 작은 빗으로 머리를 빗으며 창밖 전광판을 가만히 바라본다.

사 개월 전, 남편이 콘돔을 달고 들어온 며칠 후 일요일이다. 미애는 남편과 함께 헬스클럽에 간다. 둘은 시원하게 땀을 흘리고 나와 카페테리아에서 오렌지에이드를 마신다. 빨대를 쪼옥 빠는 미애의 표정이 새침을 넘어 서늘하다. 둘은 며칠 전 사건에 대해 아무 얘기도 하지 않고 있다. 어젯밤 남편이 장모님하고 벳푸로 온천여행을 가지 않겠느냐고 물은 게 다이다. 사고를 칠 때마다 내미는 선물공세가 이젠 놀랍지도 않다. 남편은 미애의 기분은 상관 않고 큰 소리로 수다를 떤다. 이번에 투자한 영화가 잘될 것 같다며 자랑을 한다. 제목이 뭐냐고 미애가 조용히 묻는다.

"〈불륜 세일즈〉. 로맨틱 코미디야."

남편이 의기양양 줄거리를 이야기한다. 어느 젊고 철없는 부부가 틈만 나면 서로 바람을 피우다가 들킨다. 하지만 재산문제로 이혼을 할 수는 없고, 급기야 바람을 피울 바에는 서로가 정해주는 상대하고만 피우기로 협약을 맺는다. 둘은 서로 약을 올릴 작정으로 형편없는 상대를 바람피울 대상으로 찍어주는데…… 그러나, 사랑이란 근본적으로 반전의 예술이 아닌가. 부부는 스스로에게 속으며 사랑에 부딪히는데.

"재미있네. 여보도 내가 바람피울 사람 정해줄까?"

미애의 도발에 남편은 허허 웃으며 제발 그러라고 부탁한다.

"그럼, 여보도 하나 골라줘. 나하고 어울릴 만한 남자."

서슴없이 독기를 내뿜는 미애를 무시하며 남편은 계속 농담이다.

"그래, 어디 보자, 우리 마누라한테 어울릴 만한 놈이 어디 있나."

남편은 주위를 돌아보며 지나가는 남자들을 살핀다.

"저건 너무 나이가 들었고…… 저건 너무 영계고…… 저 남자 어때? 잘생겼네. 몸도 좋고. 얼굴은 빈 게 돈은 좀 없겠다. 그래도 그래야 말을 잘 듣거든. 옆에 끼고 미사리 카페 다니면 딱 좋겠네. 그러지 말고 문화센터나 열심히 다녀. 좀 문화적으로 살아야 될 거 아냐."

남편이 오렌지에이드를 한 잔 더 시키는 동안 미애는 남편이 가리킨 남자를 지켜본다. 남자는 생수를 마시다 말고 창밖을 본다. 나쁘지 않다. 돌연 설레기도 한다. 어떤 말로 다가가면 될까. 남편이 돈으로 사는 여자들에게 하는 방법을 배워둘걸 그랬다. 굳이 복수라면 복수라 하겠다. 미애는 고개를 돌려 다시 남편을 본다. 이 남자의 자신감은 어디서 오는가. 집안, 학벌, 인맥, 직장, 돈. 그것들을 버리고 나면 그의 존재는 커다랗고 요란하기만 한 텅 빈 골판지 상자에 불과할 것이다. 자신 역시 남편이란 자의 돈을 빼내고 나면 금방 푹 꺼지고 마는 작은 상자일 뿐이다. 그러나 남들은 뭐 다른가. 사람들 역시 끝내 버리지 못할 몇 개의 물건들이 들어 있는 박스에 불과하다. 미애는 남편처럼 뻔뻔해지기로 한다. 어차피 남편을 버릴 수 없을 바에는 백화점 쿠폰처럼 알뜰히 이용하기로 한다. 미애는 며칠 후 그 남자, 병우를 유혹해낸다.

그래, 이래서 명함이 필요한 거야. 미애는 주머니와 서랍들을 죄 뒤져 처음 본 날 병우한테서 받았던 명함을 찾아낸다. 어디 한

번 당해봐라. 미애는 끌끌 웃으며 명함을 챙긴다. 학교 앞에서 딸과 헤어진 후 미애는 황급히 차를 몬다. 계속 병우의 회사로 전화를 해보지만 아무도 받지 않는다. 다행히 신사동 골목 안을 몇 차례 돈 후 병우의 회사 건물을 찾아낸다. 미애는 잠복 형사처럼 눈에 띄지 않는 곳에 차를 세운다. 잠시 후, 달려나가 안고 싶을 만큼 반가운 인물이 저쪽에서 나타난다. 차에서 뛰어내리려는 순간, 미애는 갈등한다. 어떤 태도를 취해야 위에 설 수 있을까. 보고 싶었다며 감동적으로 안기는 것도 방법이다. 괜히 어설프게 따지고 들다가 피곤한 여자 취급당하면 낭패다. 하지만, 생각과는 반대로 미애는 자기도 모르게 눈을 흘기면서 차 문을 쾅 닫는다. 소리에 놀란 병우가 고개를 돌리다 마저 놀라며 펄쩍 뛴다. 순간적으로 병우 역시 태도를 고민하는 듯하나 곧 아무렇지도 않게 웃으며 다가온다. 얼굴을 보자 미애는 병우가 마땅히 아래여야 한다는 생각이 든다. 미애가 골난 얼굴로 다시 차에 타자 병우가 말없이 따른다. 어디로 가는지 모르지만 묻지도 않는다. 미애는 점점 화가 끓어오른다. 깨끗하게 이발까지 한 병우의 표정이 담담하다. 혼자만 속을 태운 게 억울해서 정신이 다 없다.

"뭐야? 나 이제 안 보려고 한 거야?"

병우를 구박하고 싶어 안달이 난 미애가 성을 낸다.

"생각할 시간이 좀 필요했어. 아무래도 그래야 할 것 같아."

"……지금, 헤어지자는 거야?"

고개를 조심히 까닥이는 병우를 보는 미애의 눈이 확 뒤집어진다.

"웃겨. 자기가 무슨 자격으로 그런 소리를 하는 거야!"

병우는 아랫배에 힘을 주며 마음의 준비를 한다. 이제부터 시작이다. 할퀴고 물어뜯고 무슨 지랄을 할지 모른다. 처음 만났던 유부녀는 타이슨 저리 가라 귀까지 물어뜯었다.

"자기를 위해서야. 결국 난처해지는 건 자기니까."

"내가 개똥이야? 왜 날 피해? 내가 그렇게 우스워?"

양재동을 지나는데 미애는 앞도 안 보고 차를 몬다. 좀 전에는 버스까지 칠 뻔했다. 이러다 정말 무사히 내리기만 해도 다행이겠다. 병우는 미애가 예상보다 끈적끈적하게 나오자 작전을 변경한다. 미애를 진정시키기 위해 잠시 불안한 마음을 접고 연기를 한다.

"이러지 말고 우리 어디 들어가서 조용히 얘기하자."

미애가 마녀처럼 무섭게 입을 찢으며 웃는다.

"하하하하! 이 와중에 그 짓이 하고 싶어? 자기 그 돌머리에는 그 짓밖에 안 들었지!"

병우는 미애의 본색이 짜증나고 귀찮다. 남편하고 싸워 이겨본 적도 없는 여편네인지 말싸움이 지능적이지 못하고 막무가내다. 계속 참아주면 끝도 없이 말려들 것 같아 병우는 이쯤에서 눌러주기로 한다.

"말로 할 때 세워라. 좋다고 벌렁벌렁 누운 게 누군데."

처음이다. 미애는 병우의 야비한 말투에 놀라고 겁도 난다. 그래서 안 지려고 더욱 방방 뛴다. 이제 차는 저절로 달린다. 미애가 나쁜 놈, 미친놈, 사기꾼, 악을 쓰는 사이 병우는 온몸의 신경을 곤두세운 채 만약의 사태를 대비해 운전대를 대신 잡을 준비를 한다. 차는 산을 깎아 만든 용인지구의 아파트 단지를 지나 구불구불 사과 껍질을 오려놓은 것처럼 휘어진 도로를 마구 달린다. 턱이 덜컹거리고 머리가 빙빙 돈다. 하늘을 붕 날아 먼지 피어나는 산길을 달리니 국화꽃 화분을 내놓은 화원 몇 개가 나타난다. 그리로 쭉 가니 천주교 묘지가 나타나고 차는 다시 급경사를 쏜살같이 오른다.

"다 계획적으로 그런 거지? 내가 돈 좀 있어 보이니까!"

남편이 결혼 초 미애와 싸울 때 자주 쓰던 말이다. 남편의 말을 흉내내니 별안간 속이 시원하다. 차가 숨을 멈추듯 덜컥 서버린다. 동시에 병우가 차 문을 열고 뛰쳐나간다. 미애가 잡을 새도 없이 병우는 전속력으로 무덤 사이를 달려 꼭대기로 뛰어간다. 당황해서 황급히 차를 세우고 쫓아가는데 펌프스가 진흙에 빠진다. 그제야 미애는 정신이 확 든다. 스타킹에 차가운 진흙이 스며든다. 고개를 드니 병우의 뒷모습은 이미 사라지고 없다. 하늘까지 닿은 수천 개의 무덤들만 빤히 그녀를 보고 있다.

딸의 담임선생님은 당황한다. 두 발에 검은 진흙이 달라붙어 미애는 꼭 발목이 잘린 사람 같다. 민지는 수업 끝나고 집에 간 지 오래됐어요. 집에 전화를 하니 일하는 아주머니가 무슨 일이냐고 되묻는다. 스쿨버스를 타고 학원까지 혼자 간 모양이다. 미애는 급하게 뒤쫓아 학원으로 가본다. 딸은 거기에도 없다. 미애는 다른 학원들도 돌아다니며 딸을 찾는다. 다들 미애의 발목을 보며 놀란다. 보통 때 같으면 몇 번이고 엄마한테 전화를 하는 애가. 미애는 불길한 예감에 휩싸인다. 작년에 같은 학교에 다니던 아이가 유괴되어 살해당한 사건이 있었다. 세상에는 정신나간 놈들이 너무 많다. 눈물이 주르르 흘러내린다. 미애는 핸들을 붙잡고 딸의 이름을 부르며 엉엉 울기 시작한다. 차 옆을 지나던 연인들이 미애를 보고는 깜짝 놀랐다가 곧 재미있다는 듯 웃어버린다. 미애는 스타킹을 벗다 말고 쫙쫙 찢어발긴다.

"뭘 봐! 구경하려면 돈 내놔!"

차창 밖으로 스타킹을 집어던지며 미애가 소리친다. 길바닥에 떨어진 스타킹은 죽은 뱀처럼 전혀 간악해 보이지 않는다.

병우는 팔베개를 하고 눕는다. 이마 위로 바람이 소슬히 지나간다. 한참을 뛰고 또 뛰었다. 미애가 뒤쫓지 못하는 걸 알면서도 묘지를 돌고 돌았다. 어두운 수풀을 헤매고 길을 잃기도 했다. 그러다 이것을 발견한 것이다. 거대한 예수 석상이 태양 아래 가만히 서 있다. 누구를 반기는 듯 팔을 벌리고 있는 석상은 브라질에 있는 유명한 예수상과 닮았다. 병우는 신기해서 애써 그것을 향해 걸었다. 이렇게 큰 예수님은 처음 본다. 병우는 예수의 긴 팔 그림자 아래에 누워본다. 무릎을 세워 다리를 꼬는데 피식 웃음이 나온다. 이런 멋진 곳을 발견하다니 오늘 하루가 재수 없기만 한 건 아니다. 당장은 시원하니 좋다.

민지는 벌써 백화점을 몇 바퀴째 돌고 있다. VIP룸에서 한참 기다렸는데도 엄마는 오지 않는다. 매일 여기에서 수업이 끝나길 기다렸을 텐데 무슨 일일까. 딸은 방송실에 가서 엄마를 찾는 방송을 부탁한다. 벌써 몇 번째 스피커를 통해 엄마의 이름을 듣고 있지만 엄마는 나타나지 않는다. 그래도 별로 심심하지는 않다. 학원에 안 가고 예쁜 옷들을 구경하니 신난다. 지하 식당가에서 사 먹은 떡볶이도 아주 맛있다. 민지는 여성복 매장을 돌며 어서 빨리 자라서 저 멋지고 섹시한 옷들을 입어야겠다고 생각한다. 창문이 없는 백화점. 시간 가는 줄 모르는 건 애도 마찬가지다.

영혼 세일즈

쿵쿵! 여자의 머리를 벽에 찧자 무너지는 소리가 난다. 여자의 가는 발목이 허공에 필
사적으로 원을 그린다. 쇄골을 두 손으로 짓이기자 여자의 비명이 점점 커진다. 부서지
고 망가지고 터진다. 아무도 죽지 않는다. 그저 그런 척하는 것뿐이다. 여배우가 사랑
을 말하며 다가온다. 그저 그런 척하는 것뿐이다.

연기선생님은 〈카사블랑카〉 얘기를 종종 꺼낸다. 선재에게도 험프리 보가트 같은 배우가 되라 권하며. 여인들에게 멋진 로맨스의 추억을 남긴 남자배우는 영원한 생명을 얻는 거라며. 그때마다 선재는 콧방귀를 뀐다. 여보세요, 그건 제 전공분야랍니다. 선재는 험프리 보가트를 일종의 난센스라고 생각한다. 추남이 여자의 마음을 얻는 이유는 상식으로는 답할 수 없다. 어쨌거나, '보가트'란 이름의 카페를 찾아 삼십 분째 헤매고 있는 지금 선재는 수수께끼를 푸는 기분이다. 순정의 히어로와 같은 이름을 가진 그곳은 축축한 관광특구 뒷골목 깊숙이 숨어 있다. 세 번이나 같은 길을 빙빙 돌고 나서야 선재는 '보가트'를 발견한다. 당연히 술집인 줄 알았는데 푸른색 테라스를 가진 소박한 프렌치 비스트로다. 선재는 골탕먹은 걸 분풀이라도 하듯 문을 차고 들어간다. 마지막 주문마저 마감된 듯 식당 안은 썰렁하다. 외국인 커플 한 쌍만이 식은 음식을 먹으며 앉아 있다. 선재는 종업원에게 파티 손님들은 다 어디 갔느냐고 묻는다. 종업원은 오늘 파티 같은 건 없었다고 쌀쌀맞게 대답한다. 영수증을 정리중이던 종업원은 선재가 누군지 알아보지 못한다. 일단 자리에 앉은 후 선재는 매니저 도진에게 전화를 걸어본다. 꺼져 있다. 생일파티의 주인공인 미주에게도 걸어본다. 이 계집애, 이미 주머니 속 핸드폰 따위는 느끼지 못할 만큼 화끈한 진동에 휩싸여 있나보다. 오늘밤 미주의 모델 친구들과 끝까지 달려볼 작정이었는데 낭패다. 다시 여러 군데 전화를 해보는데, 이상하다. 핸드폰이 수면 아래로 빠지는 듯 통화연결음이 점점 멀어진다.

"안 될 거예요. 지금 서울 시내 핸드폰 통화가 안 된대요."

깜짝, 선재는 놀란다. 칸막이 너머로 갈색 머리가 튀어나온다. 귀여운 여자다. 들어올 때는 못 봤는데 그사이 하늘에서 떨어지기라도 한 걸까. 핸드폰은 점점 뜨거워지며 바다 깊숙이 가라앉는다. 예전에도 통신사 사고로 불통되는 사건이 있었는데 하필 오늘 또 그런가보다.

"정말요?"

"네, 벌써 두 시간째예요."

거리, 지하철, 자동차, 사무실, 침대 위…… 이 순간 서울에 있는 인간들이 핸드폰을 구경만 하고 있다니. 그들의 시계, 비서, 오락실, 은행, 사진관, 우체국…… 말대꾸 안 하는 유일한 친구가 불구가 되어버린 것이다. 선재는 핸드폰을 탁자 위에 던진다. 파티 장소가 어디로 바뀌었는지 알 수가 없다. 세상의 모든 알코올과 눈만 찡긋하면 발가락을 빼는 창녀 같은 여대생들로부터 오늘 밤은 버림받은 모양이다. 밥도 못 먹어 서러운데 종업원이 요리 주문은 마감됐다며 와인 메뉴를 내민다.

"계란프라이라도 안 되나요?"

선재의 농담에 종업원이 인상을 찌푸린다. 발음이 정확치 않은 걸 보니 국적이 여기가 아니다. 자신을 못 알아보는 사람을 만나니 선재는 오히려 신선하다.

"저…… 선재씨죠?"

아까 그 귀여운 여자가 본격적으로 아는 척을 한다. 수줍은 얼굴로 다가오는 이런 여자 팬이 생리대 냄새나는 여고생 팬들보다 백만 배 반가운 건 사실이다.

"혹시나 했는데 맞네요. 저, 팬이에요."

선재는 살짝 눈인사를 하며 여자를 위아래로 살핀다. 이 짜증나는 상황에 미인이 아니었으면 그냥 영화배우 선재를 닮은 사람이라고 잡아뗐을 것이다. 이십대 후반은 된 것 같은데 정리 안 한 눈썹에 동그란 눈동자가 무척 어려 보인다. 순진한 미소에 가슴까지 크니 절로 호감이 간다. 다만 흰 셔츠에 흰 바지, 흰 캔버스화를 신은 모습은 환자가 아니면 복장 불량의 천사 같다.

"약속이 어긋나셨나봐요. 저도 오늘 여기 파티가 있어서 왔다가……"

의자를 가까이 끌며 선재가 묻는다.

"미주 친구세요?"

속눈썹을 깜박이며 여자가 대답한다.

"어머, 그쪽도? 미주랑은 일하며 만난 친구예요."

"어쨌거나, 어차피 우리 둘 오늘 밤 만날 사이였네요."

선재가 바짝 다가가자 여자가 몸을 뒤로 뺀다. 얼굴만 들이댔을 뿐인데 꽃다발이라도 받은 양 부끄러워한다.

"저녁 안 드신 것 같은데 제가 좀 많이 시켰거든요…… 실례가 안 된다면……"

여자가 한 입 크기의 붉은 살점이 뜯긴 스테이크를 내민다. 돌연 선재에게 여자는 거절할 수 없는 유혹의 손길을 내미는 악마로 보인다.

"대신 술은 제가 삽니다."

맞은편에 앉으며 선재는 매니저 도진을 따돌리고 오길 잘했다고 생각한다. 도진은 요즘 선재에게서 술과 여자를 떼어놓으려 눈에 불을 켜고 다닌다. 너 인마, 섹스중독증 초기래. 도진이 알아온 선재의 병명이다. 선재는 고깝다. 자신을 스타로 만든 것도, 섹스 마니아로 만든 것도 다 도진이다. 스모 선수의 식사를 준비하듯 도진은 선재에게 여자를 공급했다. 그랬으면서 이제 와 금욕을 강요하다니. 선재는 흡족해서 여자를 본다. 여자는 이 영화 같은 우연에 흥분해서 어쩔 줄 모른다. 간혹 이런 팬을 만나면 진심이 느껴지기도 한다. 물론 반나절도 못 넘길 공허한 진심이다.

도진은 핸드폰을 쥐고서 기가 차서 웃는다. 도진은 밤하늘에 떠 있는 선재를 보며 한강을 건넌다. 선재가 전속 모델로 활동중인 핸드폰의 광고 전광판이 행성처럼 번쩍이며 다리를 건너오는 차들을 반긴다. 도진은 다시 선재에게 전화를 해본다. 벌써 수십통째다. 내일 촬영 있는 걸 빤히 알면서 어디에서 술을 푸고 있는 게 뻔하다. 요즘 선재에게 갖는 도진의 감정은 분노와 배신감 그 이상이다. 아마 신이 인간에게 느끼는 것과 비슷한 수준일지 모른다.

"가오 떨어지게 배우 똥 닦아주느라 빨빨거리고 다니고."

그러나 소문 탈까봐 다른 사람한테 불평도 못 하고 혼자 차 안에서 욕하는 게 전부다. 신에게는 자신의 창조물을 비판할 여유와 양심이 없는가보다. 도진은 정말로 선재를 자신의 숨결과 손길로 만들었다고 확신한다. 처음 만났을 때 선재는 지나가는 여자들이 꼭 한번 뒤돌아보게 만드는 미소년이긴 했으나, 어딘가 정신나가 보이는 고등학교 2학년생이었다. 그리고 도진은 사채를 잘못 끌어써서 혓바닥을 스테이플러로 찍히는 협박을 당한 자살 직전의 실패한 매니저였다. 특별한 야심 없이 십대 잡지 화보 모델로 활동한 것이 이력의 전부였지만 도진은 첫눈에 선재를 알아봤다. 어린 녀석이 가만히 있는데도 성적 매력이 뚝뚝 떨어졌다. 벼랑 같은 턱선과 홍차 빛깔 눈동자가 아무래도 물건이었다.

"글쎄요, 배우를 하려면 영화과를 가야 하나요?"

당연히 연기에 관심이 있겠거니 묻자 선재는 멍하니 갸우뚱거렸다. 도진은 당장은 열정이 없어 보이나 무언가에 꽂혔을 때 과감히 투신하는 천재의 무모한 순수성을 엿보았다. 도진은 알았다. 타고난 배우의 기질을. 배우의 영혼은 텅 빈 상자다. 무엇이든 담을 수 있고 비울 수 있다. 그러기에 도저히 사랑할 수 없는 사람에게 사랑을 말하는 것이고, 보는 이들로 하여금 그것을 믿게 만드는 것이다. 도진은 깡패한테 무릎을 꿇고 다시 사채를 끌어왔다. 포트폴리오를 만들어 아는 영화사들부터 돌기 시작했다. 이미 키우고 있는 신인 연기자들이 몇 있었지만, 모두 삼 년 안에 자신의 딱한 재능을 깨닫고 돌아갈 애들이었다. 특별한 존재는 선재 하나뿐이었다. 물론 사람들은 처음부터 그의 가능성을 알아보지는 못했다. 딱히 선재가 별로여서가 아니라 도진 탓이었다. 부황기 든 놈, 건방진 자식, 뒤통수칠 새끼로 불리는 도진의 성공을 바라는 이는 드물었다. 그러나 대한민국에서 착한 놈이 성공하는 걸 본 적이 있는가. 도진은 자신있었다. 최고의 연기선생님을 붙여주자 과연 선재의 눈빛이 달라졌다. 오디션 떨어지는 일이 자연스럽게 느껴질 즈음 일들이 벌어지기 시작했다. 행운을 부르지 않는 건 매력이 아니다. 몇 번의 단역을 거쳐 다른 배우의 사고로 우연히 비중 있는 조역을 맡았는데, 그 영화가 그해 최고의 흥행작이 되었다. 첫 주연을 맡은 드라마가 대성공을 거두자 투자자가 붙었고, 어떻게 알았는지 일본 팬들이 명품 지갑 등을 선물로 보내기 시작했다. 두번째 영화가 박스 오피스 1위에 올랐다는 소식을 들었을 때 차 안에서 김밥을 먹고 있던 도진과 선재는 밥알을 튀기며 십 분 넘게 웃었다. 그건 삶이 내민 절정의 호의를 당연하게 여기는 웃음이었다. 도진은 자기만의 방법으로 선재를 길들였다. 도진은 어린 선재에게 단기간 인생을 경험하는 데에는 여자만한 학교가 없다고 가르쳤다. 도진은 생수 같은 선재가 '로얄 살루트'가 되기를 원했다. 비싸고 독해져서 사람들을 취하게 하라. 도진의 명령을 선재는 충실히 따랐다. 그러나 변화가 빠른 만큼 위기도 빨랐다. 선재는 젊은 배우건 늙은 배우건 피해야 할 최악의 함정에 걸려들고 말았다. 선재는 자신이 연기한 인물과 자신을 동일시해버렸다. 그는 타고난 멜로드라마 형 인간이었다. 멜로드라마란 가장 현실적이면서 가장 현실을 외면하는 장르이다. 잘생긴 재벌 2세 바람둥이가 가난하지만 당당한 여자를 만나 사랑에 빠지는 병신 같은 드라마에서 선재는 감쪽같은 연기력을 선보였다. 여자들은 모두 나를 사랑하게 돼 있어. 4인조 댄스그룹의 소녀들과 그룹섹스를 한 날, 선재는 한강이 발아래 흐르는 호텔 창가에 서서 세상을 향해 공표했다. 도진은 처음에는 심각하게 여기지 않았다. 오히려 종일 눈이 젖어 있는 선재를 보고 물이 올랐다며 칭찬했다. 그러다 선재가 음주측정을 거부하고 도망가다 잡힌 날 알게 되었다. 선재는 팬티를 안 입고 있었고, 어디에 벗어두었는지 모른다고 했다. 도진은 선재가 중독자임을 깨달았다. 그는 술, 여자, 그리고 자신의 이미지에 중독되어 있었다. 그날부터 도진은 선재를 감시하느라 신경을 곤두세웠다. 특히 얼마 전부터는 더욱 바짝 주의를 기울이고 있는 중이다. 중요한 계약이 다가왔는데 사고라도 치면 큰일이니까. 요즘 도진은 대한민국에 자기보다 헛바람 센 인간들이 많다는 사실에 놀라는 중이다. 선재 하나만 보고 우회상장을 노리는 엔터테인먼트 업계 꾼들이 모여들고 있다. 대가리 자체가 영화적인 인간들이다. 영화란 결코 돈이 되는 사업이 아니란 걸 그 대가리들이 깨닫기 전에 돈을 끌어다 뭐든 찍고 뿌리고 내빼야 한다. 인생은 한 방이다, 는 평소의 지론을 증명할 기회가 이렇게 빨리 올 줄 도진도 몰랐다. 나 무시하던 새끼들 입에 총질을 해버려? 선재는 어쩌면 자기 인생에 다시는 갖지 못할 황금총알이란 걸 도진도 알고 있다. 그렇기에 섹스에 미친 놈이라 해도 도진은 선재를 감싸주어야 한다. 마지막 한 방을 위해 아껴두어야 한다. 이게 바로 헛짓거리이기 십상인 이 일에서 끝내 손을 못 떼는 이유이기도 하다. 사람이 돈으로 변하는 놀라운 마술을 경험한 자는 그 마술에 중독되고 만다.

"그러니까 제 얘기는요. 어머, 취했나봐. 나 오늘 왜 이러지?"

여자는 벌써 와인 한 병을 다 비웠다. 식사를 뺏어먹은 게 미안해 선재는 여자의 쓸데없는 이야기를 열심히 들어주고 있다. 여자는 좋아서 콧소리를 내며 환장을 한다. 아까는 웃고 흔들다 테이블 위 촛불에 머리카락이 탈 뻔했다. 종업원이 영업시간이 끝났다며 또 와서 경고를 준다.

"제가 한잔 더 살까요?"

계산서를 챙기며 선재는 그냥 한번 떠본다. 여자가 눈을 번쩍 뜨며 파르르 떤다.

"그냥 하는 소리죠? 저는 진짜로 알고 실망한단 말이에요."

여자는 전근 가는 선생님을 붙잡는 여고생처럼 울상이 된다. 귀여운 척하긴. 선재는 핸드폰이 다시 터질 때까지 이 여자랑 시간을 때우는 것도 방법이라 생각한다. 두 사람은 근처 술집으로 자리를 옮긴다. 하키 클럽의 모임장소인 술집에는 외국인 손님들뿐이다. 여기서도 아무도 선재를 알아보지 못한다. 오랜만에 맛보는 홀가분함 때문인지 선재는 조금 흥분이 된다.

"날 이상한 여자라고 생각하고 있죠?"

여자는 아까와는 다르게 침울하게 중얼거린다. 뾰로통한 여자의 입을 보는데 선재는 근질근질하다. 맥주는 아무래도 싱거워서 안 되겠다.

"전혀요."

선재는 건성으로 답하며 도진을 떠올린다. 모르는 여자와 이렇게 우스운 시간을 보내는 줄 알면 펄펄 뛸 텐데. 여자는 멍한 눈빛으로 선재를 바라본다. 대충 저런 식으로 무너지는 여자들을 선재는 잘 알고 있다.

"선재씨, 내가 비밀 하나 알려줄까요?"

진부하게 나오는 이 여자를 그만 털고 일어나야 하지 않을까 선재는 잠시 망설인다.

"사실…… 나…… 하늘나라에서 왔어요."

하지만 선택의 여지가 없으니 그냥 이 여자와 놀기로 마음을 굳

한다.

"그럼요, 처음 봤을 때부터 알아봤어요."

여자가 폭신한 가슴으로 선재의 어깨를 누르며 말한다.

"왜 왔는지는 모르잖아요."

선재는 어깨를 쓰윽 기대며 웃는다.

"왜 왔는데요?"

"나는 선재씨의 영혼을 사러 왔어요."

특별해 보이려 헛소리하는 여자는 오히려 평범해 보이는 법이다.

"어머, 내가 거짓말 하는 것 같아? 나 돈 많은데."

은근슬쩍 말을 놓는 여자는 더욱 평범하다. 선재는 자기 몸값을 여자에게 알릴 필요는 없음에 안도한다. 얼굴도 몸도 아닌 영혼의 가격은 매니저인 도진도 알지 못할 것이다.

"자 — 여기, 이 정도면 살 수 있지 않나?"

여자가 꽉 쥔 주먹을 내민다. 주먹을 펴자 백원짜리 은색 동전 몇 개가 반짝인다. 선재는 술을 뿜으며 웃음을 터뜨린다. 선재는 이제 여자가 퍽 귀엽게 느껴진다. 도진의 말이 맞는 것 같다. 이 정도면 병이다. 도저히 오늘 밤도 그냥 보내지 못할 것 같다. 정확히 말하면, 갈증이라기보다는 허기이다. 입술을 적신다고 해결되는 게 아니라 폭탄을 맞은 듯 뻥 뚫린 배를 무언가로 다시 꽉 채워야 한다. 그 무언가가 꼭 여자일 필요는 없지만 선재에게 주어진 것은 언제나 모자란 시간과 정체를 알 수 없는 정신나간 여자들이

182

다. 아마 다른 남자들도 마찬가지일지 모르겠다. 여자들은 이미 모든 걸 알고 있는 듯 다가온다. 그녀들의 뜨거운 다리, 무섭게 꺾이는 허리, 절정에서 갈라지는 괴성. 그녀들은 결국 똑같다. 그 사실이 선재에게 안도감을 준다. 나를 모르는 사람과 사랑을 나눈다, 선재는 그런 일관된 방식에 평온을 느낄 뿐이다.

"그거 알아요? 선재씨 얼굴 중에 어떤 모습이 제일 좋은지?"

여자가 아부하려 드는 걸 선재는 하품하며 바라본다. 그에게 찬사는 지겨운 일상이다.

"저번주에 극장에서 선재씨 영화를 봤어요. 나 그런 연기 너무 좋아. 영화 마지막에 거울 앞에 서서 자기 얼굴을 바라보는 장면 있잖아요. 그때 눈빛이…… 참…… 뭐랄까…… 아무 기대도 없이…… 과거를 보면서 미래를 보는…… 텅 비었지만 꽉 찬 것 같은……"

여자는 갑자기 진지해져 떠든다. 여자의 말이 농담인지 진담인지 선재는 구분할 수 없다.

"무슨 생각 하세요? 연기할 때 말이에요."

여자가 기습적으로 묻자 선재는 망설인다. 그건 설명하기 어렵다. 다른 애들은 연기할 때 살아 있는 걸 느낀다고 대답도 잘만 하던데, 모르겠다. 한번 죽는 연기를 한 적이 있는데 그때는 확실히 느꼈다. 내가 지금 살아 있다고.

"오늘은 정말 이상한 날이에요. 영원히 잊지 못할 것 같아요."

여자가 얼굴을 감싸며 한숨을 쉰다. 분홍빛 얼굴이 부끄러움으

로 터지려 한다. 여인들에게 영원한 로맨스의 추억을 남겨라. 선
재는 세상이 그에게 맡긴 임무를 떠올린다. 선재는 뻑뻑한 눈을
비비며 웃는다. 빙그르르 의자가 돌아간다. 쨍그러렁. 접시들이
깨지고 의자 아래로 곤두박질치려는데, 오늘 처음 만난 여자가 놀
라고 슬픈 얼굴로 그를 안아세운다. 흔한 장면이다. 정신을 놓기
전 눈을 찌르는 형광등의 날 선 푸른빛을 보며 선재는 저 빛은 마
음에 들지 않는다고 중얼거린다.

　정오의 아스팔트를 맛본 듯 혓바닥이 뜨겁다. 선재는 목을 움켜
잡으며 일어난다. 눈 속의 하드렌즈에 이물질이 끼였는지 앞이 뿌
옇다. 선재는 기어서 본능적으로 냉장고를 찾아간다. 무거운 냉장
고 문을 잡아당긴다. 무덤 문이 열리는 것 같다. 생명의 빛이 쏟아
진다. 선재는 허겁지겁 냉수를 꺼내 마신다.
　"일어났어요?"
　놀라 엉덩방아를 찧으며 등으로 냉장고 문을 쾅 닫는다. 다시
어둠이다.
　"저도 잠깐 졸았어요."
　발소리가 다가온다. 손목만큼 가늘고 하얀 여자의 발목이 어둠
속에서 스르르 움직인다. 여자가 배시시 웃으며 선재를 내려다보
고 있다. 선재가 집에 데려다달라고 부탁해서 같이 택시를 타고
왔다고 여자는 설명한다.
　선재는 믿을 수 없다. 아무리 술에 취했어도 여자를 집까지 데

려온 적은 없었다. 몽롱한 가운데 선재는 눈을 똑바로 떠보려 노력한다.

"집이 정말 멋있어요. 꼭 세트 같아요."

여자가 거실 조명을 켜며 감탄한다. 실내는 눈이 내린 아침보다 하얗다. 바닥도, 가구도, 심지어 거실 중앙에 심은 자작나무마저 하얗다. 선재도 아침에 눈뜰 때마다 감동한다. 대한민국에서 이 나이에 이런 집을 갖는다는 것은 사치가 아니라 사기이다. 선재는 자신의 기적 같은 성공을 증명하는 이 집이 가끔 벅차다. 여자가 거실을 가로지르는 유리벽 앞에 서며 입을 벌린다. 그곳은 선재가 이 집에서 가장 좋아하는 부분이다. 선재의 얼굴 사진이 프린트된 유리벽은 신비롭고 아름답다. 사진은 어찌나 큰지 그의 얼굴로 그의 입술 정도만 가릴 수 있다. 여자는 황홀한 표정으로 선재의 투명한 뺨을 어루만진다.

선재가 비틀거리며 다가가 여자를 안는다. 하얀 셔츠에서 보스락 소리가 난다. 가슴을 움켜잡자 여자가 펄쩍 난다. 여자는 선재를 밀어내며 비명을 지른다. 선재는 여자를 바라본다. 콘택트렌즈가 딱딱하게 굳어 두 눈은 돌이 된 것 같다. 여자의 모습은 뭉그러져서 하얗게 번진다. 선재는 눈을 비비며 웃는다. 다시 다가가 여자의 허리를 잡아 흔든다.

"무슨 짓을 하는 거야?"

여자의 목소리가 무섭다. 선재는 여자에게 이해를 구하고 싶다. 알코올 중독자가 밤만 되면 낮에 버린 술병을 뒤지듯 이것도 병이라고 말하고 싶다.

"아파서 그러는 거예요. 협조 좀 해줘."

선재는 솔직하게 말한다. 여자가 부들부들 떨며 정색하고 혼을 낸다. 당황했는지 여자는 대단한 폭로인 양 이상한 소리를 해댄다.

"나는 이렇게 될 줄 알았어. 그래도 여기까지 온 이유는 선재씨를 도와주고 싶었기 때문이야. 눈을 똑바로 뜨고 나를 봐. 내가 선재씨를 구해줄 사람이야!"

수수께끼 같은 여자의 헛소리에 선재는 짜증이 확 인다. 두 번다시 볼 일 없는 여자가 집까지 따라와놓고 시치미를 뗀다.

"니들 비위 맞추기도 지겹거든. 마냥 웃으니까 만만하냐. 제발 니들도 쓸모가 있어야 할 거 아냐. 니들도 날 위해 뭔가 좀 해보란 말이야!"

소리치고 나니 선재는 시원하다. 많은 이들이 못 들은 게 아쉽다. 이제 모든 사물은 지우개로 지웠다 다시 그린 듯 두 겹으로 흔들린다. 다행히 여자는 흐릿하지만 손에 잡힌다. 선재는 달려들어 여자의 목덜미를 꽉 깨문다. 그는 여자가 자신에게 응급약이 돼주기를 바라며 약병을 따듯이 목을 꺾는다. 여자는 소파 위로 쓰러지며 비명을 삼킨다. 여자는 쿠션들을 껴안으며 안간힘을 쓴다. 부우욱— 쿠션이 찢어지는 소리가 크게 울린다. 여자가 주먹으로 선재의 왼쪽 눈을 때리자 딱딱해진 렌즈가 '딸각' 눈에서 떨어진다. 세상의 반쪽이 떨어져나간다. 오히려 제대로 볼 수 없는 세상이 편하다고 선재는 생각한다. 섹스중독자의 거대한 충동에 깔린 여자는 이제 숨쉬기도 힘들다.

"……나는 경고했어요…… 이제 다 끝이야. 그걸 알아야
해……"

여자의 목소리는 처참하지 않다. 의식이 사라지는 가운데 감정
은 오히려 생생히 살아난다. 그것은 부끄러움과 비슷한 느낌이다.
여자가 마지막 힘을 다해 선재를 밀쳐내려다 그 힘의 반동으로 날
아가버린다. 쾅! 유리벽에 머리를 찧는 순간 여자 목이 뚜둑 꺾인
다. 토마토처럼 여자 몸에서 붉은 즙이 터져나온다. 선재는 그 위
에 올라타 무릎으로 말랑말랑한 여자의 배를 짓이긴다. 여자는 기
도 비슷한 소리를 중얼대고 선재는 수분이 완전 증발한 두 눈을
감아버린다.

도진은 일어나자마자 TV를 켠다. 어젯밤 서울에서 일어난 통신
망 사고에 대한 뉴스가 나온다. 자신이 헤매고 있는 동안 모두 혼
란 속에 있었다니 공평해서 좋다. 충전기에 꽂아둔 핸드폰이 울린
다. 선재가 이렇게 일찍 일어나다니 별일이다. 어젯밤 잠수 탄 게
미안하기는 한가보다.

"형…… 이상해. 이리 좀 와봐……"

"왜? 어디 아파?"

선재는 잔뜩 겁에 질려 있다. 도진은 당장 차를 몰아 선재에게
달려간다. 선재가 고집해서 구입한 백 평짜리 빌라의 대리석 현
관이 얼음궁전 입구처럼 차갑다. 문을 열어주는 선재의 얼굴이

파랗다.

"냄새 봐라. 너 인마, 어제 내가……"

말하다 도진이 놀라 입을 다문다. 선재의 가슴에 붉은 얼룩이 번져 있다. 머리 크기만한 얼룩은 아프리카 대륙과 비슷한 모양이다. 선재는 바보 같은 표정으로 황망히 도진을 본다.

"그러니까 여자애를 집까지 끌고 와서 먹고 후려팼다고?"

도진은 담배 필터까지 잘근잘근 씹으며 추궁한다. 도무지 말이 안 되는 상황이다. 바닥에는 껍데기만 남은 쿠션 커버가 흩어져 있고 온통 거위털로 가득하다. 발걸음을 뗄 때마다 하얀 깃털이 날린다. 선재의 얼굴이 프린트된 유리벽에는 붉은 피가 아직도 야릇한 비린내를 풍기며 뭉쳐 있다. 멀리서 보면 선재가 작고 붉은 금단의 열매를 물고 있는 것 같다.

"여자는 어디 갔냐고! 어떻게 이 피를 흘리고 지 발로 걸어 나갔냐고!"

선재는 이마에 손을 얹으며 소파에 눕는다. 기억이 사라졌다. 머리가 깨질 듯 아프다. 핸드폰이 울린다. 두 남자는 놀라 서로를 쳐다본다. 오늘 촬영장에 기자들이 오는 걸 혹시 잊었는가 묻는 PD의 전화다. 감독님은 저랑 감수성의 주파수가 안 맞는 것 같습니다. 현장에서도 눈 똑바로 뜨고 헛소리를 해대는 선재 때문에 도진은 여간 곤란한 게 아니다. 도진은 쫙쫙 갈라진 혓바닥을 일단 침으로 적신다. 누가 당했는지 알기 위해 어젯밤 생일파티의 주인공인 미주에게 전화를 건다. 그러나 이름도 모르는 여자를 찾기란 쉽지 않다.

"하얀 운동화를 신고 있었어."

선재는 느릿느릿 인상착의를 설명한다. 그러나 말할수록 모호하다. 아무리 생각해도 여자의 얼굴은 자기가 아는 모든 여자들의 얼굴을 합쳐놓은 것 같다. 미주는 그런 친구는 없다며 어리둥절해한다. 선재는 여자를 처음 만났던 순간을 겨우 되돌려본다. 파티가 끝났냐고 시끄럽게 떠들던 자기 얘기를 듣고 여자는 거짓말을 지어냈을지 모른다. 처음부터 파티 따위는 알지 못했던 여자다.

"또 뭔가 기억나는 거 말해봐!"

도진이 추궁하자 선재가 얼굴을 감싼다.

"정말 기억 안 나. 모르겠어. 왜 이렇게 됐는지……"

"……일단 씻고 준비해. 오늘 중요한 촬영이야."

도진은 선재에게 무섭게 명령한다.

"꼭…… 해야 돼?"

얼이 나간 선재를 도진은 실컷 발로 까주고 싶다. 도진은 소리친다.

"나가, 나가서 연기해! 어차피 연기잖아!"

도진은 머리를 굴린다. 아찔하다. 그 여자가 지금 병원이나 경찰서에 있다면 다 끝이다. 다음주 재계약할 광고며 우회상장이며 한꺼번에 날아간다. 일단 이런 경우 잡아떼고 버티는 게 장땡이다. 도진은 후들후들 떨리는 다리를 겨우 끌고 드레스룸으로 간다. 깃이 목을 베어버릴 듯한 흰 와이셔츠를 고르며 도진은 자신을 다스린다. 이깟 일로 무너질 수 없다. 도진은 어제까지 자신의 꿈이었다가 하루아침에 일개 강간범이 되어버린 선재를 노려본다. 선재는 바닥에 쌓인 깃털을 밟고 서 있다. 깃털들을 두 손에 담고서 선재는 생각한다. 이게 다 뭘까. 누구의 날개에서 떨어진 것일까. 어젯밤 내가 천사라도 죽였단 말인가.

일정은 무리 없이 진행된다. 사람을 만나고 미소를 짓고 인사를 한다. 다른 때와 다름없어 보이나 도진과 선재는 아찔한 긴장 속에 있다. 핸드폰 진동이 울릴 때마다 도진은 부르르 떤다. 도진은 선재가 실수라도 할까봐 쉬지 않고 관찰한다. 오랜만에 술을 마시지 않은 선재의 눈빛이 맑다. 오히려 연기는 더 좋다. 미친 새끼, 잘하고 있네. 도진은 선재의 모습에서 야릇한 두려움을 느낀다. 그날 이후 선재는 더욱 연기에 집중한다. 아니, 연기를 하는 게 아니다. 완벽하게 멍한 상태로 저절로 배역이 되어버린다. 닷새째 아무 일도 일어나지 않자 도진은 선재를 안심시킨다.

"일이 터졌으면 벌써 터졌지."

뾰족한 콧등을 내려다보느라 사시가 된 선재가 말한다.

"이사 가야겠어요."

"집 산 지 얼마나 됐다고."

"어젯밤에…… 집에서 이상한 걸 봤어, 형."

도진은 불안해서 당장 선재의 집으로 간다. 거실은 깨끗하게 치워져 있다. 피가 묻었던 유리벽도 알코올로 백 번도 넘게 닦아 눈

부시게 반짝거린다. 도진은 선재의 얼굴이 빛나는 유리벽을 인상을 찌푸리고 본다.

"찝찝해서 안 되겠다. 다른 걸로 바꾸자."

"형……"

잠시 쉬다가 선재가 말한다.

"혹시, 내가 말이야…… 그 여자, 죽인 게 아닐까?"

"뭔 소리야, 새꺄."

"그날 말이야. 내가 그 여자를 죽이고 나서 한강 같은 데에다 갖다버린 다음…… 집에 돌아와 그냥 잤던 건 아닐까. 그 기억까지 잃어버린 건 아닐까……"

도진은 배우의 습성을 안다. 하나의 설정을 생각하다 그 자체를 믿게 되는 순수함이 배우에게는 있다. 며칠 동안 선재는 살인자의 냉정한 광기를 연기한 건지도 모른다.

"헛소리할래!"

"아니면, 이럴 수도 있잖아. 그날 형이 일찍 우리집에 왔다가 그 여자가 죽어 있는 걸 본 거야. 그리고 형이 갖다버린 거야. 나를 위해서. 말 되지?"

도진은 다가가 선재의 등을 후려친다. 한 번만 더 까부는 소리 하면 입에다 변기솔을 처박아버리겠다고 협박한다.

"그 여자가 놔두고 간 게 있어."

선재가 초점 없는 눈길로 도진의 턱을 보며 말한다. 도진은 선재를 따라 부엌으로 간다. 온통 은색의 가전제품들이 번쩍이는 부얼은 꼭 시체안치소 같다. 선재가 손가락으로 냉장고를 가리킨다. 도진은 어안이 벙벙해서 다가가 냉장고 문을 연다. 그 안에 인간의 허기를 채워줄 만한 것은 없다. 너무 썰렁해 음료수 칸에 있는 캔맥주들이 다 추워 보일 정도다.

"뭐? 뭐? 인마."

선재의 멍한 눈빛이 두려워 도진이 혼을 낸다. 선재가 다가온다. 그리고 다시 냉장고의 문을 연다. 빛이 선재의 얼굴을 덮친다. 도진은 선재가 가리키는 게 무언지 보기 위해 고개를 내민다. 두 번째 칸에 백원짜리 동전 몇 개가 포개져 있다.

"이걸 여기 왜 놨는데."

도진이 동전을 꺼내려는데 선재가 막는다.

"그 여자가 놔두고 간 거야."

홀린 듯한 목소리로 선재가 설명한다. 선재가 그날 밤의 거래에 대해 이야기한다.

"그 여자가 나한테 돈을 낸 거야. 내 영혼을 산다고 그랬거든."

도진은 돌아버릴 것 같다.

"미친 새끼, 세상에 굴러다니는 게 동전인데."

"아니야. 그날 이후에 이 집에 온 사람은 형하고 나밖에 없는데. 나도 형도 아니면 이게 어디서 났겠냐고."

"병신아, 설령 그 여자가 놔두고 갔다 쳐도 그게 뭔 상관이냐고!"

선재는 주먹을 쥐고 안타깝게 소리친다.

"그 여자가 사갔어, 내 영혼을. 그래서 난 이제 텅 비었다고!"

도진은 할말을 잃은 채 선재를 본다. 냉장고에서 나오는 냉기가 선재의 어깨를 덮친다. 도진은 정신차리려 애쓰며 배우의 습성을 되새긴다. 연기선생님한테 배우수업을 받을 때 유독 파우스트에 꽂혔던 선재를 기억해낸다. 의도한 대로 극적인 순간을 만들어낸 자신의 배우를 토닥거리며 도진은 아무렇지도 않은 척 말한다.

"저 돈으로 너 못 사니까 걱정 마. 내가 너 때문에 늙어, 인마."

촬영장에서 핸드폰 전원을 끄기 전 선재는 메시지가 온 걸 발견한다. 조명이 들어오고 눈을 비비며 선재는 포토 메시지를 확인한다. 무슨 사진인지 알 수가 없어 가까이 들여다본다. 한 남자가 죽어 있다. 메시지들이 연달아 날아온다. 엉망이 된 집이다. 유리벽 위에 하트 모양으로 핏자국이 굳어가고 있다. 엉덩이를 드러낸 채 남자는 바닥에 쓰러져 있다. 그의 겨드랑이에 모여 있는 깃털은 부러진 날개처럼 보인다. 그제야 선재는 자신의 뒷모습을 알아본다. 피해자는 보이지 않고 가해자만 있는 처참한 현장이다. 선재는 넋이 나가 그 메시지들을 바라본다. 감독이 선재를 부른다. 조명 뒤에 선 스태프들이 땀을 뻘뻘 흘리며 선재만 바라보고 있다.

선재는 가운데 선다. 여배우는 벽 앞에서 그를 기다리고 있다. 다가가서 그녀를 안으며 사랑한다 말해야 한다. 가장 달콤한 입맞춤을 선사하며 뜨겁게 안아줘야 한다. 이 장면이 영화의 정점이다. 평소 선재가 식은 죽 먹기로 하는 연기다. 선재는 여배우를 향해 다가간다. 눈을 감았다 뜨는 순간이 하룻밤처럼 길고 까맣다. 눈앞의 여배우는 갑자기 누군가와 닮아 있다. 두 손을 들어 여배우의 얼굴을 매만진다. 그 여자다. 입을 맞추기 위해 여배우는 얼굴을 내밀고 선재는 뒷걸음질친다. 모든 것이 생각난다. 잊은 것이 아니다. 잊었다고 믿은 것뿐이다. 쿵쿵! 여자의 머리를 벽에 찧자 무너지는 소리가 난다. 여자의 가는 발목이 허공에 필사적으로 원을 그린다. 쇄골을 두 손으로 짓이기자 여자의 비명이 점점 커진다. 부서지고 망가지고 터진다. 아무도 죽지 않는다. 그저 그런 척하는 것뿐이다. 여배우가 사랑을 말하며 다가온다. 그저 그런 척하는 것뿐이다. 선재는 그날 밤의 살의를 기억한다. 자신의 발작에 가까운 발기를 무시한 여자가 야속하다. 그 통쾌한 충동이 다시 선재의 손에서 살아나 꿈틀댄다. 선재는 여자의 목을 조른다. 여배우는 숨이 막혀 캑캑거린다. 사람들이 놀라서 달려오고 급히 꺼지는 조명 아래 선재는 정신을 잃는다.

"미친년! 그년은 내가 잡을 테니까, 넌 헛소리 집어치워."

도진은 분을 못 참고 담배를 뚝뚝 분질러 커피에 타 먹으며 성을 낸다. 이건 음모다. 분명 누군가 선재를 파묻기 위해 술수를 쓴 것이다. 여자를 찾기 위해 핸드폰을 추적해봐도 소용없다. 하늘에서 뚝 떨어진 게 아니라면 이럴 수 없다.

"웬만하면 빨리 정리했으면 좋겠는데. 어학연수도 제대로 하려면 꽤 걸린데."

도진은 미치겠다. 여자도 여자지만 실은 선재가 더 문제다.

"늦기 전에 영어라도 배워둬야지."

선재는 연기를 관두겠다고 선언한 이후 며칠째 집에만 있다. 밥도 안 먹고 우유와 콘프레이크만 먹으며 버틴다. 집 안에는 도진이 꾸겨버린 담뱃갑과 우유, 콘프레이크 상자가 널렸다.

"너 바라보는 사람이 얼만데 니 맘대로 관둬? 이 일 평생 해봐. 이딴 개 같은 경우 한두 번이 아닐 텐데, 그때마다 자빠질래?"

"형, 나 진짜 미련 없어. 돈도 벌 만큼 벌었고."

"돈이 문제가 아니잖아! 얘 증말 특이하네!"

배우의 유효기간을 정하는 건 대중이건만 선재는 스스로 하려 한다. 도진은 빠르고 영리한 선재의 본능에 새삼 놀란다.

"젊은 시절 좋은 경험 했다 치지 뭐. 솔직히 내가 알 파치노처럼 될 것도 아닌데."

선재는 슬며시 웃기까지 한다. 모든 걸 포기하는 순간 모든 걸 얻은 듯 웃는다. 분노보다 도진은 질투가 인다.

"내가 뭐 바본가. 나도 내가 지겹거든. 사람들이 그거 모를 것 같아, 형?"

"야! 다 그렇게 사는 거야! 배 뜨뜻하니까 머리가 띵띵하냐!"

도진은 선재를 두들겨패고 싶다. 사람들 열에 아홉은 자기 삶을 중탕해서 맹탕까지 끓여먹고 살고 있다. 잘난 놈들이야 건더기가 넘치지만 없는 것들은 속고 속아주며 맹물도 맛난다고 먹고 산다. 선재의 투정은 선택받은 자의 단맛 나는 트림에 지나지 않다.

"아니지, 형, 그렇게 대충 말하면 안 되지. 내가 뭘 깨달았는지 알아? 근본적으로 나랑 이 일이 맞지가 않더라고. 따져봤는데, 내가 연기하면서 살아 있다 느낀 순간은 죽는 씬 연기할 때 딱 한 번뿐이었거든. 내가 그렇게 멍했던 거야. 형, 내가 왜 그렇게 여자들한테 미쳐 있었는지 이유를 알아냈다. 여자들은 다 나를 사랑한다는데 믿을 수가 없는 거야. 그래서 진짜인지 아닌지 확인하려고 그 짓을 한 거고, 완전 중독된 거지."

자기 논리가 퍽 맘에 드는지 선재는 흐뭇해한다.

"이 기회에 그만둘래. 내 자신이 너무 텅 빈 것처럼 느껴져."

도진에게 필요한 건 바로 그거다. 선재의 텅 빈 상자와도 같은 영혼이다. 무엇이 들었는지 알 수 없는, 가볍지도 무겁지도 않고, 그저 채워지기만을 기다리는 게 운명인, 행여 구멍이 뚫리더라도 그냥 버리면 그만인. 도진은 어쩌다 자신의 진실을 깨닫게 된 선재를 냉철하게 바라본다. 아직 도진은 선재가 필요하다. 선재는 여전히 빛나는 황금총알이다. 도진은 재장전을 위해 흥분을 가라앉힌다. 그는 선재에게 한숨 자라고 담요를 갖다준다. 도진은 부엌으로 간다. 수면제를 가루내어 컵에 넣은 후 우유를 가득 채운다. 그리고 선재가 마음에 들어했던 여고생 모델에게 전화를 건다. 도진은 스스로와 내기를 벌인다. 그는 선재가 절대 이 세계를 떠날 수 없다는 데에 판돈을 건다. 자신이 벗어날 수 없듯 선재도 마찬가지다. 도진은 당분간 여자들과 진탕 놀게 하며 선재를 달래기로 한다. '반대편으로 여십시오.' 도진은 우유팩에 씌어 있는

196

문구를 가만히 따라 읽는다. 방법은 다 있기 마련이다. 도진은 따뜻하게 데운 우유를 선재에게 건넨다. 선재는 천천히 우유의 맛을 음미한다. 선재의 다른 한 손에 차가운 동전이 쥐어져 있는 걸 도진은 보지 못한다. 선재는 동전을 만지며 자신의 값을 다시 계산하리라 마음먹는다.

타파웨어에 대한 명상

안전하고 편리한 주방의 파수꾼 '타파웨어'와 '살림의 여왕'인 엄마에게서 생활의 지혜를 하나 배운다. 앞으로 종종 이 밀폐력 뛰어난 그릇에 인생의 중요한 부분을 보관할 생각이다. 마음 같아서는 인생을 통째로 넣고 싶지만 그건 불가능하다. 문을 닫기 전 마지막으로 집 안을 들여다본다. 집은 내가 간직해야 할 것을 대신 간직한다. 나는 아무것도 새어나오지 못하게 문을 꼬옥 잠근다.

80년대 초반 강남에 막 아파트 단지가 생겨나기 시작할 무렵 우리집도 새 아파트로 입주를 했다. 그 시절 우리집을 생각하면 가장 먼저 떠오르는 이미지는 눈보라처럼 거실을 뒤덮고 있는 레이스 커튼 앞에서 홈드레스를 입은 엄마가 성대한 타파웨어 홈파티를 열고 있는 모습이다. 우리집은 동네 주부님들의 공식적인 사교의 장으로서 연일 티파티와 생일파티가 끊이질 않았는데, 그 가운데에서도 타파웨어 홈파티가 가장 신나고 떠들썩한 잔치였다. 아주머니들은 레고블록 쌓기 놀이라도 하는 양 색색의 플라스틱 그릇들을 종류별로 쌓아놓고는 심각하게 난상토론을 벌이다 웃길 일도 하나 없는데 별안간 까르르르 배를 잡으며 수선을 피웠다. 버스 뒷자리를 점령한 여학생 패거리처럼 왠지 가까이하기 꺼려지는 그 모임의 여왕은 단연코 엄마였다.
　"내가 미국에 있을 때 타파웨어는 이미 없어서는 안 될 주방의 필수품으로……"

아버지가 미국에 연수 갔을 때의 경험을 이야기하는 엄마의 태도는 위풍당당했다. 타파웨어 외판원은 엄마의 응원에 힘입어 뚜껑을 열었다 닫았다 하며 밀폐용기의 우수성을 시험해 보였다. 당시로서는 지나치게 비싼 가격에 불만을 터뜨리는 아줌마가 있으면 엄마는 손을 들어 그 의견을 딱 잘랐다.

"이건 아무것도 새어나오지 않아. 한번 닫으면 물도, 공기도, 그어떤 것도, 못 나오고 못 들어가. 그냥 끝이라고, 끝!"

엄마의 표정이 어찌나 결연한지 아주머니들은 멍하니 고개를 끄덕거렸다.

겨우 외제 반찬통 가지고 그 유난을 떨었던 걸 생각하면 어지간히 촌스럽다. 김칫국물 새는 국산 반찬통이 그리도 서러웠던 것일까, 우리의 주부님들은. 엄마는 모든 종류의 타파웨어를 사모았다. 그 많은 속을 다 채울 수나 있을지 걱정됐지만 엄마는 보란 듯이 매일 새로운 반찬과 요리를 만들어 그 안에 담았다. 세련된 프로 주부의 대명사, 논현동의 '마사 스튜어트'였던 엄마를 빛내주던 무기는 타파웨어뿐만이 아니었다. 거실 한쪽 벽을 차지한 특별 맞춤 그릇장 속에서 반짝이던 웨지우드, 로얄 코펜하겐, 노리다케, 포트메리온, 로젠탈 등, 그 시절 이멜다의 구두장에 도전장을 내밀 만한 무언가가 있었다면 그건 아마도 엄마의 그릇장이었을 것이다. 아, 섬세하고 우아하고 까다롭고 완벽했던 엄마만의 세계. 물론 철이 든 후 이 아들의 눈에는 그저 따분하고 거추장스럽

202

게만 보였던 로코코풍 아줌마의 비싼 취미생활. 예나 지금이나 나는 몰랐던 것이다. 휘슬러 냄비 손잡이의 견고함을 숭상하고 본차이나 접시받침의 맑은 울림을 분석하던 엄마의 하찮은 열정 속에 숨어 있던 은밀한 투지와 삶의 근성을. 하긴, 여자 속을 그리 잘 알았으면 내가 지금 이러고 있으려고.

"집에 계실 거죠? 뭐 드시고 싶은 거 없으세요, 어머니?"
"해가 서쪽에서 뜨겠네. 아들이 어머니를 다 찾고."
은근슬쩍 능청을 떨자 엄마가 쌀쌀맞게 받아친다. 몇 마디 안 나누었는데 벌써부터 서로를 탐색하는 팽팽한 긴장이 흐른다. 나는 점심때 집으로 가겠다고 말하며 서둘러 전화를 끊는다.
'눈치챘나……'
나는 공손하게 '어머니 어머니' 한 것을 후회한다.
평소에는 '엄마 엄마' 하다가 돈 필요할 때만 '어머니 어머니' 부르는 건 어렸을 때부터의 버릇이다. 엄마는 초롱초롱 강아지 같은 눈길로 '어머니'를 부르는 아들을 세상에서 가장 두려워한다. 말만 두렵다뿐이지 이기는 건 언제나 엄마다. 하나 오늘은 그냥 물러설 수 없다. 착한 아들이고자 하는 알량한 양심 따위는 집어던지고 무슨 수가 있더라도 엄마의 계좌를 뚫어야 한다. 홀어머니 쌈짓돈을 강탈하는 불효자식이란 비난도 달게 받으리. 대학 때는 고액 과외로 학비에 용돈까지 다 벌고, 직장 들어가서는 첫 월급부터 고스란히 상납한 착한 아들이 오죽하면 홀로 되신 어머니에게 손을 벌리겠는가. 오죽 똥줄이 타면.

내가 월급쟁이를 관두겠다고 했을 때 엄마가 그토록 펄펄 뛰며 반대한 이유는, 말로는 나의 착실한 성품과 사업이 맞지 않는다는 거였지만, 실은 이런 날이 올까봐 두려워서였던 것이다. 고3 때 아버지가 돌아가신 이후로 철통같이 고수하며 지혜롭게도 제법 불려놓기까지 한 엄마의 주머니를 탐낼 생각은 전혀 없는데 말이다, 라고 하면 당연히 거짓말이겠고 때 되면 유산 명목으로 조금은 떼어주시겠지 했다. 그래서, 지난 겨울 사업을 준비할 무렵 나중에 결혼 때 주실 아파트 전세금을 먼저 좀 당겨달라고 공손히 부탁드렸다. 그러자 말이 떨어짐과 동시에 엄마는 무장공비의 총에라도 맞은 듯 무섭게 턱을 더덜덜덜 떨더니 그 자리에 털썩 주저앉았다. 그러고는 어깨를 정확히 다섯 번 들었다 놨다 하시더니 이승복 어린이처럼 붉은 주먹을 불끈 쥐고 이렇게 외치시는 것이었다.

"자식놈이 아니라 도둑놈을 길렀다! 자식놈이 아니라 도둑놈을……"

이 소리를 한 스무 번은 부르짖으셨던 것 같다. 그러면서 마룻바닥을 짚고 뱅그르르 도시는데 엄마의 눈에도 똑같이 뱅그르르 눈물이 고였다. 엄마는 억울해 죽겠다며 입술을 꾹 깨물고는 끅끅 울어대기 시작했다. 나는 잽싸게 엎드려 도둑놈이 아니라 자식놈 맞으니 걱정 마시라며 싹싹 빌었다. 빌면서 생각했다. 이렇게 또 당하는구나. 엄마의 눈물 작전에. 젠장!

그후로는 연말정산 세금도 카드 돌려막기로 간신히 때우면서도 엄마한테는 손 벌릴 생각은 일절 끊었다. 그러다가 효자는 못 될 망정 도둑놈은 되지 말자던 굳은 결심을 고쳐먹게 된 건 얼마 전 있었던 여동생의 결혼 때문이다.

엄마를 닮아 타고난 미인인 동생이 시집 잘 갈 줄은 진작부터 알았다. 진짜 똑똑하고 예쁜 여자들은 능력 있는 남자를 사랑하는 게 아니라 그냥 사랑하는 남자들이 죄다 능력이 있다. 단란주점 한번 안 가본 순진한 분자생물학 박사이자 이미 본인 명의로 빌딩 이 여러 채인 부잣집 아들인 매제가 여동생의 손을 잡고 웨딩마치를 올릴 때 엄마와 나는 나란히 눈물을 찍었다. 동생은 신혼여행을 다녀오자마자 포스트닥터를 밟는 남편을 따라 뉴욕으로 떠났다. 엄마는 나만 보면 가슴을 쓸어내리며 강조했다.

"냉장고 하나 못 사오게 하는 거야. 잘 키운 딸 하나 주는 것만도 고맙다고. 그쪽 어른들 내 형편 알고 그러시는데, 얼마나 고맙니."

이상하네. 다들 한 성깔 하실 것 같던데. 엄마의 거짓말은 동생의 미니홈피를 통해 들통났다. 뉴저지의 아름다운 신혼집, 동생 내외가 탱크만한 인피니티 SUV 앞에서 찍은 사진 아래에는 분명 이렇게 씌어 있었다. 친정엄마가 사준 차. 아기 낳으면 필요할 거라고. 엄마, 고마워. 사랑해요. 보고 시포, 흑흑. 정보망을 총동원해 동생 혼사의 내막을 알아보았다. 충격, 또 충격이었다. 부동산 졸부인 동생 시댁에서는 엄청난 혼수를 요구했고, 엄마는 성의껏 그 저질스러운 요구를 들어주었던 것이다. 찍소리 않고 넷이나 되는 시누이들 밍크코트까지 최고급으로 돌렸다나. 이번에는 내가 거의 울며불며 쇼를 했다. 입으로는 어떻게 나와 한마디 상의도 안 했느냐 따지는 것이었으나, 속으로는 어차피 이렇게 들킨 이상 내게도 뭔가 좀 떼줘야 되지 않겠느냐 비공식적으로 요구하는 것이었다. 엄마는 끝까지 시치미를 뗐다. 어찌나 얄미운 표정으로 나를 들었다 놓았다 하는지 나중에는 정말로 화가 치밀었다. 참다 못해 나는 너무나도 소중해서 부르면 막막해지기에 그저 방구석이나 화장실에서 혼자 조용히 꺼내볼 뿐인 그 이름을 목구멍이 찢어져라 소리쳐 불렀다.

"아아버어지!"

"……"

"아버지! 아버지! 아버지가 살아서 이 꼴을 봤으면 좋아도 하셨겠다! 딸 팔아먹는 거 보고 좋아도 하셨겠어!"

아. 버. 지, 라고 똑똑히 호명하고 나니 입 안이 후끈거렸다. 갑자기, 그 별 다섯 개짜리 특급호텔 식장 안에서 준비물 안 가져간 아이처럼 주눅들어 있던 우리 세 식구의 모습이 떠올랐다. 유명한 트로트 가수 친구까지 동원해 유난히 허세를 부리던 사돈댁 때문에 그런가 했는데 아니었다. 우리는 그날 그저 아버지가 너무도 보고 싶었던 것이다. 아버지가 있었으면 동생은 좀더 행복한 얼굴로 식장 안에 들어갈 수 있었을 텐데. 아버지가 있었으면 그런 거지 같은 집안에 돈까지 바쳐가며 동생을 시집보내지 않았을 텐데. 아버지가 있었으면 그 사실을 알고 이렇게 엄마 앞에서 떼를 쓰며 주접을 떨지는 않았을 텐데. 뜨거운 눈물이 방울방울 맺혔다. 나

206

는 대책 없는 분노와 설움, 아버지를 그리는 애달픔에 동조해주기를 바라며 엄마를 바라보았다. 그러나, 엄마의 눈길은 싸늘했다.

"멍청한 놈! 평생 사모님 소리 듣고 사는 게 공짜로 되는 줄 알아?"

엄마는 정확히 '사모님'이란 단어에 방점을 찍으며 강조하셨다.

"뭐…… 뭔 소리래?"

엄마는 경멸을 듬뿍 담은 눈초리로 쏘아보며 말씀하셨다.

"너나 정신 똑바로 차리고 살아. 까딱하다가는 네 마누라 사모님 소리 한번 못 듣게 하고 사는 수가 있어."

난데없이 웬 사모님 타령. 짜증이 울컥 치밀었다. 이런 식으로 자유롭게 논점을 벗어나며 아들을 열받게 하는 게 엄마의 특기였다. 아니, 요즘 세상 사모님 소리에 목매는 여자가 어디 있다고. 게다가 창창한 아들의 앞날에 햇살과 돈을 뿌려주지는 못할망정 초 치는 소리나 해대다니.

"어쩌 그 나이 되도록 여자 마음을 그리도 모르니. 사모님이라고 불려보지 못한 여자는 밍크나 다이아몬드 없는 여자보다 더 불쌍한 여자야. 그걸 아셔야 해요, 이 아저씨야."

손가락으로 내 이마를 퉁퉁 튕기며 엄마는 실컷 비웃었다. 더이상 밀릴 수는 없었다. 나는 벌떡 일어나며 버럭 소리쳤다. 그렇게 아들의 미래가 걱정된다면 어서 돈을 풀라고. 엄마는 나의 절규 따위는 싹 무시한 채 여자의 일생과 사모님이란 호칭 관계에 대해, 사모님의 지위를 누리지 못한 여자가 동창회에 나가 당해야 하는 굴욕에 관해, 그 굴욕을 당한 여자가 늙어가며 밤마다 남편 머리맡에서 칼을 가는 비극에 관해, 한 시간이 넘게 조목조목 설명하더니 끝내 이 아들을 미치게 만들었다. 그날도 역시 엄마의 승리였다. 오피스텔로 돌아오는 길에 나는 분을 삭인답시고 스타벅스 아메리카노 톨 사이즈를 벌컥벌컥 들이켰다가 결국 밤새 한숨도 자지 못했다. 커피처럼 검은 천장을 바라보고 있는데 문득 그런 생각이 들었다. 엄마는 이제 사모님 소리를 못 듣는 여자란 걸. 아버지가 살아 있을 때 엄마는 운전수를 대동하고 세종문화회관 음악회에 나들이 가던 엄연한 사모님이었다. 손님들이 올 때마다 요리사들을 일사불란하게 지휘하며 매번 완벽한 잔칫상을 차리던 진정으로 위엄 있고 노련한 사모님 중 사모님. 그러나, 지금은 아파트 경비아저씨한테나 그런 소리를 들을까. 엄마의 인생에 '사모님'이란 호칭이 어떤 의미를 갖는지 여자의 폐경기를 상상할 수 없듯 나로서는 알 수 없지만 그래도 어쩐지 조금 안됐다는 생각은 들었다.

케이크전문점에 들러 엄마가 제일 좋아하는 홍차 시폰케이크를 고른다. 최대한 분위기를 폭신하게 할 필요가 있다. 다시 엄마의 기분을 살피기 위해 집에 전화를 거는데 받지 않는다.
"어머니, 어디세요? 슈퍼 가셨어요?"
"으…… 응, 잠깐 살 게 있어서."
"제가 디저트 사가니까 조금만 기다리세요. 바로 아파트 입구예요."

엄마는 이제야 좀 아들이 반가운 모양이다.

"뭘 그런 걸 사오니. 요즘 다이어트 하는데, 호호."

"아이, 엄마가 뺄 살이 어디 있다고. 한국의 소피아 로렌이……"

엄마는 역시 한술 더 뜬다.

"얘는. 안 그래도 성당 엄마 중 하나가 나 소피아 로렌 닮았다고 그래서 내가 이태리 여자처럼 토마토를 많이 먹어서 그런다고 했지, 호호호."

좋았어. 좋았어. 계속 이 정답고 훈훈한 분위기로 밀고 나가는 거야. 그러다가 눈치 딱 봐서 먹히겠다 싶을 때 효과적으로. 저번처럼 어설프게 뜯어내려 하지 말고, 이번에 안 도와주면 우리 아들 빚쟁이들한테 고소당해 정말 감옥 가겠구나, 뼈저리게 느끼게끔, 총력을 다해.

한결 가벼운 걸음으로 아파트 단지로 들어선다.

나의 소년 시절과 청년 시절의 전반전이 그대로 남아 있는 곳이 눈앞에 펼쳐진다. 갑자기 두꺼운 옛날 앨범을 꺼내볼 때처럼 무릎이 무거워진다. 폭죽놀이 하다 수위아저씨한테 걸려 혼이 났던 주차장, 포경수술을 하고 오던 날 저쪽에서 오는 같은 반 여자애들을 피하려다 넘어져 피눈물을 쏟았던 장미넝쿨 화단, 담임 욕을 하며 친구들과 담배를 나눠 피우던 아파트 옥상, 고3 때 못생긴 동창 여자애를 거의 겁탈 수준으로 주무르며 첫 키스를 했던 추억의 놀이터. 그 사이로 말없이 걷자니 기분이 묘해지기 시작한다.

나는 그런대로 행복하고, 그런대로 공부 잘하고, 그런대로 잘생긴 소년이었다. 그런데, 지금은? 물론, 그렇게 한심한 것은 아니다. 삼십대 중반을 향해가고는 있지만 내 나이에 장가 못 가고 일 안 풀리는 놈들은 거리에 쌍꺼풀수술 한 여자들만큼이나 널렸다. 다만 조금 슬픈 마음이 드는 건, 불현듯 떠오르는 작은 기억들 때문이다. 중앙화단 바로 옆, 아버지가 늘 주차해놓던 자리에 빨간색 아우디가 세워져 있는 게 보인다. 씨발, 분명 어느 부잣집 여편네가 남편한테 삥 뜯은 차다. 나는 괜히 툴툴거리며 아우디를 노려본다. 아주 옛날, 퇴근시간 무렵이 되면 나는 친구들과 아파트 마당에서 뛰어놀다가도 틈만 나면 아버지 차가 들어오나 안 들어오나 뒤돌아보고는 했었다. 어스름한 석양을 뒤로한 채 아버지의 검은색 로얄 살롱이 들어오고 뒷좌석에서 검은 양복을 입은 아버지가 피곤한 안색으로 나오면 나는 강아지처럼 쪼르르 달려가 그 앞에 섰었다. 물론 아버지가 그렇게 일찍 들어오시는 날은 일 년에 몇 번 안 됐지만, 나는 아버지를 기다리는 일이 언제나 즐겁고 행복했다. 이제 로얄 살롱은 드라마 소품으로나 볼 수 있게 되었지만 문득문득 보고 싶을 때가 있다. 포르셰가 남자의 영원한 로망이기는 하나 나의 첫사랑은 아무래도 중후하고도 촌스러운 아버지의 뒷모습을 닮은 검은색 로얄 살롱이니까.

실로 오랜만에 오는 집이다. 초인종을 누르는데 차가운 감촉은 여전하다. 즐거운 곳에서는 날 오라 하여도. 벨소리가 끝나도 아무도 나올 생각을 안 한다. 주머니에서 열쇠지갑을 꺼낸다. 비상용으로 갖고 다니는 집 열쇠. 손때가 꼬질꼬질하게 묻은 열쇠를 손에 쥐니 참 작게만 느껴진다.

현관에 들어서자 마치 오래된 서랍을 여는 듯한 기분에 휩싸이는 건 왜일까. 조금은 답답한 실내공기 속에 섞여 있는 친근한 가구 냄새와 짭짤한 반찬 냄새. 다른 집과 별다를 것도 없는데 왜 우리집 냄새만은 특별하게 느껴지는 것인지. 지옥에 떨어져도 이 냄새를 맡으면 '아, 우리집이네' 하며 반가워할 것 같은. 불편한 마음과는 다르게 몸은 저절로 편해져서 나도 모르게 소파에 벌렁 드러눕는다.

나는 뭐 달라진 게 없나 집 안을 살핀다. 바뀐 건 달력밖에 없다. 가족들은 하나 둘 이 집을 떠나갔지만 엄마는 여전히 모든 걸 껴안은 채 살고 있다. 아버지가 돌아가시고 곧장 엄마는 집을 부동산에 내놓았다. 나와 여동생은 아버지가 제삿날 못 찾아오면 어쩔 거냐며 팔팔 뛰고 말렸다. 특히 여동생이 단식투쟁까지 하며 난리를 쳤다. 야무지고 예쁘기로 소문난 동생이 이성을 잃은 건 그 아이 인생에 있어 그때가 유일하지 않을까 싶다. 농담이 아니라 동생은 정말로 정신을 잃었었다. 쉽게 말해 동생은 미쳤었다. 벌써 십 년도 더 된 이야기이다.

아버지는 고2 겨울방학 때 돌아가셨다. 폐암 판정을 받고 정확히 칠개월을 버티신 후였다.

남은 우리들의 영혼은 산산조각이 났다. 하지만 재난에서 살아남은 기적의 생존자들처럼 불행의 충격을 잊기 위해 나, 엄마, 여동생은 사력을 다했다. 당시 우리 셋은 주변의 위로와 격려를 가장 두려워하고 경멸했다. 그래서 우리는 그들의 값싼 주둥아리를 막기 위해 말짱한 얼굴로 각자의 삶에 매진했다. 엄마는 눈물 한 방울 안 흘리며 새벽 미사에 나갔고, 나는 타이밍을 다량 복용하며 공부에 매달렸고, 동생은 청순하고 모범적인 동네 퀸카로서의 일상을 지켰다. 일단 겉으로 보기에는 그랬다는 것이다.

첫번째 모의고사를 앞두고 독서실에서 새벽까지 공부하다 돌아오는 길이었다. 아파트 주차장에서 올려다보는데 우리집 거실만 흐릿하게 불이 켜져 있었다. 어둠 속에 등대 불빛처럼 작고 가는 빛이 깜짝깜짝 터지고 있었다. 수상한 느낌이 목덜미 위로 싸늘하게 올라왔다. 엘리베이터 소리가 안 나게 조용히 비상계단으로 뛰어올라갔다. 조심조심 열쇠를 따고 들어가 신발장 옆에 세워둔 우산을 손에 쥐었다. 집 안은 조용했다. 찰칵. 찰칵. 스탠드 불빛 옆으로 검은 그림자가 휙― 하고 지나갔다. 나는 번쩍 우산을 들어 올리며 때려잡을 기세로 뛰어들어갔다.

"엄마얏!"

여동생이 엉덩방아를 찧으며 자빠졌다. 나는 큐를 잡듯 우산을 들고 당구공처럼 반짝이는 동생의 이마를 찍기 일보 직전이었다.

"너…… 뭐 하는 거야?"

땀에 젖은 동생은 멍하니 나를 올려다보았다. 바닥에는 플래시를 장착한 니콘 카메라가 떨어져 있었다. 내가 그것을 뺏어들자 동생이 심각하게 주절거리기 시작했다.

"오빠…… 심령사진 알지? 눈에는 안 보이는 영혼이 카메라에는 잡히는 거. 나는 그게 스코틀랜드 고성에서나 일어나는 일인 줄 알았거든. 그런데…… 정말 희한해. 나 너무 놀랐다, 오빠."

두 뺨이 발갛게 달아오른 동생이 하얀 잠옷치마를 만작거렸다. 머리에 꽃만 꽂으면 영락없는 동네 미친년이었다. 나는 떨리는 마음을 누르며 혹시나 하고 물었다.

"너, 그러니까 지금…… 아빠 사진을 찍고 있었다는 거야?"

동생은 냉큼 일어나더니 방에서 스크랩북을 가져왔다. 사진부인 동생은 촬영은 물론 현상, 인화도 직접 할 줄 알았다. 동생은 자신만만하게 직접 인화한 흑백사진들을 내밀었다. 모두 집 내부를 찍은 사진들이었다. 텅 빈 소파, 컴컴한 다용도실, 희뿌연 오후의 햇살이 내려앉은 식탁 유리, 슬리퍼만 덩그러니 놓여 있는 현관…… 이렇게 낮고, 어둡고, 쓸쓸한 곳에서 매일매일 살고 있었나. 사진 속 집은 낯설었다.

"여기 베란다 봐. 아빠가 밤마다 담배 피우던 자리. 연기 피어오르는 거 보이지, 보이지?"

발을 동동 구르며 동생은 성화를 부렸다. 나는 뚫어져라 사진 속을 살폈다. 진짜로 아버지의 뒷모습 같기도 했다. 아버지 키만한 어둠의 덩어리, 그 위로 한 줄기 떠다니는 연기. 머리가 멍해지려는 순간 잇몸을 깨물며 정신을 차렸다. 정신을 차리고 보니, 아니

정신차리고 말고 할 것도 없이 그저 눈을 크게 뜨고 다시 보니, 창밖의 가로등 불빛이 번진 것일 뿐이었다. 동생은 신이 나서 비슷비슷하게 인화과정에 문제가 있었던 사진들을 내놓기 시작했다.

미치고 환장할 노릇이었다. 며칠을 안 감았는지 동생 머리에서 쉰내가 났다. 며칠을 안 잤는지 눈 밑이 거무튀튀했다. 나는 사진들을 박박 찢어발기며 니콘 카메라를 바닥에 패대기쳤다. 나는 바락바락 외치며 펄쩍펄쩍 뛰었다. 그렇게라도 안 하면 나마저 돌아버릴 것 같았다.

"너, 이 자식! 일부러 이러는 거지? 사이코 짓 하면 누가 동정이라도 할 것 같아? 미친 척하지 마! 아무나 미치는 거 아냐!"

엄마가 뛰어나와 말리지 않았다면 아마 동생을 팼을지도 모른다. 내가 엉엉 울고 엄마가 어리둥절해하는 동안 동생은 두 눈을 깜박이며 가만히 바닥에 앉아 있었다. 동생의 길고 까만 속눈썹에 맺힌 눈물은 신기하게도 오랫동안 떨어지지 않았다.

그날 밤 일말의 동정도 없이 동생을 잡은 건 결과적으로 적절한 응급조치였다. 동생은 아래층에 사는 의대 교수님의 소개로 청소년 심리상담을 받게 되었다. 엄마는 이사를 하지 않기로 결정했다. 환경을 바꾸면 더 험한 꼴을 보게 될까 겁이 났기 때문이다. 동생은 불면증 치료도 함께 받으며 안정을 찾으려 노력했다. 마법에 걸린 동화 속 공주처럼 머리를 풀어헤치고 넋 빠져 있는 동생의 모습은 종종 내 성질을 돋우곤 했지만, 엄마와 나는 아무 일 없었던 듯 활기차게 지내려고 애썼다. 그건 위선이 아니라 삶에 대한 최소한의 노력이었다. 어쨌거나, 그때 집을 안 판 건 무척 다행한 일이다. 그 덕에 황당할 정도로 세계 최고의 집값을 자랑하게된 서울에서 서민들의 원성을 가장 뜨겁게 받는 비싼 아파트에 살수 있게 되었으니 말이다. 또 그 덕에 나는 아파트의 융자로 사업자금을 뜯을 수 있게 되었으니 이 어찌 흐뭇한 일이 아니란 말인가. 어쩌면 그때 정말로 아버지의 유령이 동생을 붙잡았는지도 모를 일이다. 우리에게 당신의 유산을 조금이라도 더 남겨주시기 위해서 말이지.

융자 받는 상상을 하며 즐겁게 앉아 있는데 어째 좀 수상하단 생각이 든다. 핸드폰으로 전화를 걸어보니 전원을 아예 꺼놓았다. 퍼뜩 불안한 상상이 뒤통수를 친다. 이 아줌마가 화장실에서 미끄러져 못 일어나고 있는 거 아냐. 벌떡 일어나 화장실로 달려간다. 다행히 아무도 없다. 가슴을 쓸어내리며 안도의 한숨을 내쉰다. 그래도 어머니 걱정에 머리털이 서는 걸 보니 아직 내게도 효자의 피가 흐르고 있구나. 짐짓 뿌듯해져서 부엌으로 들어간다.

깜짝 놀랄 일이다. 식탁 가득 음식이 차려져 있다. 내가 제일 좋아하는 칠리새우에 감자샐러드, LA 갈비, 콩나물무침 등등. 완전히 내 생일상이다. 식탁 구석에 반찬이 든 네모난 타파웨어 네 개가 사층석탑처럼 차곡차곡 쌓여 있다. 그리고, 그 위에 종이 한 장이 놓여 있다.

작은 리본처럼 구부러지는 엄마의 글씨체를 오랜만에 본다.

사랑하는 아들에게,

간만에 집에 왔는데 얼굴도 못 봐서 안타깝구나. 밥은 잘 먹고 다니는지. 요즘 부쩍 아들을 위한 기도를 많이 한단다. 어젯밤 통화를 하고 나서 엄마는 많은 생각을 했구나. 아무래도 엄마가 주님 뜻대로 자식 교육을 못 시킨 것 같아 슬펐단다. 언제부터 우리 아들 인생이 이렇게 세속적으로 변한 건지 엄마는 마음이 아프다. 이불장만한 오피스텔에 살면서 카드빚으로 중고 외제차를 굴리고 다니는 너의 모습을 떠올려보렴. 그렇게 허세를 부리고 다녀봤자 진짜 사업가들은 다 알아본단다.

아버지는 진정한 사업가였다. 언제나 정도를 걸으셨지. 네가 필요하다는 그 돈. 그래, 무리를 하면 구할 수도 있겠지. 하지만 그게 정답일까. 밤새 고민하던 엄마에게 지혜로운 성모님이 해답을 주셨단다. 삶의 방향을 잃고 돈의 노예가 된 아들에게 엄마가 주는 최고의 선물은 바로…… 돈을 안 주는 것이라더구나.

우리 총명한 아들아, 뛰기보다는 우선 잘 걷는 사람이 되렴. 그러기 위해서는 잘 먹어야겠지? 좋아하는 밑반찬 해놨다. 밥은 꼭 현미 섞어서 먹고. 엄마는 오늘도 과오를 반성하고 용서를 구하러 길을 떠난다. 성지순례 가서 모레 올 거야. 이번에는 꼭 엄마의 기도가 아들의 마음에 닿았으면 좋겠구나. 그럼 안녕.

추신: 사업가의 마누라로서 평생을 살아온 엄마가 보기에 이번 프로젝트는 좀 그러네. 다음을 기약하렴. 그럼 이만 총총.

뒷골이 **뻣뻣**해진다. 누군가가 다리미로 뒤통수를 누르고 있는 것 같다. 겨우 의자를 찾아 앉는다. 식탁 위의 칠리새우가 꼴 좋다며 지들끼리 웃는다.

"이 망할 아줌마가!"

쨍그렁! 접시를 냅다 집어던진다. 바닥에 칠리소스가 가짜 피처럼 멋대로 튄다. 이 아줌마가 진짜 아들 도는 꼴 보려고 환장했나. 까짓 돈 안 받아, 안 받아, 치사해, 더러워! 그래도 그렇지, 이게 엄마로서 할 짓이야? 다 큰 아들 복장 터뜨려놓고 기도 다니면 기도발이 올라? 하느님이 상 줘? 약이 올라서 이를 간다. 입에서 거품이 인다. 돈 때문만은 아니다. 엄마가 나를 조금도 이해하지 못한다는 생각에 서러움이 솟는다. 정말이지 지난 일 년간 눈물 콧물 쏟으며 뛰어다녔다. 워낙 열심히 했고, 워낙 IT 쪽이 그렇기 때문에 망했어도 후회는 없다. 그러나 방귀가 잦으면 똥을 싼다고, 드디어 기회가 왔다. 고등학교 때 백화점 아들이며 재벌 아들이며 재수 없이 몰려다니던 녀석들이 있었는데, 이번에 함께 회사를 차리면서 남는 이사 자리를 하나 주겠다고 한 것이다. 배경과 술수가 무서운 자식들이라 붙어만 있어도 몇 년간 명함 돌릴 자양분은 충분히 건질 수 있는 기회였다. 녀석들이 원하는 건 내 능력이기에 요구한 자본금도 그리 많지 않았다. 그냥 우리 집안 형편이면 가능한 수준으로, 다른 친구놈들도 그 정도는 다 집안에서 후원해주고 있었다. 어젯밤 엄마한테 전화해 대충 이번 건수를 알리며 내 인생에서 참으로 소중한 공부가 될 것 같다고 은근슬쩍 바람을 비쳤을 때 엄마도 뭔가 느끼는 바가 있는 것 같았다. 그래, 다른 집 못난 아들들도 어깨 펴고 다니는데 우리 잘생긴 아들이 이래서 는 안 되지. 어젯밤 엄마의 목소리에는 확실히 그런 복되고 아름 다운 메시지가 넘치고 있었다.

"그래, 대한민국에서는 줄 잘 서는 게 전부지…… 얼마가 있어 야 한다고?"

분명, 분명 그렇게 물으며 아들의 부푼 마음을 하늘 끝까지 끌 어올려 놓고서 이렇게 치사하게 내빼다니. 아아—슬프다, 안타깝 다, 억울하다. 이게 나 혼자만 잘살자고 하는 짓인가. 돈 벌어 출 세해서 우리 집안 다시 일으키려는 이 아들의 기특한 속내는 진정 하늘도 땅도 모르신단 말인가.

돌이켜보면 언제나 이런 식이었다. 엄마와 나의 관계는. 태어날 때부터 우린 정말이지 사이가 안 좋았다. 내가 모유를 고집할 때 엄마는 외제 분유를 사먹였고, 내가 음악에 천재성을 발휘하자 미 술학원에 보내기 시작했고, 제발 이번 방학에는 바다로 가자고 떼 를 쓰면 꼭 산으로 끌고 갔다. 어렸을 때는 원래 그런 거려니 했다. 그때는 꽥꽥 악쓰며 반항하는 맛이라도 있었다. 하지만, 아버지가 돌아가시고 나서는 더이상 그럴 수가 없었다. 집안을 이끌어야 한 다는 중압감에 나는 엄마 말이라면 끔벅 죽는 마마보이가 되어버 린 것이다. 엄마의 강력한 권고로 적성에도 안 맞는 경제학과에 들어갔을 때만 해도 내심 스스로 대견했었다. 제대하고 나서 당연 히 예전부터 희망해온 유학을 가겠다고 했을 때 엄마는 갑자기 혀

218

를 깨문 듯 하얗게 굳어버렸고, 그제서야 나는 깨달았다. 내 인생이 기대만큼 멋지게 굴러가지 못하리라는 것을. 엄마는 나를 앉혀놓고 싸늘하게 협박했다. 우리는 이제 중산층도 못 된다고. 그 말에 나는 벌벌 떨었다. 병신같이. 중산층이 못 되면 장가도 못 가고 공부도 못 하고 삶이 박살날 거라 지레 겁에 질려 있던 내 자신이 한심하다. 십억짜리 아파트에 살며 이십억이 안 되니까 안심할 수 없다 엄살떠는 중산층 환자들을 욕할 게 아니었다. 가장 멍청하고 비겁한 놈은 바로 나였다. 혜림이. 나의 첫사랑이자 유일하게 따뜻했던 단 하나의 여자친구. 혜림이는 나와 함께 유학을 가기 위해 이 년을 기다리며 과외 아르바이트를 했었다. 내가 결국 엄마의 뜻을 거역 못 하고 대기업에 입사원서를 넣던 날, 혜림이는 비행기 티켓을 끊었다. 혜림이는 기다리겠다고 약속하고는 떠나버렸다. 그리고, 정말이지 몇 년을 기다렸다. 하지만, 그사이 나는 야근에 시달리며 가끔 주말에 잡아놓은 소개팅을 소소한 취미생활로 일삼는 평범한 회사원이 되어버렸다. 얼마 전 대학 동창녀석한테서 혜림이 소식을 들었다. 시카고에서 상점을 하는 교포와 결혼한 혜림이는 잘살고 있는 듯했다. 네 살짜리 딸이 있는데, 혜림이를 닮아 벌써부터 은근히 지적이고 섹시한 분위기가 난다고 친구는 전했다. 그날 밤, 시카고로 날아가 혜림이를 납치해 다시 비행기에 태우고 라스베이거스에 가서 결혼식을 올리는 꿈을 꿨다. 잠에서 깬 후 나는 눈물을 흘렸다. 지구상에서 나를 진심으로 이해해주었던 단 한 명의 여자를 너무 쉽게 포기해버렸다는 사실에 자신이 죽도록 미웠다. 그리고, 엄마를 원망했다. 그때 내가 떠나지 못했던 이유는 전적으로 엄마 때문이었다. 엄마는 가지가지 이유로 혜림이와 결혼을 극구 반대했다. 캠퍼스 커플은 이혼율이 높다느니, 이마가 툭 튀어나와서 소박맞을 관상이라느니, 남자는 장가를 늦게 가야 제 짝을 만난다느니. 온통 수상한 핑계였다. 하지만 엄마는 돈이 새어나갈까 겁이 났던 것이다. 하루아침에 평온한 중산층 주부의 타이틀을 잃어버리게 된 엄마는 그저 불안하고 우울했다. 남편은 잃어버렸지만 상가며 땅이며 자식이며, 남은 것은 아무것도 잃고 싶지 않았던 것이다. 엄마는 세끼 밥 먹고 사는 데 만족하고 살자며 내 손을 꼭 잡았다. 나는 차마 뿌리칠 수가 없었다. 한 번뿐인 사랑과 청춘이 속절없이 사라지는 줄 그때는 몰랐던 것이다. 어떻게 그런 걸 모를 수 있나 싶지만 그때는 아무도 내게 가르쳐주는 이가 없었다.

벌떡 일어나 싱크대로 간다. 타파웨어 반찬용기에 들어 있는 음식들을 죄다 쏟아내버린다. 엄마의 정성과 사랑이 담긴 멸치볶음이 하수구로 떨어진다. 나는 눈물을 훔치고는 엄마의 편지 아래 부들부들 떨면서 이렇게 쓴다. 어머니, 저 감방 가면 사식이나 넣어주세요.
고향은 선각자를 알아주지 않는다. 어쩌자고 그 말이 떠올랐는지 모르겠으나 하여튼 그 말을 되씹으며 나는 반짝반짝 잘 닦인 마루를 지나 현관으로 간다. 그리고 다시는 오지 않겠다고 다짐하며 구둣주걱을 찾는데, 순간 이건 아니다 싶은 생각이 든다. 동시에 기가 막힌 아이디어가 떠오르는 것이 아닌가. 정말이지 박수치며 펄쩍 뛸 묘책이다. 자아, 테이프를 앞으로 돌려보자. 내가 여기 왜 왔나. 돈을 빌리러 왔다. 홀로 되신 어머니한테 못할 짓을 하러 왔다. 어차피 내가 무슨 짓을 한다 해도 엄마한테는 못할 짓인 것을. 그럼, 하자. 그 못할 짓을 하자. 애초에 엄마 돈을 강탈하려던 것도 아니고 그저 잠시 빌릴 생각이었단 말이다. 그래, 그럼 빌리자. 돈이 없다지 않나. 그럼 다른 거라도 빌리자. 예를 들면, 엄마의 다이아몬드라도 빌리면 되지 않느냐. 무얼 망설이느냐. 어차피 너는 후레자식인 것을.

이건 전적으로 멸치볶음이 든 타파웨어 덕분에 떠오른 생각으로서, 광기에 휩싸여 다시 부엌으로 들어가는 나를 말릴 사람이 없다는 사실이 그저 반가울 뿐이다. 내일 인터넷 뉴스 창에 내 이야기가 뜬다 해도 후회 없으리. 사업자금 부족 이유로 모친 귀금속 훔친 패륜아 검거. 그 아래 주렁주렁 달릴 댓글들이 눈에 훤하다. 미친 새끼. 면상 좀 보자. 말세다 말세. 저런 놈은 시청 앞에서 공개 처형을. 그런 생각을 하니 잠깐 망설여지기도 하나 이렇게라도 해야겠다. 다이아몬드를 포함해서 현금으로 융통이 가능한 엄마의 수많은 보석들. 역시 여자의 변치 않는 친구는 다이아몬드라고 했던가. 나는 잠시 그 친구들을 빌리고자 한다. 어차피 나중에 내 부인이 받을 패물들인데, 뭘. 돈 벌어 더 비싼 걸로 사주면 엄마도 더 기쁠 텐데, 뭘. 땅문서 훔치는 자식도 허다한 세상인데 이 정도면 양반이지, 뭘. 나의 행위에 점점 더 확신이 든다. 나는 자신있다. 당장은 배신감에 치를 떨더라도 엄마도 결국 이 아들을 껴안고 감격의 눈물을 흘리리. 어쨌거나 주사위는 이미 던져졌다. 엄마가 집 안 어딘가에 그것들을 숨겨놓고 있는지 알고 있는 단한 사람, 바로 이 아들이 여기 왔으니까.

이걸 어쩌나. 하도 즐거워서 입에서 침이 줄줄 나오네.

내막을 알려면 다시 그 시절로 돌아가야 한다. 어여쁜 내 동생이 밤에는 심령사진을 찍어대고 낮에는 정신과 상담을 받았던 그 시절로 말이다. 솔직히 말하자면 그때 상태가 안 좋았던 건 동생뿐만이 아니다. 제일 심각했던 사람은 바로 엄마였다.

1983년 교황 요한 바오로 2세 방한 당시 여의도 상공에 떠올랐던 십자가를 제일 먼저 발견했다고 주장하는 엄마는 진정 독실한 천주교 신자로서, 언제든 광신도로 돌변한 여지가 충분한 분이셨다. 엄마는 아버지가 환자복을 입은 순간부터 검은 옷만 입는 성녀가 되어버렸다. 엄마는 친지들이 구해다준 상황버섯, 동충하초, 영지 등에 둘러싸인 채 새벽부터 밤까지 기도만 했다. 나는 그 소리가 싫었다. 묵주 알들이 서로 부딪히는 맑은 음 사이로 퍼지던 간절한 단어들. 마치 아버지의 죽음을 받아들이겠다고 각오한 듯한 조용한 움직임이 싫었다. 끔찍했다. 문병 오는 사람들까지 죄꼴 보기 싫었다. 어느 토요일 오후, 엄마가 성가대 아주머니들을 병실로 모으더니 온천에서 단체 관광사진이라도 찍는 양 주르르 세워놓고 합창을 시키려 들었을 때, 난 폭발 직전에 다다랐다. 울컥해서 제발 다 나가라고 소리지를 참이었는데, 갑자기 아버지가 벌떡 일어나시더니 신청곡도 받느냐시는 것이었다. 아버지는 배호의 〈돌아가는 삼각지〉를 신청했다. 하지만 아주머니들이 가사를 자꾸 빼먹고 틀려서 중간에 조용필의 〈허공〉으로 바꾸어야만 했다. 나는 여태껏 그렇게 슬픈 가사를 들어본 적이 없다. '허공 속에 묻힐 그 이름'이라니. 노래를 듣다가 아버지와 나는 슬쩍 눈이 마주쳤는데 우리의 눈동자 속에는 똑같이 생긴 구름 모양의 작은 허공이 떠 있었다. 나는 엄마가 종교에 매달리는 게 싫었다. 모두 지옥불 속에서 헤매는데 혼자 천상의 빛이라도 본 양 침착하게 기도하는 모습은 지독한 위선이자 씁쓸한 자기 방어로만 보였다.

아버지를 떠나보낸 후, 나는 엄마가 슬픔 앞에 정직하게 무너질 줄 알았다. 그런데 아니었다. 엄마는 아버지가 남기고 간 천상의 신기루를 잡기 위해 더욱더 분발했다. 무서울 정도였다. 엄마는 내 가슴 높이까지 올라오는 거대한 성모상을 구해와 아버지 영정 사진 옆에 두었다. 두 손 모아 기도하는 모습의 그 순백의 성모상은 기도발이 세기로 유명한 성남의 한 성당 정원에서 뒷돈 주고 가져온 것이라 했다. 엄마는 색색의 장미와 국화를 꽂은 유리 화병으로 그 주위를 장식했다. 집에만 들어서면 꽃향기에 머리가 어질어질할 정도였다. 동생은 집 안에서 샴푸 냄새가 난다며 수시로 창문을 열었다. 엄마는 꽃과 십자가와 성상들 사이에 차분히 앉아 미소를 지으며 기도를 했다. 사람들은 엄마의 정신력과 신앙심을 높이 칭송했지만 나와 동생은 그로 인해 서서히 돌고 있었다. 엄마가 울지를 않으니 나도 울 수가 없었다. 엄마가 아프지 않으니 나도 아플 수가 없었다. 엄마가 천국의 아버지가 보인다고 하니 동생이 그 모습을 찍을 수밖에 없었다. 누구도 어쩔 수 없었다. 한 남자가 사라졌으나 세상은 그대로였고 우리는 그따위 세상 속에서 무사히 살아가야만 했다. 잘살고 있다는 사실을 들키지 않으며 묵묵히 잘사는 것, 그것만이 우리의 간절한 바람이었다.

감히 나는 당시 전국에서 가장 불쌍한 수험생이었다고 자부하는 바이다. 누가 시키지도 않았는데 공부한답시고 눈썹까지 밀었다. 내가 원래 좀 고지식하고 착한 놈이다. 엄마의 새벽기도 소리를 들으며 『수학의 정석』을 펼치고, 취침기도 소리를 들으며 단어장을 닫는 나날을 보냈다. 한번 갈 데까지 가보고 싶었다. 나는 공부의 순교자가 되고 싶었다. 공부를 함으로써 나의 원죄의식을 모두 씻고 순결한 날개를 얻어 이 땅 위를 둥둥 떠다니고 싶었다. 아버지는 죽음도 맞았는데 나는 이까짓 개 같은 입시교육 하나 못 견디랴. 두 눈에 맑은 광기를 품고서 나는 그렇게 제대로 미쳐가고 있었다.

하지만 이미 말했다시피 내가 아무리 이상해졌다 해도 엄마를 따라갈 수는 없었다. 원래 그 동네에서 가장 조용한 청년이 연쇄살인범이게 마련이다. 분노와 슬픔이 무서운 건 언제 어떻게 폭발할지 아무도 모르기 때문이다. 가을이었다. 엄마의 생일을 맞아

삼촌들과 이모들이 우리집으로 모였다. 막내이모가 사온 화이트 초콜릿케이크는 신참내기 과부인 엄마의 검은 원피스와 어지간히 안 어울렸다. 그래도 오랜만에 가족들이 모이니 억지스럽긴 하나 사람 냄새가 돌기는 했다. 이모들은 엄마한테 머리 하러 가자고 조심스레 애교를 떨고 삼촌들은 안방에서 담배를 피우며 잡담을 나누고 있었다. 나는 방에서 졸음을 꾹 참으며 불어 동사변화를 외우고 있었다. 그때 동생이 빨간 눈에 눈물을 방울방울 달고서 내 방으로 쪼르르 달려들어왔다. 난 또 동생이 헛것을 봤나 불안 해하며 무슨 일인지 물었다.

"오빠, 삼촌들이 아빠 흉봐."

나는 조심조심 걸어가 안방 문에 귀를 기울였다. 주식이 똥이 니, 똥도 못 되느니, 순 주식과 똥 얘기로, 요점은 아버지가 살아 계실 때 하라는 대로 했다가 엄청 피봤다는 얘기였다.

"형님도 너무하셔. 우리만 죽을 맛이고. 아이고, 형님은 이미 맛 봤나? 크크."

크크. 혓바닥으로 입천장에 붙은 바퀴벌레를 눌러 죽이는 듯한 묘한 그 소리는 분명 비웃음이었다. 뼁! 나는 안방 문을 차며 들어 갔다. 큰 삼촌은 아버지의 골프채를 들고서 폼을 잡고 작은삼촌은 아버지의 무스탕코트를 걸치고 거울을 보다가 화들짝 놀랐다.

"제자리 두시죠."

볼때기 살을 부르르 떨며 나는 엄중히 경고했다. 삼촌들이 어리 둥절해서 서로를 보았다.

"아버지 물건에 손대지 마요."

작은삼촌이 변명하듯 말했다.

"누나가 처분해달래서 가져가는 건데."

"쓰레긴가! 처분을 하게!"

간만에 빽 소리치고 나니 제법 흥분도 되고 시원했다. 그래서 내친 김에 골프가방을 발로 차며 기선을 제압했다. 큰삼촌이 냉담한 눈길로 나를 내려다보았다. 내 뒤통수를 툭툭 치며 큰삼촌은 씨익 웃었다.

"성깔 있네, 자식. 눈치도 좀 배워야지. 남자가 목소리만 크다고 다가 아냐. 어디 가서 그러지 마라."

큰삼촌은 끝까지 골프채를 놓지 않고 말했다.

"남 걱정 마시고 삼촌이나 잘 하세요. 내 인생 내가 알아서 하니까."

이건 딱 내가 싫어하는 드라마에 나오는 십대 문제청소년의 대사였다. 그러나, 그 후진 대사도 내 입에서 나오니 꽤 괜찮게 들렸다. 옆에 있던 작은삼촌이 드라마에 나오는 재수 없는 어른의 대사로 맞받아쳤다.

"어디서 버릇없게. 너 인마, 이러고 다니면 부모만 욕 먹어. 어서 삼촌한테 잘못했다 그래!"

작은삼촌은 다그치며 내 어깨를 밀쳤다. 그것은 문제청소년의 불편한 심기에 기름을 들이붓는 행동으로서, 나는 활활 타오를 수밖에 없었다.

226

"아이— 씨이발!"

"이 자식이!"

귀싸대기 짜악. 거기에서 대충 몇 대 맞고 끝냈으면 됐을 것을. 문제 청소년의 여동생이 중간에 끼어들며 되돌릴 수 없는 분위기로 만들어 버렸다.

"왜 우리 오빠 때려! 뭔데 우리 오빠 때려! 왜 우리 아빠 옷 가져가! 내놔!"

언제부터 질질 짰는지 동생은 온통 눈물범벅이 되어 작은삼촌의 가슴을 탕탕 치며 무스탕을 붙잡고 늘어졌다. 어여쁜 조카가 지금 정신과 약을 복용중인 줄은 꿈에도 모르는 삼촌들은 기가 막혀서 움찔거렸다. 우리 오빠, 우리 아빠. 동생의 눈물을 보는데 가슴이 찢어졌다. 영정사진 속의 아버지와 눈이 마주쳤는데, 아버지의 눈에는 여전히 작은 허공이 떠 있었다. 나는 참을 수 없었다. 너무 슬퍼서 내 몸이 곧 폭발할 것 같았다. 나는 동생한테 맥없이 맞고 있는 작은삼촌한테 달려들었다. 삼촌의 비명소리, 동생의 울음소리, 무스탕이 부욱 찢어지는 소리, 사람들이 뛰어와서 말리는 소리.

"그만두지 못해!"

그 모든 잡음을 일시에 진압하는 앙칼진 고함소리. 검은 원피스 자락을 꽉 쥐고서 엄마가 서 있었다. 엄마는 바닥에 떨어져 있는 골프채를 조용히 집어들었다. 그런 엄마의 모습을 보고 있자니 어찌된 건지 나의 반항과 동생의 처참한 발버둥과 이 모든 격정의 원인이 모두 엄마에게 있는 것만 같은 확신이 들기 시작했다.

"무릎 꿇어라."

그 소리를 들으니 내 추측은 더욱 견고해졌다.

그저 삼촌한테 욕 한마디 했을 뿐인데 나는 행복했다. 나 지금 아프다고, 열받았다고, 건드리지 말라고, 나의 상태를 알렸다는 이유만으로 숨통이 트이는 것 같았다. 이 좋은 걸 왜 그 동안 못 하고 살았을까. 왜기는, 순전히 엄마 때문이지. 내가 천사 같은 미소를 잃은 것은 엄마 때문이다. 아들이 천사인 줄 모르고 하늘나라의 천사만 바라보고 사는 엄마 때문이다.

"다 이리 와. 기도하자. 식구들끼리 이러는 거 아니야. 우선 마음부터 가라앉히고."

거위떼를 몰듯이 엄마는 골프채로 우르르 우리를 몰며 성모상 앞으로 갔다. 모두들 엄마의 기세에 눌려 엉거주춤 시키는 대로 했다. 나는 깨달았다. 그 순간 나의 마음을 엄마에게 말하지 못하면 영원히 말할 수 없으리라는 것을.

"하여튼 망할 놈의 기도! 내 앞에서 한 번만 더 기도해봐. 아주 동네 십자가에 다 불 질러버릴 테니까!"

엄마는 놀라서 무릎을 휘청거렸다. 엄마의 검은 치맛자락이 한밤의 강 물결처럼 출렁거렸다.

"엄마, 예지가 왜 저렇게 됐는지 알아? 다 엄마 때문이야. 왜 우리가 죄인인데? 왜 우리 죄를 용서해달라고 만날 빌어? 아빠 죽은 게 우리들 때문이야?"

속으로 나는 매우 흥미진진했다. 맞아 죽어도 여한이 없고 그저 엄마가 어떻게 나올지 궁금할 뿐이었다. 엄마는 분명 충격을 받았다. 그 동안 누구도 논현동의 잔다르크인 엄마를 비난하는 사람은 없었기 때문이다.

"이게 집이야? 사당이지! 아예 굿까지 하지 그래?"

형제들 앞에서 양말 벗는 일조차 체면을 차리는 엄마였다. 그런 엄마의 자존심을 뭉개버리는 건 통쾌하면서도 서글펐다. 모두들 숨을 죽이고 엄마의 한마디를 기다렸다. 아니, 정확히 말하자면 엄마가 어느 시점에 내 따귀를 갈길지 기다렸다. 심지어 나도 기다렸다. 그렇게 해서라도 엄마의 뜨겁고 살가운 감촉을 느끼고 싶었다.

창백한 두 뺨을 파르르 떨더니 엄마는 드디어 입을 열었다.

"하늘에 계신 우리 아버지, 아버지의 이름이 거룩히……"

엄마는 내 눈을 피하며 주기도문을 읊기 시작했다. 아들이 내민 작은 손을 끝내 뿌리치고 만 것이다.

나는 기꺼이 그 차가운 기도에 응답하기로 했다. 나는 바티칸 시티의 교황처럼 허공을 향해 두 손을 우아하게 들어올렸다. 그리고 성모상 옆의 화병을 사뿐히 들고서는 반대편 벽을 향해 냅다 내동댕이쳤다. 물이 튀고 꽃들이 날아올랐다. 젖은 엄마의 얼굴 위로 붉은 장미 꽃잎이 한 잎 두 잎 달라붙었다. 그것은 꼭 눈물에 젖은 피 같았다.

"지겨워! 살기 싫어! 엄마 때문에 숨막혀 죽겠어! 나도 아빠처럼 확 죽어버릴래! 엄마 꼴 보기 싫어서 죽어버릴래!"

우리는 서로의 얼굴을 보았다. 반짝이는 엄마의 분노와 상처. 번쩍이는 골프채. 엄마는 드디어 참지 못하고 골프채를 힘껏 들어올렸다. 그러고는 마지막 한칼을 준비하는 무사처럼 힘겹게 뚜벅뚜벅 나에게로 걸어왔다. 달빛을 가르는 칼날처럼 내 목을 향해 돌진하는 골프채. 나는 두 눈을 꾹 감았다. 그래요, 엄마, 저를 때리세요. 갈비뼈가 조각나도록 실컷 패세요. 차라리 온몸이 아픈 게 나을 것 같아요. 그러면 마음은 편해지겠죠. 그렇겠죠, 분명 그렇겠죠. 나는 기다렸다. 아들의 대가리를 향하는 어머니의 시원한 스윙을! 휘이익! 골프채가 증오의 바람을 가르는 소리가 들렸다.

쩽그렁!

내 대가리가 터지는 소리는 아니었다. 하지만 분명한 대폭발. 방 안의 사람들은 일제히 바닥에 엎드렸고 그 위로 포탄이 날아갔다. 천장에서 하강하는 뾰족한 조각들. 우리는 귀를 막았다. 눈을 떴다. 골프채를 휘두르는 엄마의 뒷모습. 거대한 성모상의 머리는 이미 날아가고 없었다. 엄마는 부들부들 떨며 다시 골프채를 높이 들어올렸다. 쩽그렁! 성모님의 다리가 날아가고 허리가 부러지고. 엄마는 계속 부수고 내리찍고 부수고 내리찍었다. 성모님은 엄마의 광기 앞에 하얀 가루가 되고 있었다. 모두들 겁이 나서 말리지도 못했다. 엄마는 휘우뚱거리며 깨고 또 깼다. 머리는 흐트러지고 양말이 흘러내렸다. 엄마는 가슴을 치면서 바닥에 주저앉았다. 다들 고개를 숙였다. 남편 장례식에서도 끝내 눈물을 참던 강건한 과부의 최후에 모두 몸 둘 바를 몰랐다. 나는 엄마의 검은 치맛자락에 눈처럼 매달린 하얀 석고조각들을 바라보았다. 내 몸을 대신해서 죽도록 맞아준 성모님. 아름다운 그대에게 신의 가호가 있기를.

다음날, 나는 가출을 했다.

그 난리가 있은 후, 다시 우리 세 식구만 남게 됐을 때 나는 이상한 감정에 휩싸였다. 엄마는 자신이 저지른 만행의 현장을 치운다고 빗자루와 쓰레받기를 들고 방에 들어가서는 나올 생각을 안 했고, 동생은 비참한 표정으로 침대 위에 누워 훌쩍이고 있었다. 정신나간 여자 두 명 사이에서 나는 일종의 유체이탈을 경험했다. 나의 영혼이 내 몸을 벗어나 우리집 베란다를 통과해 아파트 화단 위에 둥둥 떠다니고 있었다. 영혼은 나라는 인간이 속한 상황을 서늘한 눈길로 바라보았다. 갑갑한 아파트 방 한 칸을 차지하고 누운 나는 타파웨어 반찬통 속에 든 고등어조림처럼 짜고 시시해 보였다. 죽자사자 공부해서 명문대 나오면 또 저런 집 한 채 장만하려고 아등바등 돈 벌고. 그러다 결국 터키의 야시장도, 북구의 백야도, 티베트의 하늘도 한번 못 보고 뒈질 텐데. 찬물 같은 깨달음이 뒤통수를 때렸다.

'그래, 바람의 아들이 되자. 영웅의 삶을 살자. 풍운아만이 역사에 남는다.'

갑자기 자유의 신대륙을 향하는 메이플라워 호에 승선하기 직전의 청교도처럼 가슴이 팔딱팔딱 뛰었다. 나는 착착착 계획을 세웠다. 우선 집을 나간다. 닥치는 대로 돈을 번다. 그리고, 엄청나게 성공한다. 일단 거기까지 생각하고 나니 얼마간의 가출자금이 절실하다는 결론에 다다랐다. 시시하게 출발하고 싶지는 않았다. 아버지라면 이 상황에서 어떻게 돈을 구했을까 차분히 생각해보았다. 불쑥 아버지의 말씀이 떠올랐다.

결혼 십오 주년 기념 선물로 엄마에게 다이아몬드 반지를 주고 나서 아버지는 찡긋하며 일러주셨다.

"여자들 참 바보야. 남자들이 왜 저런 돌덩이를 사주는 줄 알아? 나중에 급전 필요할 때 팔아먹으려고 보험 드는 거야. 허허, 그래도 좋단다."

이미 신혼 초 친구분 수술비 보태느라 결혼반지를 팔아먹은 전적이 있는 아버지는 아들에게 소중한 삶의 지혜를 전수해주셨다. 나는 아버지의 뜻을 따르기로 했다. 기적처럼 참으로 다행한 일이었다. 엄마가 패물들을 어디에다 숨겨놓는지 유일하게 알고 있는 사람은 집안의 기둥인 이 장남밖에 없었으니까.

몇 년 전 여름, 전문 털이범이 우리 아파트 단지를 쓸고 간 적이 있었다. 아랫집 윗집 옆집 온 동네가 보기 좋게 털렸는데 우리집만은 무사했었다. 엄마는 그 사실을 무척 자랑스러워하며 스스로를 두고두고 칭찬하셨다. 우리집에도 장롱 속 금고 등 도둑이 눈독을 들일 만한 장소가 많았으나 엄마는 순 가짜 액세서리만 거기에 두고 진짜는 엉뚱한 곳에 보관하셨던 것이다.

"이러면 대도 조세현도 못 찾을걸."

엄마는 순금, 진주, 비취, 루비, 다이아몬드 등등 평생 모은 장신구들을 미라 포장하듯 부직포로 곱게 싸서 다른 데도 아닌 타파웨어 반찬그릇에다 집어넣었다. 김치용기에는 진주목걸이, 휴대용 물통에는 순금열쇠, 도시락용기에는 에메랄드 등등. 그렇게 쏘옥 담아서 세계적인 밀폐력을 자랑하는 타파웨어 뚜껑으로 꼬옥 누른 다음 싱크대 선반과 다용도실 서랍 등등에 대충 쑤셔넣어놓는 것이었다. 간장이나 식초, 플라스틱 바가지들 틈에 자리잡은 타파웨어 용기들. 설마 그 안에 한 여자의 자식만큼이나 귀한 보석들이 숨겨져 있으리라고 누가 상상이나 할 것인가.

"정말 효과가 있을까?"

내가 걱정돼서 묻자 엄마는 자신만만해했다.

"도둑도 남자잖아? 남자들이란 지 집 부엌에서 뭐가 썩어나가는지도 모르는 인간들이야."

그래도 걱정돼서 또 물었다.

"아무 데에다 놨다가 엄마가 못 찾으면 어떡하려고?"

넌 참 걱정도 팔자구나, 하는 눈빛으로 엄마가 말했다.

"엄마가 자식 잃어버리는 거 봤니? 엄마는 다 알 수가 있단다, 이 아들아."

나는 가장 궁금한 것을 물었다.

"엄마는 보석이 그렇게 좋아? 팔아서 불우이웃 돕는 게 낫지 않아?"

엄마는 펜타곤 모양으로 큐빅이 박힌 다이아몬드 반지를 호오 입으로 불며 대답했다.

"여자는 말이야, 인생에 있어 중요한 순간마다 보석을 받거든. 애인한테, 부모님한테, 남편한테 말이야. 이게 다 추억이고 기념이다. 우리 몸은 썩어 없어지지만 이것들은 영원하잖니. 너 이거 잘 보관해야 해. 나중에 니 마누라 줄 거니까."

여하튼, 나는 한 여자인 엄마 인생에 있어 무척 중요하며 나중에는 내 마누라 소유가 될 예정인 그것들을 납치하기로 한 것이다. 그날 밤, 한숨도 안 자고 있다가 동틀 무렵 부엌으로 잠입했다. 나는 재빨리 타파웨어 용기들을 모조리 꺼내 뚜껑을 열었다. 예전에 엄마가 어디에다 숨겨놨던가 정확히 기억이 나지 않았다. 나는 엄마의 심정이 되어 부엌을 바라보았다. 그러자 냄새가 솔솔 풍기기 시작했다. 깨가 든 사기그릇 옆 조그만 타파웨어에서 루비가 발견되었다. 말린 표고버섯이 든 타파웨어 안에는 비닐로 싸놓은 순금 가락지와 노리개가 버섯 향기를 풍기며 숨어 있었다. 여자만 감이 발달한 게 아니다. 남자도 급하면 예민해진다. 부침가루가 든 용기 안의 옥비녀, 도시락통 속의 알사탕만한 에메랄드. 구석에 처박아놓은 낡은 삼 단 타파웨어에서 일 캐럿 넘는 다이아몬드 반지 세 개가 발견되기는 했는데, 엄마가 가장 아끼는 왕 다이아몬드는 보이지 않았다. 나는 두 눈을 감고 집중했다. 엄마라면 매일 그게 잘 있나 확인하지 않으면 못 배길 텐데. 엄마가 하루도 안 빠지고 보는 게 무얼까. 나는 다용도실로 나갔다. 가장 먼저 쌀통이 눈에 들어왔다. 절대로 쌀벌레가 생기지 않는 것으로 유명한 타파웨어 곡물 보관용기. 뚜껑을 열자 하얀 쌀알이 반짝이고 있었다. 나는 푸욱 손을 담갔다. 휘휘 차가운 쌀알을 휘저었다. 젓고 또 휘저었다. 손끝에 뭔가 잡혔다. 나는 끄집어내었다. 쌀알들이 바닥에 떨어졌다. 타파웨어에서 나오는 가장 작은 간장종지였다. 여자의 변치 않는 친구, 왕 다이아몬드 반지는 그 안에서 고귀한 빛을 숨긴 채 잠들어 있었다.

시간이 없어서 자세히는 쓰지 못했다. 그냥 연습장 종이에다 이제 그만 내 인생을 살고 싶다고 간단히 가출의 변을 밝힌 후 나는 서둘러 집을 나왔다. 손가락에 총 여덟 개의 반지를 끼고서. 나는 나오자마자 우선 집 앞에 있는 슈퍼에서 하얀 면장갑을 사는 걸 잊지 않았다. 이 또한 엄마한테 전수받은 노하우로서, 보석이 손바닥 쪽으로 오도록 반지를 돌려 긴 다음 장갑을 끼고 있으면 손목을 잘라가지 않는 한 잃어버릴 걱정이 없다는 것이었다. 그리하여 나는 반지들 때문에 울룩불룩해진 하얀 면장갑 긴 손을 주머니에 푹 쑤셔넣고는 새벽바람에 머리를 흩날리며 역사적인 가출의 순간을 맞이하였다.

갈 데는 많았지만 일단 구로공단역으로 가기로 했다. 나 같은 온실 속의 화초가 자수성가하려면 한 번은 공장에서 일해봐야 하지 않을까, 그런 생각이 들었기 때문이다. 나중에 자서전을 쓸 때, 십구 세 때 가출, 봉제공장 취직, 사회의 불평등을 깨닫고 선원이 되기로 결심, 외항선 밀항, 뭐 대충 그런 식으로 진행되면 멋있을 것 같았다. 그래서 나는 태어나서 처음으로 산업역군의 산실인 구로공단으로 향했다. 2호선으로 갈아타고 드디어 구로공단역에서 내렸다. 나는 구로공단역에 내리면 회색 연기가 뭉게뭉게 피어오르는 공장 굴뚝을 배경으로 작업복에 실밥이 붙은 강렬한 인상의 공장 언니들이 껌을 짝짝 씹으며 나를 반겨줄 줄 알았다. 웬걸, 강의시간에 늦은 대학생 같아 보이는 애들과 아줌마들만이 바쁘게 왔다갔다할 뿐이었다. 나는 역 앞에서 가래떡 파는 아저씨한테 물어보았다.

"저어…… 여기…… 공장은 없나요?"

아저씨가 손짓으로 저쪽을 가리키며 친절하게 대답했다.

"빤스 사러 왔어? 요 옆길로 쭉 내려가."

나는 아저씨의 손을 따라 고개를 쭉 뺐다. 과연. 역에서 가까운 거리에 메리야스의 대명사 BYC 공장의 간판이 커다랗게 보였다. 아아, 저곳이 바로 나의 자수성가 풍운아로서의 삶이 시작되는 곳이로구나. 나는 설레는 가슴을 부여잡고 빠른 걸음으로 달려갔다. 공장 대문이 보였다. 예상과 달리 규모가 상당히 컸다. 여하튼 삭막하니 멋졌다. 공장 철문은 야무지게 꼭 닫혀 있었다. 그 앞에 서니 좀 전의 기세가 수그러들면서 약간 두렵기 시작했다. 노동운동한다고 공장에 위장 취업하는 대학생 형들의 속내를 알 것 같기도 했다. 그 인간들, 말은 노동자를 위해서라지만 순 뻥. 그저, 그들은 강해지고 싶었을 뿐이다. 안일한 중산층이 될 것이 뻔한 스스로의 운명을 인정할 순 없었겠지. 자신의 나약함을 이기기 위해 세상의 악과 싸운답시고 나돌아다니는 중원의 떠돌이 무사와 다를 바 무엇이랴. 그래, 칼을 빼자. 한 번의 칼에 한 번의 진실. 세상

236

을 베자. 내 목을 베자.

똑똑똑.

나는 비장한 얼굴로 수위실 유리 창문을 두드렸다.

드르르.

문이 열리고 가칠하게 생기신 영감님이 고개를 내미셨다. 나는 굵은 목소리로 물었다.

"취직하러 왔는데요. 어디로 가면 될까요?"

영감님의 쩌렁한 목소리가 내 얼굴로 곧장 날아왔다.

"집 나왔냐? 저번주에도 너 같은 자식이 돈 번다고 광주에서 올라와서 순경한테 보냈다."

놀라서 기절할 뻔했다. 나는 벌렁거리는 가슴을 누르며 더듬더듬 말했다.

"아, 아니, 저, 고, 고등학교는 나왔는데요."

갑자기 영감님 뒤에서 청색 유니폼 점퍼를 입은 남자 셋이 벌떡 일어났다. 험악한 인상의 그들은 나를 구경하기 위해 창문 앞에 다닥다닥 붙어섰다. 그들은 내 얼굴을 빤히 쳐다보다가 동시에 내 가슴 쪽으로 시선을 내렸다. 나도 그들을 따라 고개를 내렸다.

"흐읍!"

새하얀 면장갑 속 울룩불룩한 손가락이 더럽게 눈에 띄었다. 잽싸게 손을 뒤로 숨기며 나는 물러섰다. 셋 중 가장 험하게 생긴 남자와 두 눈이 딱 마주쳤다.

"예, 그럼 나중에 또 오겠습니다. 안녕히 계세요."

나는 허리를 반으로 딱 접으며 인사한 후 후다닥 뒷걸음질쳤다. 영감님과 남자들은 나의 행동을 놓치지 않고 매섭게 지켜보았다. 그들의 뜨거운 시선을 느끼며 나는 바로 건너편에 보이는 불빛 환한 상가로 들어갔다. 혹시 내 반지들을 눈치챘을까, 잔뜩 겁에 질려 우선 사람들이 많은 곳으로 피신하고 본 것이다. 나는 땀에 절은 두 손을 주머니가 뚫어질 정도로 깊숙이 쑤셔넣으며 주위를 살폈다.

머리 칠이 벗겨진 남녀 마네킹 한 쌍이 파자마를 입고 서 있었다. 그 뒤로 스타킹과 팬티, 슬립 등 각종 속옷들이 넓은 실내 가득 진열돼 있었다. 그곳은 BYC 공장에 딸린 상설매장이었다. 품질 좋은 순백의 속옷들이 놀랍도록 저렴한 가격으로 소비자와 만나는 그곳에서 나는 가출 청소년의 현실을 처음으로 자각하였다. 일박은커녕 집 나온 지 반나절도 못 된 시점에서 말이다. 나는 청색 점퍼들이 쫓아오지 않을까 불안해하며 창가에 숨어 폴짝폴짝 뛰며 밖을 살폈다. 이번에는 계산대의 여점원들이 힐끗거리며 내 쪽을 봤다. 그중 왕초로 보이는 점원 아줌마는 저벅저벅 팔자걸음으로 다가오더니 무얼 찾는지 물었다.

"부모님 속옷 선물 살 건데. 제가 첫 월급을 탔거든요, 하, 하, 하."

점원 아줌마는 방향을 바꾸면서 자기를 따라오라고 손짓했다. 모퉁이를 돌자 여자 팬티들이 피라미드처럼 쌓여 있었다. 태어나서 그렇게 많은 여자 팬티를 한꺼번에 보기는 처음이었다.

"상자에 든 건 고급이고, 안 든 것도 고급. 남자 삼각팬티는 요기, 사각은 저기."

그렇게 말하고 점원 아줌마는 총총히 사라졌다. 팬티들에 둘러싸인 채 나는 망연히 서 있었다. 왜 여자 팬티 배꼽에는 리본이 붙어 있을까, 어렸을 적부터 궁금했던 질문을 떠올리며 나는 팬티들을 뒤적였다. 과연 이 작은 천조각이 그 큰 엉덩이들을 감당한다는 말인가. 호기심에 팬티 고무줄을 좌악— 잡아당기려는데, 그런데, 앗, 왜 이러지, 손가락이 제대로 움직이지 않았다. 땀 때문에 손이 불어서인지 반지들이 너무 꽉 꼈다. 실은 아까부터 피가 돌지 않아 점점 차가워지고 있는 것 같기도 했다. 나는 젖은 면장갑을 겨우 벗었다. 에구머니, 손가락들이 목이 졸린 것처럼 사경을 헤매며 울고 있었다. 이러다 손가락 잘라야 하는 거 아냐. 농담이 아니었다. 진짜 손가락 마디마디가 댕강댕강 부러지기 직전이었다. 와락 겁이 났다. 나는 팬티더미에 손을 푹 담그고 젖은 손을 닦기 시작했다. 땀을 질질 흘리며 헉헉거리는 꼴이, 세상에 그런 변태가 또 없을 풍경이었다. 갑자기 서러움이 울컥 솟았다. 밥 한 끼 못 먹고 이게 뭔 짓인가. 이런다고 누가 날 진심으로 이해해주기나 할는지. 어쩌면 엄마와 동생은 내가 집을 나갔는지조차 모를지도 모른다. 배도 고프고, 밤을 꼴딱 새웠더니 허리도 아프고, 괴롭고, 답답하고, 외롭고, 그리고 무엇보다 그저…… 집에 가고 싶었다.

머릿속으로 바쁘게 이리저리 핑계를 대기 시작했다. 이것만도

장하지. 대한민국에 제 발로 팬티공장 찾아간 내신 일등급 고3 있으면 나와보라 그래. 지금 내 모습에 한점 부끄러움 없으리. 앞으로 눈물에 젖은 여자 팬티를 만져보지 않은 놈하고는 상종을 안 하리. 그렇게 다짐하고 나니 갑자기 정신이 맑아지기 시작했다. 나는 내가 주물럭거린 팬티들 중에 가장 예쁜 두 장을 골라서 계산한 후 다시 지하철을 타고 집으로 돌아왔다.

그래도 노력은 헛되지 않았다. 집은 완전히 발칵 뒤집혀 있었다. 동생은 학교도 안 간 채 얼굴도 기억 안 나는 내 초등학교 동창한테까지 전화해 나를 찾고 있었다.

동생은 나를 보자 놀라 수화기를 떨어뜨렸다.

"오빠……! 오빠, 가출한 거 아니었어?"

가출한답시고 새벽에 나갔다 저녁 먹기 전에 돌아온 모습이 신기하기는 할 터였다. 나는 동생이 이 오빠를 무시할까봐 주눅이 들었다.

"얼마나 걱정했는데…… 잘 돌아왔어!"

동생이 달려와 나를 안아주었다. 역시 착한 계집애였다. 동생의 소리를 들었는지 엄마가 안방 문을 벌컥 열며 튀어나왔다.

놀라 자빠지는 줄 알았다. 하룻밤 사이에 엄마는 할머니가 되어 있었다. 눈썹도 안 그린 엄마의 맨얼굴을 보는 건 여섯 살 때 여자 목욕탕 따라간 이후로 처음이었다. 자글자글 주름, 눈가에 번진 기미, 코 밑의 거뭇한 저것은 혹시 콧수염?

"이놈아! 너까지 속 썩이면 엄마는 누구 믿고 살라고! 아예 나가 살지 왜 들어왔어!"

　난 또 이렇게 상투적인 분위기 썩 안 좋아하는데. 그런데, 그런데, 나도 모르게 눈물이 주르르 쏟아지는 건 무슨 놈의 조화인지. 엄마와 동생이 울며불며 내 어깨를 쓸어만지는데 나는 아주 작은 아이가 되어버린 느낌이었다. 엄마와 동생을 내가 보살피는 게 아니라 그녀들이 평생 나를 안아줘야만 할 것 같았다. 한 시간가량 방정맞은 이산가족 상봉시간을 가진 후, 우리 셋은 마음을 진정시키며 모여앉았다.

　엄마는 영화 〈씨받이〉 포스터에 나오는 강수연처럼 무릎을 짚고 앉아 한참 천장을 바라보았다. 그러더니 차분한 목소리로 말씀하셨다.

　"엄마가 그 동안 너희들 신경 못 써줘서 섭섭했지?"

　우리는 도리도리 아니라고 했다.

　"아빠가 너희들 강하게 키우라고 부탁하셔서 그랬던 건데. 엄마도 처음이잖니. 혼자서 하는 게……"

　우리는 또 도리도리 아니라고 했다.

　"엄마가 아빠를 위해 하루 종일 기도드렸던 이유는, 아빠 인생이 너무 불쌍하고 안타깝고…… 평생 회사에 목숨 바치다 자식 장가가는 것도 못 보고 돌아가시다니…… 그런 불쌍한 아빠를 잊어버릴까 무섭더라."

　우리도 무섭다며 고개를 끄덕끄덕 했다.

　"그런데, 어른들 말씀이 맞아. 산 사람은 살아야지."

엄마는 벌떡 일어나더니 부엌에 가서 커다란 쓰레기봉투를 찾았다. 그러고는 그것을 들고 안방으로 들어갔다. 우리는 무슨 일인가 깡총깡총 뒤를 따랐다.

안방 바닥에는 어제 엄마가 박살낸 성모상의 잔해가 한곳에 곱게 쌓여 있었다.

"이것 봐라."

엄마가 쓰레기더미가 된 성모상을 보며 말씀하셨다.

"신기하지? 손은 그대로다."

우리는 눈을 동그랗게 뜨고 내려다보았다. 정말이지 처참하게 부서진 성모상 조각들 가운데 기적처럼 온전하게 살아남은 조각이 있었다. 성모님의 손. 하얀, 조용한, 뜨거운, 기도하는 성모님의 손. 아니, 기도하는 모든 이의 손.

일부러 그렇게 만들려 해도 안 될 것 같은 모양이었다. 엄마는 그것을 주워올리며 말씀하셨다.

"어제 이걸 쭉 보고 있는데…… 웃기더라. 이렇게 다 부서져도 기도는 변하지 않는 건데. 거추장스럽게 이 꽃들이 다 뭐니. 자식들 속 타는 줄도 모르고. 다 버려야지."

엄마는 그토록 아끼던 제단 위의 꽃병과 온갖 성상조각들을 쓰레기봉투 안에 버리기 시작했다. 한 치의 주저함도 없이 속이 다 시원하단 듯이 엄마는 유럽에 성지순례 갈 때마다 사온 귀한 수집품들을 마구 버렸다. 프랑스의 어느 성당에서 가져왔다는 기적의 성수를 쓰레기봉투에 쏟아부으며 엄마는 킥킥거리기까지 했다.

"이게 언제 거야? 썩었겠다, 썩었겠어."

엄마를 말려야 하지 않을까 동생과 마주 보며 어리둥절해하고 있는데 엄마가 명쾌하게 방향을 제시했다.

"시골 신부처럼 작은 십자가랑 꽃 한 송이만 있으면 되는 거야. 이제 엄마는 너희들만을 위해 기도할 거야. 아빠는 이미 천국에 가셨으니까."

꽃과 성상조각들이 모조리 쓸려 쓰레기봉투 안으로 들어갔다. 불룩해진 쓰레기봉투는 찢어질 듯 위태로워 보였다.

"너희들도 버릴 거 있으면 버려."

볼에 분홍색 홍조까지 띤 채 엄마는 말했다. 동생이 잠시 죄 지은 얼굴로 망설이더니 자기 방으로 갔다. 동생은 두 손에 카메라와 인화된 사진들을 가지고 돌아왔다. 세상에 이 정신 나간 것이 우리를 속인 채 아직도 몰래 아빠의 심령사진을 찾아 밤마다 헤매고 있었던 것이다.

"몇 통 안 찍었어. 정말 다시는 안 찍을 거야."

동생도 과감히 사진들을 쓰레기봉투에 던져버리며 웃었다. 이제야 비로소 정신과 약값이 아깝지 않은 표정이었다. 엄마와 동생은 내 쪽으로 고개를 돌렸다. 너도 뭐 좀 내놔야 하지 않겠냐는 눈빛이었다.

그러나, 나는 아무것도 생각나지 않았다. 아버지의 죽음으로 인해 나의 내면에도 분명 어떤 변화가 있었을 터이나, 그걸 증명할 만한 물건은 없었다. 설령 있다고 해도 이런 이상 야릇한 마녀의식

따위에는 참여하고 싶지 않았다. 나는 기운 없는 목소리로 그들의 눈빛에 응답했다.

"엄마, 나 배고파."

그날 밤. 일상으로 무사히 복귀한 나는 깨끗이 씻은 후 내 방 침대에 누워 내일의 학업계획을 점검하고 있었다. 물론, 머릿속에는 잡생각이 끊이질 않았다. 생각해보니 감사할 일도 많았다. BYC 공장에서 나를 내쫓은 영감님은 참으로 속 깊은 어른이었다. 반지가 안 빠지는 내 손가락을 십 분 넘게 비누거품으로 마사지해준 동생은 참 착한 아이였다. 만두 없이도 맛난 전골을 해준 엄마는 참 훌륭한 요리사였다. 그리고, 나. 나는, 어쨌든 잘 버텨내지 않을까. 결국 그렇게 해내지 않을까. 거짓말, 뻥쟁이, 버티기는 개뿔! 자신감이라고는 빵에 발라먹으려고 해도 없는데.

엄마와 동생은 워낙 독하기로 소문난 여자들이니 충분히 새 출발을 할 수 있을 것 같았다. 하지만, 나는 가슴 깊이 스민 슬픔과 공허를 무슨 수로 몰아낼 수 있을지 알 수 없었다. 어쩜 우리 셋 중 돌아가신 아버지한테 가장 강한 집착을 가지고 있는 건 나일지 몰랐다. 무엇이 나를 불안으로 내몰고, 아프게 만들고, 쓸쓸히 놔두는 걸까. 이제 나는 예전의 내가 될 수 없다. 몸이 타들어가는 죽음의 고통과 죽으면 흙밥일 뿐이라는 허무의 진실을 목격한 남자는 다시 소년이 될 수 없다. 나를 냉엄한 예감 속에 빠뜨린 그 무엇. 하지만 그 무엇 때문에 나는 꿈속에서 어느 행복했던 오월의 오후를 기억한 아이처럼 희미하게 웃고 있다. 잡을 수 없는, 멀어져가는, 두 번 다시 느끼지 못할, 그 무엇.

그것은 바로 비밀이었다. 아버지와 아들 사이의 소중한 비밀.

아버지는 대기업 이사란 직함답게 가족과 한가하게 어울릴 시간이 없는 분이셨다. 언제나 바쁘고, 피로하고, 경쟁중이셨다. 아버지가 있었을 때 우리는 공익광고 속의 가족처럼 서로 사랑한다며 비비고 껴안는 그런 가족은 아니었다. 하지만, 우리 가족은 평온하고 행복하다는 걸 의심하지 않았다. 이미 밝혔다시피 엄마와 나는 산부인과에서부터 호흡이 맞지 않아 그런대로 참고 사는 사이였지만, 아버지와 나의 관계는…… 나는 아버지를 정말로 좋아하고 따랐다. 이렇게 일찍 헤어질 운명이란 걸 알았던 걸까. 나는 아버지한테 야단을 맞을 때조차 주인님이라면 환장하는 강아지처럼 마음속으로는 즐거워하며 다음에 또 무슨 장난을 칠까 궁리하곤 했다. 아버지는 나에 대한 기대가 컸고, 그 때문에 나는 언제나 자신감을 잃지 않을 수 있었다. 아버지는 술에 취한 날이면 꼭 개선장군처럼 내 방문을 걷어차며 들어오시곤 했다. 책상에 엎드려 침 흘리며 자고 있던 나는 벌떡 일어나 급하게 공부하는 척을 하곤 했는데 아버지는 내 등을 부서져라 두드리시며 떵떵 소리치셨다.

"부러울 게 뭐 있어. 넌 공부만 열심히 해. 사업을 한대도 돈 대주고, 교수를 한대도 유학 보내주고, 정치를 한대도 지역구 따줄 테니까. 너 하고 싶은 거 다 밀어줄 테니까 공부만 해. 여자를 만나도 뽀뽀만 하는 거다. 괜히 호박 같은 애하고 엮이면 남자 인생

끝이야."

그러면서 내 침대에 쓰러져 주무실 때까지, 전쟁고아였던 당신이 똥 퍼가며 돈 벌어 대학 간 이야기에서부터 취직하자마자 회장 눈에 띄어 오른팔로 발탁되기까지 초고속 승진한 이야기를 침 튀기며 말씀하고 또 말씀하셨다. 하도 많이 들은 이야기라 지겹고 짜증나고 졸리다가도 드르러엉 드르르링 천장을 뚫을 듯한 아버지 코 고는 소리를 들으면 결국 웃음이 나오곤 했었다.

우리가 나눴던 아버지와 아들 사이의 공공연한 비밀, 그것은 바로 믿음이었다. 굳이 말하지 않아도 느낄 수 있는 서로에 대한 끝없는 사랑과 신뢰. 서로를 증오하는 아버지와 아들도 있지만 우리는 분명 사랑하는 아버지와 아들이었다. 그 충만한 감정을 열아홉 해나 안고 산 나는 최고의 행운아였다. 그러나, 나의 행운은 끝나버렸다. 내가 가진 모든 것을 주었고, 앞으로도 영원히 그럴 것만 같았던 아버지는 더이상 없다. 두 번 다시 아버지의 선물은 없다.

나는 침대에서 일어났다. 책상으로 가 맨 마지막 서랍을 열었다. 깊숙이 손을 집어넣고 조심조심 뒤적거렸다. 손가락에 뾰족한 감촉이 느껴졌다. 찬찬히 꺼내 손바닥 위의 그것을 바라보았다.

아버지가 나에게 준 마지막 선물. 나는 내가 무엇과 이별해야 하는지 깨달았다. 다시는 없을 아버지의 선물을 버려야 한다. 그리고, 기대하지 말아야 한다. 아버지가 세상에 없다는 사실을 인정하는 최초의 노력을 시작해야 한다. 나는 불 꺼진 마루를 지나 부엌으로 갔다. 그리고, 아까 그 쓰레기봉투를 찾아 나의 뜨겁고도 안타까운 집착을 버렸다.

　아버지와 나 사이의 비밀이 우주 저 어딘가로 날아가는 소리가 아련히 들려왔다.

　"야, 야, 전당포에 좀 알아봐. 다이아 캐럿당 얼마나 주나. 없긴 왜 없어! 우리 오피스텔 지하에 명품 위탁이라고 써 있던데, 거기 전화해봐. 혹시 금은방 잘 아는 데 있으면 거기에다도 물어보고. 빨리 해!"

　사무실의 후배가 무슨 일인가 싶어 놀란다. 오랜만에 내 목소리가 정신나간 놈처럼 명랑하다. 나는 두 팔을 걷어붙이고 신이 나서 싱크대 앞에 선다. 우선 문이란 문들은 다 열어젖힌다. 선반마다 어쩜 저리도 많은 그릇들이 깔끔히도 정리되어 있는지. 제일 먼저 눈에 들어오는 것은 가장 높은 선반에 차곡차곡 쌓여 있는 타파웨어들이다. 하나라도 쏙 빼면 우르르 무너져내릴 것 같다. 나의 직감이 말한다. 저것들이 수상하다고. 그러나 너무 단순한 추리이다. 엄마는 그렇게 호락호락하지 않다. 나는 일본 순사처럼 뒷짐을 지고 어슬렁거리다 순간 눈을 빛내며 찬장 속을 헤집기 시작한다. 첫번째 노획물. 양념그릇들 뒤에 때가 꼬질꼬질한 타파웨어 용기 안에서 루비 세트 발견. 야호! 엄마가 반찬을 만들다 몰래 탐욕스런 얼굴로 보석들을 빼내 보는 걸 몇 번인가 목격했었다. 사람은 자고로 가장 소중한 것을 곁에 두고 싶어한다. 호두와 말린 자두 등의 간식을 넣어놓는 선반으로 간다. 곁에서 보면 뭔가 잡스러워 보이나 뚜껑을 열면 인간문화재로부터 선사받은 옥비녀가 나온다. 인스턴트 커피믹스와 홍차를 넣어둔 그릇 안에 교묘하게 숨어 있는 미키모토 진주 세트. 아버지가 시부야의 백화점에서 그레이스 켈리도 했던 거라며 사오신 것이다. 싱크대 아래 겹겹이 쌓인 프라이팬들 아래 교묘히 잠복해 있는 네모난 플라스틱 그릇. 그 안에 고대유물처럼 은밀히 숨쉬고 있는 다이아몬드 목걸이를 누가 상상이나 할까. 사람들은 엄마한테 왜 파출부를 쓰지 않느냐고 종종 묻곤 했다. 엄마는 파출부들은 참기름을 함부로 써서 싫다고 변명하듯 대답하곤 했으나 이유는 따로 있었다. 엄마는 부엌의 여신이었다. 모든 것을 창조하고 관리하고 주물럭거려야만 직성이 풀렸다. 개미 한 마리도 엄마의 영역, 정확히 말하자면 반찬용기로 위장한 특급 비밀금고를 침범할 수 없었다. 딱 한 번 아들녀석이 가출을 시도하느라 성역을 더럽힌 역사가 있기는 하지만. 어쨌거나 오늘 그 아들이 어머니 속을 또 뒤집어놓으려 다시 돌아왔다는 사실이 중요하다. 나는 땀을 비질비질 흘리며 손에 잡히는 것들을 마구잡이로 바닥에 내려놓는다. 이것도 엄연한 도둑질이다보니 땀이 계속 난다. 어머니, 꼭 배로 돌려드릴게요. 누가 듣지도 않는데 독백이 술술 나온다. 자랑스러운 아들이 되고자 했던 제 마음만은 진심이었답니다. 낄낄낄, 헛웃음이 터져나온다. 구운소금이라는 견출지가 붙어 있는 그릇 안에서 다이아몬드 귀고리가 나온다. 이상한 여자다. 엄마는 이상한 여자다. 이상한 여자의 아들이 이런 이상한 짓을 하는 건 이상할 게 없다. 친구들 말을 들어봐도 다들 자기 엄마는 이상하단다. 세상의 아들들이 방황하는 이유를 세상에서 찾을 필요가 없다. 보석이건 쓰레기건 모든 이유는 집 안에 숨어 있다. 그러므로, 나는, 엄마야! 깜짝이야! 즐거운 곳에서는…… 초인종이 울린다. 날 오라 하여도 내 있을 곳은 여기…… 엉덩방아까지 찧으며 놀란다. 벌떡 일어나 인터폰 앞으로 쏜살같이 간다. 엄마가 서 있다. 흑백 영정사진처럼 떡하니 슬픈 얼굴이 떠 있다. 모니터에 얼굴을 박으며 눈을 비비고 본다. 다행히 처음 보는 아줌마다. 목을 쭉 빼고 아줌마가 내 쪽을 살핀다. 나는 황급히 문 옆으로 피신한다. 초인종은 계속 울리고 심장은 벌렁벌렁 난리다. 이 집에는 아무도 없다니까, 이 아줌씨야. 불안하다, 튀어야겠다. 부엌 바닥에 그릇과 접시들이 시체처럼 널려 있다. 사방에는 나의 지문이 묻어 있다. 쿠킹호일을 겨우 찾아 드르륵 뽑는다. 한 여자가 평생을 간직한 추억과 집착을 쿠킹호일에 담는다. 나는 엄마의 허영, 명예, 자존심, 허무의 돌덩이들을 꼼꼼히 싸고 또 싼다. 오늘의 개망나니 불효는 여기까지. 엄마가 돌아와서 112에 먼저 전화할지 나한테 먼저 전화할지 그런 걱정은 그만 하자. 어차피 맞아 죽기는 매한가지이니. 다만 내 인생에서 이따위 치졸한 짓거리는 이번이 마지막이길 기도할 뿐. 보석들을 다 싸서 가지고 나가려는데, 아차! 그제야 생각난다. 다이아몬드는 영원히. 그 광고에 나오던 다이아몬드보다 세 배는 영롱했던 엄마의 왕 다이아몬드 반지. 진짜 물건은 그건데. 그거 하나면 만사형통인데. 나는 마지막 한 방을 준비하는 권투선수처럼 분연히 떨치고 일어난다. 어디 있을까. 엄마 성격상 매일 눈으로 확인하고 쓰다듬어야 안심할 텐데. 푸핫! 생각하고 말 것도 없다. 아들의 이름을 걸고 장담한다. 분명 또 거기에 숨겨뒀을 것이다. 항상 다니는 길로만 다니는 고지식한 면이 있는 엄마다. 나는 처음이자 마지막 가출을 감행했던 그 옛날 가을날의 새벽을 떠올리며 의기양양 부엌 뒤 다용도실로 간다. 비상용 라면상자, 항아리, 장아찌가 담긴 유리병, 정종, 과실주, 말린 호박 등이 옹기종기 모여 있다. 오후의 햇볕이 싸늘한 타일 바닥에 조용히 누워 있는 풍경이 어쩐지 쓸쓸하다. 남자들의 발길이 닿지 않는 집안의 맨 안쪽 구석. 남자들은 이해할 수 없는 작은 세계. 이런 곳까지 이렇게 깨끗하다니, 답답하고 미안하단 생각까지 든다. 오른쪽에 자주색 타파웨어 곡식 저장용기들이 가지런히 줄 서 있다. 현미, 찹쌀, 콩, 수수 등. 용기마다 보기 편하게 견출지가 붙어 있다. 앙큼한 엄마 같으니라고. 뚜껑들을 열어 손을 푹푹 집어넣어본다. 음, 없다. 으음, 여기도. 어허, 이러면 재미없는데. 오늘의 일용할 양식이여 제발. 검은 콩. 내가 제일 싫어하는 게 콩밥이다. 제길. 밤 새워서라도 찾고 말겠다. 마지막 남은 뚜껑을 연다.

이게 뭔가. 눈을 끔벅이고 다시 본다. 눈 뜨고 당하는 사기, 데자뷰 현상이다. 머릿속에 바람이 분다. 오래된 기억들이 벌떡 일어나 팔랑거린다. 엄마의 말씀이 떠오른다. 타파웨어 안에 넣어두면 안전해. 아무것도 새어나가지 않거든. 공기도, 기억도, 슬픔도…… 나는 황당해서 주위를 두리번거린 후, 그 안에 들어 있는 것들을 꺼낸다. 동생이 찍은 흑백사진들. 아버지의 유령을 만나기 위해 밤마다 집 안을 배회하며 찍었던 사진들이 아직도 반짝거리고 있다. 한여름 러닝셔츠를 입은 아버지가 누워 리모컨을 누르던 소파는 누가 방금 떠난 듯 푹 꺼져 있다. 십 년도 훨씬 더 된 일이라 다 잊어버린 줄 알았는데 아니다. 이렇게 살아 남은 것이 있고, 심지어 싱싱하기조차 하다. 멍하니 사진을 만지다 다시 손을 뻗는다. 그때 분명히 다 쓰레기봉투에 버렸었는데. 엄마가 골프채로 부수어버린 성모상에서 기적처럼 살아남았던 성모님의 손. 나는 조심스레 두 손을 모아 그 손을 들어올린다. 성모님의 손은 여전히 홀로 열심히 기도를 하는 중이다. 제발 깜깜한 여기에서 꺼내달라고 싹싹 빌었나보다. 작고 하얀 돌덩이에 불과한데 꼭 아는 여자의 손같이 느껴져 뜨끔하다. 누구 손이 이랬더라. 착잡해져서 성모님 손등을 어루만지고 있는데 무언가가 내 눈을 뽑을 듯이 잡아당긴다. 타파웨어 바닥에 누워 강렬하게 나를 올려다보고 있는 것은 내가 버렸던 아버지의 마지막 선물이다. 나는 놀라서 계집애처럼 눈을 크게 뜨며 입을 막는다. 비밀을 말하고 싶어 입이 근질근질한 계집애, 내가 딱 그 모양이다.

"필요 없으니까 물어보지 마."

내 열여덟번째 생일이 다가오고 있었다. 엄마와 동생은 선물로 뭘 갖고 싶은지 며칠째 물어보았다. 내 생일은 크리스마스이브로, 매해 가족들은 생일선물과 크리스마스 선물을 겸해서 뭔가를 준

비했었다. 다른 때는 직접 선물목록을 작성하며 설쳐댔지만 그해
에는 정말 아무것도 갖고 싶지 않았다. 무얼 원하고 바란다는 사
실이 모욕으로 느껴졌다. 생일도 크리스마스도 이번만큼은 전 세
계적으로 취소됐으면 하는 게 그때의 내 소원이었다. 병원에서 희
망이 없다며 그만 아버지의 퇴원을 권유했다. 그러한 현실을 깨달
을 때마다 나는 정신이 혼미해졌다. 제발 꿈이거나 내일이라도 당
장 전쟁이 터져 다른 가족들도 다 죽음의 고통을 맛봤으면 하는
심정으로 하루하루를 버텼다. 그러면서 처음 구구단을 외우는 아
이가 종일 입에 달고 살듯 하나의 단어만큼은 입에서 놓지 않았
다. 그 단어는 '기적'이었다.

그날도 병원에 들러 아버지와 함께 저녁뉴스를 본 후 돌아와 공
부를 하고 있는 중이었다. 자정이 다 됐는데 전화벨이 울렸다. 병
원에서 온 전화였다. 목소리가 귀에 익은 간호사가 잠깐 기다려보
라고 한 후 아버지를 바꿔줬다.

"아빠, 왜요? 간병인 아줌마 어디 가셨어요?"

아버지는 기분 좋은 음성으로 껄껄 웃으며 심부름을 보냈다고
했다.

"내일 아침 일어나자마자 혼자 병원으로 와라. 알았지?"

그 말만 한 후 아버지는 전화를 끊었다. 갑자기 아들이 못 견디
게 보고 싶어진 걸까. 행복한 아버지의 목소리는 정말 오랜만이었
다. 어쩐지 불안해졌다.

다음날, 엄마가 새벽 미사에 가기 위해 옷을 입는 소리를 들으

252

며 눈을 떴다. 엄마가 나가자마자 나도 곧장 집을 나섰다. 새벽의 병원은 더 없이 고요했다. 청소부 아주머니가 청소카트를 멋지게 운전하며 크리스마스트리 주위를 돌고 있었다. 밤새 부모님의 간병에 시달렸는지 중년 부부가 눈물이 마르지 않은 얼굴로 자판기 커피를 홀짝이며 창밖을 보고 있었다. 아니지, 어쩌면 자식이 교통사고가 났거나 백혈병에 걸렸는지도 몰라. 저 나이에 부모를 잃는 것도 행복인 걸 뭘 잘났다고 질질 짜나. 나는 괜히 혼잣말로 투덜거리며 엘리베이터에 올라탔다.

똑똑. 문을 열었다. 창으로부터 푸른 새벽빛이 들어와 하얀 시트를 물들이고 있었다.

"아주머니?"

병실은 깨끗이 정돈되어 있었는데 간병인 아주머니는 보이지 않았다. 아버지는 잠깐 졸았는지 내 목소리를 듣자마자 벌떡 상체를 일으키셨다.

"아주머니는요?"

"남편한테 보냈다. 그 집 영감도 얼마나 불쌍하냐."

어둠 속에서 어렴풋이 웃는 아버지의 얼굴을 볼 수 있었다. 살과 피가 다 빠져나간 아버지의 얼굴은 서랍 속에 오래 넣어둔 호두 껍데기처럼 말라비틀어져 내 손 안에 들어가고도 남을 것 같았다.

"어어, 불 켜지 마."

나는 스위치를 올리려다 다시 내렸다.

"컵들이 화장실에 있는가. 좀 씻어와라."

병실에 딸린 개인 화장실 안으로 들어갔다. 세면대 위에 플라스틱 컵들이 포개져 있었다. 하얀 김이 나는 뜨거운 물로 박박 씻은 후 툭툭 털며 들고 나왔다.

이상했다. 처음에는 눈앞의 상황이 이해가 되지 않아 멍하니 서서 뜨거운 컵을 만지작거리기만 했다. 새벽의 어둠이 싸늘히 깔려 있는 병실 안에 노란 불꽃이 튀고 있었다. 꽃 같기도 하고 별 같기도 한 아름다운 빛이 침대 위에서 흔들리고 있었다.

"뭐 해, 어서 촛불 꺼야지."

나는 천천히 침대 쪽으로 갔다. 침대에 기대어 앉은 아버지는 가슴에 케이크를 안고 있었다. 열여덟 개의 촛불이 타고 있는 크리스마스 초콜릿 케이크를.

"아빠, 언제……"

"코털 타겠다. 빨리 끄자. 간병인 아줌마가 무식하게 초를 숫자대로 가져왔다."

과연 이글거리는 촛불들 때문에 황금빛으로 변한 아버지의 얼굴은 금방 녹아내릴 것만 같았다. 아버지를 그렇게 둘 수는 없기에 나는 급하게 숨을 끌어올린 후 힘껏 내뱉었다. 촛불들은 끝까지 바르르 떨며 버텼다. 빛이 사라지자 침묵이 뒤따랐다. 나는 반짝이는 초콜릿 크림과 아버지의 얼굴을 번갈아 보았다.

"제일 먼저 축하해주고 싶어서, 우리 아들 생일을."

애인한테 고백이라도 받은 양 내 가슴은 쿵덕쿵덕 뛰었다. 아버지는 케이크를 사놓고 밤새 나를 기다리셨던 것이다. 괜히 부끄럽고 쑥스러워 나는 아버지의 시선을 피하며 초들을 뽑았다. '메리 크리스마스'라고 씌어 있는 화이트 초콜릿 조각과 플라스틱 산타 클로스 장식물을 건드리지 않고 조심조심 초를 끄집어냈다. 부러질 듯 가느다란 열여덟 개의 초가 나의 인생을 의미한다고 생각하니 갑자기 억울하고 화가 났다.

"선물 못 줘서 미안하다, 우리 장남."

진짜로 화가 났다. 아버지가 힘없이 맑은 음성으로 그렇게 말씀하시는 게 싫었다.

"내년에 곱빼기로 주시면 되잖아요."

비죽거리는데 눈물이 솟았다. 그냥 막 눈물이 났다. 아버지는 아마도 아들의 열아홉번째 생일을 못 보리라 예감하신 모양이었다. 나는 손등으로 눈알이 터지도록 비비며 눈물을 닦았다. 아버지의 코끝도 벌게졌다. 아버지의 눈물은 내 것보다 훨씬 굵고 짰다. 보이지는 않지만 나는 알 수 있었다.

"자ㅡ자, 그만 하고 이것 좀 먹자."

아버지는 코를 팽 푸시더니 딴청을 피웠다. 나는 계속 눈물 콧물을 닦으며 접시와 포크를 가져왔다. 하지만 열여덟 개의 구멍이 뚫린 케이크는 누더기가 된 나의 마음 같아 보여 차마 먹을 수가 없었다. 아버지는 갑자기 히죽 웃으며 기뻐하셨다.

"잠깐 눈 감아봐."

나는 눈물 때문에 따끔따끔한 눈을 감았다 떴다. 아버지의 앙상한 주먹이 내 앞에 떡하니 있었다. 아버지는 어서 펴보라고 눈짓

했다. 내가 가만히 있자 아버지가 주먹을 폈다.

케이크 위에 꽂혀 있던 인심 좋아 보이던 산타클로스 장식품이었다. 엄지손가락만한 크기의 배불뚝이로, 무거운 선물포대까지 든 산타클로스는 꼭 웃고 있는 것 같았다.

"선물이다. 됐지?"

나는 피식 웃었다.

"올해 못 준 거 내년에 꼭 줄게. 산타 할아버지를 걸고 맹세한다…… 혹시…… 내가 선물을 못 주더라도 이 산타가 잊지 않고 찾아갈 거야."

아버지는 코를 킁킁거리며 억지로 웃었다. 나는 손바닥 위의 산타 할아버지가 무슨 잘못이라도 한 양 노려보며 투덜거렸다.

"아버지, 그거 아세요? 산타 할아버지를 반대하는 모임 있는 거? 산타 할아버지가 어린이들한테 헛된 물질적 욕망을 품게 한대요."

"할일 없는 놈들이 별소리 다 지어내네. 싫으면 내놔."

아버지는 진짜 서운해하시며 내 손의 산타를 뺏으려 했다. 나는 그제야 웃으며 산타 할아버지를 주머니 속에 감추었다. 우리는 어색하게 웃으며 서로의 눈을 바라보았다. 아버지와 나는 포크를 들고 한 입씩 초콜릿 케이크를 맛보았다. 열여덟 개의 구멍이 뚫린 내 마음의 조각은 얄밉도록 지독히 달콤한 맛이 났다.

그것이 아버지와 함께 한 마지막 생일이다. 아버지는 다음해 봄이 오기 전에 돌아가셨다. 수업을 마치고 집에 돌아왔는데 전화벨이 울렸다. 간병인 아줌마가 차분한 목소리로 택시를 타고 병원으로 오라고 했다. 경력 십 년차인 아줌마의 세심한 배려에도 불구하고 그 말을 들은 순간부터 나는 귀가 멀어버린 것 같았다. 택시 안에서 나는 다리를 바들바들 떨며 주먹을 꾹 쥐었다. 나는 택시기사가 병원을 못 찾고 영영 헤매기를 바랐지만 택시는 서둘러 병원 입구 앞에 멈췄다. 엘리베이터까지 가는 동안 몇 번이고 돌아서 도망치고 싶었다. 제발 고장 나 있기를 바랐지만 엘리베이터는 멀쩡히 작동중이었다. 엘리베이터에 올라타 가까스로 십삼층 버튼을 누르려는데 같이 탄 아주머니가 깜짝 놀라며 소리쳤다.

"어머, 학생! 손 좀 봐!"

내 손을 내려다보았다. 손금을 타고 실 같은 피가 흐르고 있었다. 나는 주먹을 폈다. 산타클로스 할아버지가 붉게 얼룩져 있었다. 너무 세게 쥐어서 뾰족한 끝이 손을 찌른 모양이었다. 아픈 줄도 몰랐다. 그것을 쥐고 있는지조차 몰랐으니까. 크리스마스이브 이후 나는 그것을 쭈욱 주머니에 넣어다니고 있었다. 그것을 만지작거리며 나는 산타 할아버지한테 빌고 또 빌었다. 만약 정말로 '기적'이란 것이 존재한다면 내게 꼭 선물해주기를. 그리하여 내 남은 인생의 크리스마스가 다 똥이 된다 해도 제발 이번 한 번만은 들어주기를. 땡. 엘리베이터가 멈춰 섰다. 문이 열리자 복도 저쪽에서 사람들의 기도 소리와 울음소리가 들려왔다. 문이 닫히려는 순간 눈을 질끈 감으며 뛰어내렸다. 이미 되돌릴 수 없다는 걸 나는 잘 알고 있었다. 나는 손바닥 안의 산타 할아버지를 바라보았다. 할아버지는 얼굴에 피를 묻히고도 웃기만 했다. 나의 영원한 산타클로스도 피를 흘리며 웃고 있겠지. 마지막 선물을 주지 못해 미안해하며 그렇게 죽어가고 있겠지. 그러나 이미 너무 많은 선물을 주고 떠나는 나의 산타클로스여, 안녕. 내가 아는 남자 중에 가장 화통하고 열정적이었으며 나를 가장 사랑했던 남자가 보내는 마지막 미소를 보기 위해 나는 병실로 향했다.

"형, 여기 전당폰데, 금이랑 다이아는 물건 보고 쳐주는데 루비 같은 건 별로라는데."

"끊어, 새꺄."

훌쩍이느라 코맹맹이 된 목소리를 들키지 않으려 확 끊는다.

누가 지금 내 꼬락서니를 사진으로 좀 찍어줬으면 좋겠다. 나는 두 다리를 쭉 뻗고 부엌 바닥에 누워 있다. 온 집 안의 그릇들이 나를 포위하고 있다. 흡사 난쟁이들한테 된통 당하고 있는 걸리버 같다. 사소하고 상관없고 무시할 만한 것들이 때로는 엄청난 힘을 발휘한다.

작은 산타 할아버지를 손에 쥔 채 나는 망설인다. 다시 가져갈 용기가 나지 않는다. 솔직히 얼마나 원망했는지 모른다. 나에게 외제차도, 빌딩도, 아파트도 선물하지 않고 떠나버린 아버지를. 인생이 뜻대로 풀리지 않을 때마다 나는 아버지를 탓하며 포기했다. 행복해지지 않기 위해 나쁜 선택을 한 건 언제나 나 자신이었다. 아버지 없이 혼자 행복할 수는 없다고 화장실에서 중얼거리다

퍼뜩 놀라곤 한 적이 여러 번이었다. 아버지가 가신 후 모든 날들은 선물 못 받은 크리스마스 아침이었다. 나는 저절로 산타 할아버지를 반대하는 모임의 수장이 되어버렸다. 나같이 착한 놈한테 헛된 물질적 욕망만을 품게 한 산타를 나는 증오하고 경멸했다. 머리 나쁜 어린이들도 다 아는 사실을 왜 난 까먹고 산 걸까. 산타 할아버지는 착한 아이한테만 선물을 주신다는 걸. 이제야 나는 알 것 같다. 나의 산타는 우리 마을에서 나를 가장 사랑한다는 사실을. 그저 그 동안 술 먹고 뻗어 자느라 깨닫지 못했던 것뿐이다. 내가 자정까지 못 버티고 잠든 사이 나의 산타는 분명 검은색 로얄 살롱을 타고 나타나 내 침대 위에서 드르렁 드르렁 나와 함께 잠을 잔 후 아침이 오기 전 '메리 크리스마스'라고 속삭인 후 우주 저 너머로 사라졌을 것이다.

거실 커튼 사이로 오후의 마지막 햇살이 떨어지고 있다. 언제나 이맘때에 가장 배가 고프다. 라면을 끓이려 하면 엄마는 저녁 먹을 때까지 참으라고 말리곤 했다. 간혹 엄마 말을 들으면 후회가 없다. 주머니에서 엄마의 보석들을 꺼내 식탁 위에 올려놓는다. 빛을 간직하며 그것들은 영원히 반짝거린다. 아름다운 것들은 변하지 않는다. 나는 타파웨어를 들고 현관으로 간다. 성모님의 잘린 손과 동생의 심령사진과 나의 산타 할아버지가 들어 있는. 어느 집에서는 이 우수한 반찬용기인 타파웨어에 매일의 양식을 보관하지만 어느 집에서는 평생 버릴 수 없는 영혼의 양식을 넣어둔다. 갑갑한 플라스틱 상자 안에서 시간의 흐름을 견뎌낸 삶의 기도, 추억, 비밀 들이 달그락거린다. 우리가 이 세상에서 사라지는 순간에야 소멸할 그것들은 아직 신선하게 살아 있다. 안전하고 편리한 주방의 파수꾼 '타파웨어'와 '살림의 여왕'인 엄마에게서 생활의 지혜를 하나 배운다. 앞으로 종종 이 밀폐력 뛰어난 그릇에 인생의 중요한 부분을 보관할 생각이다. 마음 같아서는 인생을 통째로 넣고 싶지만 그건 불가능하다. 문을 닫기 전 마지막으로 집 안을 들여다본다. 집은 내가 간직해야 할 것을 대신 간직한다. 나는 아무것도 새어나오지 못하게 문을 꼬옥 잠근다.

허니문

선아는 아무래도 믿을 수가 없었다. 부족함 없이 환하게 미소짓던 그 신부가 가짜였다니. 아니, 그 모든 것이 거짓이었다니. 선아는 갑자기 못 말릴 무서운 허기를 느꼈다. 돈이 생겼다. 제발 하늘에서 떨어지기를 밤마다 빌었던 눈먼 돈이 생긴 것이다. 에라, 모르겠다. 선아는 오랜만에 자리에서 털고 일어났다. 옷도 갈아입지 않은 채 가장 가까운 패밀리 레스토랑으로 달려갔다. 엄마, 아빠, 아기. 진정한 패밀리가 갖는 첫번째 만찬이었다.

여자들은 차례대로 뱀의 생식기를 만지며 까르르 웃었다.

뱀의 그것을 만지면 아들을 낳는다는 말에 여자들은 야유를 쏟으면서도 모여들었다. 얼굴에 이빨 자국이 선명한 태국인 땅꾼이 쇼를 마치자 신혼부부들은 팁을 주며 함께 기념사진을 찍었다. 뱀 농장의 한국인 사장은 뱀 쓸개와 생식기 가루를 팔기 위해 끈덕지게 입담을 풀어내며 그들을 따라다녔다. 신혼부부들은 캘린더와 똑같은 산호 바다를 관광하며 중간 중간 끼어 있는 노골적인 허니문 상술을 그러려니 참아넘기는 중이었다. 생애 최고의 나날을 보내고 있는 그들에게 그따위 방해는 아무것도 아니었다. 가이드가 신혼부부들을 다시 찌그러진 음료수 캔 모양의 승합차에 바쁘게 태웠다. 색색의 승합차들은 모래먼지를 꽁지에 달고서 다음 행선지를 향해 출발했다.

세븐업 깡통 색깔의 녹색 승합차에는 태국인 운전사와 한국인

가이드, 그리고 두 쌍의 부부만이 타고 있었다. 원래는 한 쌍이 더 계약을 했는데 아무래도 결혼식이 취소된 것 같다고 가이드가 말하자 스물네 살 동갑내기 부부인 선아와 정균은 손뼉을 치며 호들 갑을 떨었다.

"어머, 웬일이니. 대따 쪽팔렸겠다."

"그런 경우 대개 여자 쪽에 문제가 있지."

"맞아, 맞아. 영화도 있었잖아. 결혼식장에서 신부가 도망가는. 줄리아 로버츠가 나왔었잖아!"

선아와 정균이 실컷 까부는 모습을 마주 앉은 다른 한 쌍의 부부는 슬쩍 웃으며 구경만 하였다.

그들 부부는 웬만해서는 선글라스를 벗지 않고 좀처럼 입을 열지도 않았다. 여자는 이십대 초반쯤 돼 보이는 엄청난 미인이고, 신랑은 삼십대 중반의 키는 작아도 드럼통처럼 거칠고 단단해 보이는 인상의 사내였다. 무슨 일을 하냐고 물으니 남자는 강남에서 조그만 가게를 한다며 자기를 윤사장이라 부르라고 했다. 가이드는 이번에 함께하게 된 두 부부가 완전 정반대라며 별명을 지어주었다. 선아와 정균은 '디카 부부'이고, 윤사장 부부는 '후지 부부'였다.

헬스클럽 트레이너인 정균과 그 단단한 이두박근에 매달려 떨어질 줄 모르는 선아는 혈기와 애정표현이 폭발 직전인 부부였다. 둘은 잠시도 쉬지 않고 담뱃갑만한 니콘 디지털카메라를 들이댔다.

"남는 게 사진밖에 더 있나요!"

264

그들 부부는 시트를 치우러 온 리조트 직원하고도 기념사진을 찍는 등 유난을 떨었다. 특히, 선아는 사십오 도 각도로 렌즈를 향해 고개를 들고 입술을 뾰족하게 내미는 얼짱 포즈의 대가답게 셀프 촬영을 연방 해댔다. 정균과 선아는 신경써서 준비해온 커플티를 계속 갈아입으며 오백만 화소의 허니문 추억을 찍어댔다. 반면, 윤사장 부부는 공항에서 카메라를 잃어버렸다며 후지필름 퀵스냅 일회용 카메라를 사용했다. 그나마도 가이드가 낯간지러운 신혼부부용 포즈를 주문하며 억지로 붙여놓아야만 쑥스러운 미소로 함께 섰다. 둘은 와인잔과 뚝배기 같았으나 의외로 잘 어울렸다. 여자가 워낙 미인인 덕분이었다. 아직 가격표도 뜯지 않은 디올 리조트웨어에 금빛 스트링 하이힐을 신은 그녀는 화보 촬영이라도 나온 듯 눈도 끔쩍 안 하고 모델 같은 포즈를 취했다. 그녀는 지나치게 시큰둥한 얼굴로 입을 닫고 있었는데, 어쩌다 입을 열면 잘못 들었나 싶을 정도로 경박한 목소리가 튀어나왔다.

"와 ─ 저 후지 부인, 진짜 예쁘지 않아, 자기야?"

"다 뜯어고쳤구만. 네가 훨 예뻐."

"이마에 실리콘 넣은 것 같은데, 나도 나중에 해줘."

선아는 후지 부부가 마음에 들었다. 후지 부인은 자신과 나이는 비슷한 것 같은데 훨씬 세련되고 요염했고, 그런 여자를 옆에 끼고 있다는 이유만으로 후지 남편은 카리스마가 넘쳐 보였다. 선아는 그 부부와 친해지고 싶었다.

"결혼기념일이 같다는 게 어디 보통 인연인가요!"

선아는 아늑한 전용 해변을 가진 신생 리조트에 조식이 포함된 중급오박 육일 푸껫 허니문 상품을 같이하게 된, 인생에 두 번 없을 소중한 이 인연을 깊이 간직하고 싶었다. 그래서 틈만 나면 그들 부부에게 자기 방에 건너와 소주와 컵라면을 먹자고 졸라대며 귀찮게 굴었다. 그런 선아를 슬슬 피하기만 하던 후지 부부가 그들과 급속도로 가까워지게 된 것은, 삼 일째 되던 밤에 일어난 놀라운 사건 때문이었다.

파통 비치의 게이 쇼를 관람하고 리조트로 돌아온 두 쌍의 부부는 심히 피곤했다. 성전환 수술을 한 늙은 댄서의 펼쳐놓은 사전처럼 두 쪽으로 깊이 갈라진 성기를 정통으로 보게 된 선아와 정균은 여간 불쾌한 게 아니었다.

"에이─독한 게이 새끼들! 포경수술만 해도 얼마나 아픈데."

정균은 다 들으라고 소리 높여 욕을 했다. 선아는 브리트니 스피어스를 닮았던 예쁜 게이와 늙은 댄서의 성기를 번갈아 떠올리며 웅얼거렸다.

"진짜 감쪽같았어, 진짜로."

다행히 리조트에서는 그날의 마지막 스케줄로 아로마 오일 마사지가 기다리고 있었다. 리조트 내 스파는 해변을 바라보고 있는 빌라들을 지나 정원 끝의 나지막한 일층 건물에 있었다. 안다만 해안을 한눈에 볼 수 있도록 설계된 헬스클럽과 각 룸마다 야외 자쿠지를 갖추고 있는 스파 건물은 이 리조트가 무척 공을 들인 자랑거리였다. 늦은 시간이었지만 전통 복장을 한 여자 안마사들이 방긋이 웃으며 입구에서 네 사람을 기다리고 있었다. 중정 가운데 분수대의 코끼리 석상은 포물선 모양의 물줄기를 뿜어내고 해변의 파도는 박수를 치며 두 쌍의 신혼부부를 환영해주었다. 자줏빛 꽃잎이 깔린 돌길을 따라 그들은 꽃향기에 감싸인 채 안으로 걸어들어갔다.

남자 여자 샤워실로 나뉘어 약초 스팀 사우나를 한 후 가운을 입은 채 검은 대형 대리석 자쿠지에 몸을 담갔다. 안마사가 가져다준 뜨거운 허브차가 온몸을 노곤하게 했다. 선아는 비로소 여행의 진득한 피로와 낯선 흥분을 온전히 느낄 수 있었다. 아, 지금 내가 먼 곳에 와 있구나, 드디어 신혼여행을 온 거야. 어깨에 눈꽃처럼 달라붙은 꽃잎들을 조심스레 후 불어내는데, 감상에 젖지 않을 수 없었다. 첫사랑과 결혼한다고 아무리 자랑해도 주위에선 콧방귀만 뀌던 결혼이었다. 친구들은 매일 지지고 볶는 남자친구와 왜 결혼하느냐며 식장에 와서도 드레스 예쁘다는 칭찬 대신 제발 싸우지 말라고 충고를 했다. 선아는 현실감각 없다고 구박한 친구들에게 지금 이 시간을 보여주고 싶었다. 이토록 아름다운 섬에서 보내는 행복한 시간이 선아에게는 그토록 기다리던 현실이었다. 지금 이 순간이 꿈이 아니라는 사실을 옆에 있는 후지 부인에게라도 확인받고 싶었다.

"이제야 피로가 풀리네. 사실 저희 결혼까지 조금 힘들었거든요. 결혼식 어디에서 하셨어요?"

후지 부인도 여유가 생겼는지 제법 눈도 맞춰주며 대답했다.

"리츠칼튼에서 했어요."

"어머, 돈 많이 들었겠다. 나도 호텔에서 하고 싶었는데. 나중에 애기 돌잔치는 꼭 호텔에서 해야지."

후지 부인이 그러라고 고개를 끄덕였다. 화장을 지웠는데도 티슈를 뽑아놓은 것처럼 새하얀 얼굴을 보며 선아는 그녀가 이곳에서 혼자만 비현실적으로 아름다워 보인다는 생각을 했다.

두 부부는 각각 커플룸으로 안내되었다. 달빛을 흉내낸 조명 아래 나란히 누운 두 개의 침대와 잔잔한 뉴에이지 풍의 음악, 차가운 에어컨 바람과 청동색 거울과 색을 맞춘 러그와 태피스트리, 안마사들의 고정된 듯한 편안한 미소까지, 선아는 나중에 꼭 집을 이렇게 꾸며야겠다고 다짐하며 그 공간을 두 눈 속에 콕 심었다.

"아이, 예뻐. 어머, 몰라. 카메라 놔두고 왔네."

"으으, 그래, 그래. 이 아줌마 힘 끝내준다."

정균은 연신 신음소리를 내며 태국식 전통 안마의 뜨거운 손맛에 취했다. 향기로운 아로마 스크럽과 온몸을 감싸는 오일 마사지에 흠뻑 빠진 선아도 이런 데가 천국이지 않을까 청승에 가까운 공상을 하며 스르르 잠이 들어버렸다. 안마사들이 살며시 흔들어 깨웠을 때는 창밖의 어둠이 무서울 정도로 깊어 있었다. 두 커플은 졸린 눈을 비비며 룸에서 나와 느릿느릿 샤워실로 향했다. 막 가운을 벗고 샤워부스로 들어가려 할 때였다. 정수리에 유릿조각이 박히는 것처럼 충격적인 와장창— 굉음이 터졌다. 무슨 소리지? 잠시 두리번거리는 사이 멀리서 사람들 고함 같은 것이 들려왔다. 뜻은 몰라도 왠지 '불이야' 정도가 아닐까 싶은 말들이었다. 먼저 남자 샤워실에서 두 남편이 후다닥 뛰쳐나왔다. 다 벗고 있던 부인들이 여학생처럼 발을 구르며 비명을 질렀다.

"밖에서 연기가 나는데!"

불난 집 구경을 한 번이라도 해본 사람이라면 어떠한 상황인지 금방 알아차렸을 터였다. 네 사람은 바보같이 코를 킁킁거리며 들어온 입구의 반대쪽으로 허겁지겁 나갔다. 수상한 연기와 독한 가스가 그들을 뒤쫓기 시작했다. 복도의 조명등들이 픽— 픽— 소리를 내며 꺼졌다.

"자기야— 무서워!"

선아는 정균의 허리를 꼭 껴안으며 소리쳤다. 윤사장은 혼잣말로 욕을 하며 재빠르게 앞질러 달렸다. 그들은 복도 끝까지 뛰었다. 막다른 문이 앞을 막았다. 문을 열자 VIP 트리트먼트룸이 나왔다. 대형 유리창을 통해 해안을 바라보며 최상의 서비스를 즐길 수 있는 곳이었다.

"후퇴다! 후퇴!"

정균이 용감하게 후퇴를 명령했지만 이미 복도 저쪽에서 뜨거운 기운이 돌진해오고 있었다. 네 사람은 거의 벌거벗은 채 서로를 바라보았다.

"나 신혼여행 와서 죽기 싫단 말이야!"

선아가 방정맞게 쉰 목소리로 울기 시작했다.

"주책떨다 나한테 맞는다!"

터프가이 정균이야말로 이성을 잃은 듯 선아를 진짜 때릴 기세로 팔을 들어올렸다. 실체를 알 수 없는 갑작스런 공포 앞에 후지 부인이 얼굴을 감싸며 중얼거렸다.

"도대체 여기가 어디야……"

윤사장이 뚜벅뚜벅 걸어가 세면대 옆의 라탄 의자를 집어드는 걸 세 사람은 망연히 구경만 하였다. 윤사장은 의자를 번쩍 들어올려 전면 유리창을 향해 던졌다. 의자가 튕겨나가자 다시 주변을 황급히 살피더니 구석의 대리석 화분대를 발견해냈다. 정균이 뛰어가 같이 들어올렸다. 두 남편이 온 힘을 다해 검푸른 바다를 담고 있는 창에다가 그것을 집어던졌다. 하늘을 뚫을 듯 엄청난 소리와 진동이 울려퍼지는 순간, 모두 주저앉으며 서로를 껴안았다. 후터분한 열대의 바람이 네 사람의 알몸을 덮치듯 감쌌다.

스파 건물을 지을 때 재해를 입고 제대로 보상을 못 받은 인부가 친구들을 끌고 와 술을 마시다가 장난으로 불을 지른 것이었다. 스파와 정원은 타다 만 닭뼈처럼 흉측하게 반쪽이 돼버렸다. 여행사 현지 직원들은 물론 리조트의 프랑스인 지배인까지 총출동해 두 쌍의 부부를 달래느라 열을 올렸다. 두 부부는 놀란 가슴 외에는 다친 데가 없었으나 즉각 야외 풀이 딸린 가장 비싼 스위트룸으로 옮겨져 응급처치를 받았다. 돌아가서 인터넷에 항의글을 올리겠다고 길길이 날뛰는 정균을 윤사장이 겨우 설득해서 전액 환불은 물론 일정 보상금에 일 주년 결혼기념일 여행상품권을 받는 걸로 무마시켰다. 그날 밤은 일단 죽은 듯이 잠을 잔 후, 다음날 풀 앞에서 수석 요리사가 직접 서비스해주는 브런치를 먹게 되자 네 사람은 꿈만 같던 어젯밤 일을 기찬 모험담으로 윤색해서 풀어낼 수가 있었다.

"야, 우리보다 신혼여행 더 스릴 있게 한 사람 있으면 나와보라 그래!"

정균은 계속 여행사에서 더 뜯어낼 거리가 없나 아쉬워하며 호기를 부렸다. 이상하게 어젯밤 그렇게 용감하던 윤사장은 핏기 없는 얼굴로 고개만 끄덕거렸다. 후지 부인의 태도가 달라진 게 단연 재미있는 일이었다. 이제야 흥미가 돋기 시작한 건지 전에 없던 귀여운 표정으로 농담도 걸었다.

"슬슬 재미있어지네. 내가 날을 잘 잡았나봐. 안 그래요, 윤사장님?"

윤사장은 이 자랑스러운 무용담의 주인공이 되는 게 부담스러운 모양이었다. 부인이 돌연 명랑해져서 비비 꼬는 농담을 늘어놓자 짜증이 나는 것 같았다. 두 사람은 잠시 안으로 들어가 말다툼을 하기도 하였다. 경미한 사고 후유증이었다.

그러나, 역시 가장 극적인 감정에 시달리는 건 선아였다. 선아는 아직도 충격에서 못 벗어난 듯 축 처진 눈으로 정균의 손을 잡으며 말하였다.

"난 말이야, 자기야…… 저기요, 저는요…… 어젯밤…… 유리창이 깨지기 전에…… 혹시 저 유리창이 깨지지 않는다면 어떻게 될까 생각하면서…… 결심을 했어요…… 검은 태평양을 향해 약속을 한 거예요. 여기서 살아 나가게 된다면 정말로 잘 살겠다고, 착한 와이프가 되겠다고, 진짜 그이를 사랑하겠다고, 안다만 바다에 맹세한 거예요. 갑자기 인생이 너무 아름다워 보여요. 다시 태어난 것 같아요. 우린 새 생명을 얻은 거라고요!"

그냥 웃어넘기기엔 선아의 눈빛이 너무도 절실하여 다들 대꾸를 하지 못하였다. 감동한 정균이 고개를 숙이며 선아의 손을 꾹 잡았다. 서로의 손등에 뜨겁게 입을 맞추며 새로운 인생을 축복하는 그들을 말릴 사람은 그 섬에는 아무도 없었다.

죽을 뻔했다 살아난 대가로 그들은 돌아갈 때까지 여행사와 리조트의 각별한 VIP 대접을 실컷 즐길 수 있었다. 떼로 몰려다니는 한국 신혼부부들을 피해 요트를 빌려 어느 리조트 재벌이 소유한 무인도로 요리사와 바텐더까지 대동해 소풍을 갔다. 하늘에서 뚝 떨어진 선물과 같은 호사와 여유, 그 의미가 각별한 평화와 온정 앞에 그들은 더없이 행복한 얼굴로 산호색 바다에 풍덩 빠졌다. 뚱하던 후지 부인도 그 나이에 맞는 생기를 되찾아 네온색 비키니의 날씬한 몸을 과감히 내던졌다. 천국과 같았다. 순간이 행운이고, 기쁨으로 충만한 삶이었다. 팔뚝에 내려앉는 강렬한 태양광선처럼 결코 피할 수 없는 확신이었다. 가장 행복하고, 가장 풍요로우며, 가장 사랑하는 신혼부부는 바로 그들이었다. 그들은 어쩐지 좀 과장하는 면도 없지는 않았다. 그들 넷은 말은 안 했지만 진심으로 새로 태어난 기분이 들었다. 숨을 쉴 때마다 그들은 누군가에게 감사하다는 말을 하고 싶어 하늘을 보았다.

"자기야, 나 서울 가기 싫어. 우리 여기서 살면 안 될까?"

"그래, 돈 벌어서 이딴 섬 하나 사지, 뭐!"

"사랑해, 자기야."

"나도, 자기야."

정균과 선아는 하얀 샴페인 거품을 입가에 단 채 들쩍지근한 말들을 쉬지 않고 해댔다. 파라솔 아래에서 윤사장은 아내의 완벽하게 선탠한 몸에 오일을 바르며 얼핏 보면 수작에 가까운 애정을 과시했다. 앙탈을 부리는 아내가 여간 사랑스러운 게 아닌 모양이었다.

"어이, 부인, 너무 무리하는 거 아냐. 몸 축날까 걱정이야."

"역시 남편이 다르긴 다르구나."

"그럼, 나만한 남편 어디 있나 눈 씻고 찾아봐."

여행사에서 보내준 태국인 비디오 촬영기사는 두 부부를 따라다니며 그 순간들을 담았다. 넘쳐나는 사랑의 말과 행위에도 불구하고 뷰 파인더를 통해 보는 그들의 모습은 그저 평범한 사랑하는 사람들의 모습일 뿐이었다. 물속에서 잡기놀이를 하다 넘어지고, 모래사장 위에 대형 하트를 그리고, 코코넛에 빨대를 꽂고 서로의 눈을 응시하는 진부한 신혼부부용 영상예술. 인생에 몇 번 허락되지 않는 미래에 대한 과도한 희망과 순진한 축복 속에 그들은 입을 맞추며 역광에 노출되어 페이드아웃되었다.

마지막 날까지 그들은 취해 있었다. 저녁식사를 마치고 아쉬운 감격에 젖어 네 사람은 돌아가면서 한마디씩 하였다.

"매년 여기로 기념여행을 옵시다. 애들도 데리고."

윤사장이 호탕하게 웃으며 아내의 엉덩이를 찰싹 때렸다.

"우리, 힘들 때마다 오늘을 생각하며 행복하게 살자."

선아는 너무 취해서 휘청거리다 풀에 빠졌다. 그녀가 엎지른 와인이 하늘까지 번진 듯 짙은 보라색 노을이 몰려왔다. 네 사람은 잠시 입을 다물었다. 정균이 선아를 안고 크림색 불빛이 새어나오는 침실로 들어갔다. 발가락 사이에 땀이 고이는 벅찬 섹스를 마친 후 두 사람은 잠이 들었다. 선아가 눈을 떴을 때 후두두둑 열대 지방의 뜨거운 소나기가 밤을 적시고 있었다. 그녀는 밖으로 나갔다. 막 감은 여인의 머릿결처럼 착착 물기에 젖어 두 갈래로 갈라진 야자수들을 보면서 그녀는 홀린 듯 걸었다. 풀 쪽에서 무슨 소리가 들려왔다. 살금살금 다가갔다. 빗줄기들이 파랗게 반짝이는 풀 속으로 바쁘게 뛰어들고 있었다. 그뒤 어둠 속에서 검은 그림자들이 조용히 천천히 숨을 쉬며 움직이고 있었다. 사랑을 나눈다. 그것은 세상이 아무리 어두워도 마음으로 볼 수 있는 장면이었다. 달아오른 귓불을 누르며 선아는 조심히 뒷걸음질쳤다.

디카 부부와 후지 부부가 서로를 마지막으로 본 건 푸껫 공항에서였다. 여행사와 리조트 직원이 총출동해서 배웅을 나왔다. 대형 코끼리 목각상, 열대 건과일 세트, 기념 비디오테이프, 샴페인, 초콜릿, 천연 비누와 오일, 이별의 꽃다발 등등, 푸짐한 선물바구니를 두 부부에게 안기며 그들은 다시 한번 간곡한 부탁의 말씀을 남겼다. 그런 후, 후지 부부가 비즈니스 클래스로 옮겨타는 바람에 그들은 비행기에서도 서로의 얼굴을 볼 수가 없었다.

집으로 돌아와 가방을 정리하던 선아와 정균은 깜짝 놀라고 말았다. 섬에서 찍은 비디오테이프가 바뀌어 있었던 것이다. 테이프를 돌리자 후지 부부가 모래사장을 구르며 키스하는 장면이 연속으로 나왔다. 정균은 당장 윤사장한테 받아두었던 핸드폰 번호를 찾았다. 하지만, 전화를 받은 건 윤사장이 아니었다. 몇 번을 계속해서 걸자 핸드폰 주인이라는 여고생이 열라 짜증나니까 한 번만 더 걸면 죽여버리겠다고 욕을 해대며 끊어버렸다. 부부는 자신들의 사랑의 증거물인 테이프를 돌려받지 못한 걸 아쉬워하며 푸껫에서 가져온 기념품들 사이에 그것을 감추었다.

선아는 농구공처럼 겁나게 단단한 배를 만지며 이를 갈았다. 복층 구조의 십오 평짜리 주거형 오피스텔. 누워 있으면 천장이 내려앉을 것 같은 이층의 침대 위에서 선아는 하루 종일 씩씩거렸다. 답답하고 열불이 나 펄쩍 뛰다가 가파른 계단에서 떼구루루 구른 이후 아예 침대에서 내려오지를 않았다. 그때 만약 뱃속의 아기한테 무슨 일이 생겼다면 정균을 식칼로 찔러 죽였을 거라고 선아는 장담하는 바였다.

"이런 걸 집이라고 얻어놓고. 바보, 찐따, 또라이."

선아는 어두컴컴한 오피스텔 내부를 노려보았다. 그 집은 딱 선아와 정균의 현재 상태를 가감 없이 보여주는 공간이었다. 신축 건물에 깔끔한 빌트인 오피스텔이지만 어느 쪽으로 고개를 돌리나 벽에 걸린 대형 결혼사진만 눈에 들어올 뿐 사방이 흐릿한 건, 이곳이 이 건물에서 유일하게 시야가 꽉 막힌 재수도 지지리도 없는 집이기 때문이었다. 결혼 전에는 분명 분양받은 거라고 했지만 실은 보증금 천만원에 월 사십오만원짜리, 그것도 채광이 어렵다는 이유로 오만원을 겨우 깎아서, 라고 정균이 고백했을 때, 분명 그때가 실망과 좌절의 시작이었다. 그리고 일단 시작되자 모든 것이 급속도로 진행되었다.

처음에는 걱정할 이유가 없었다. 선아는 예쁜 복층 오피스텔에 사는 신세대 새댁으로서 야무진 역할을 다하며 남편이 벌어다주는 돈으로 대학 편입시험 준비를 하고 취미로 퀼트 강습이나 받을 계획이었다. 충분히 현실성 있는 이야기였던 것이, 그때 정균이 정말 잘나가고 있었기 때문이다. 헬스 트레이너를 때려치우고, 새로 개장하는 대형 헬스클럽들의 회원 모집을 대행해주는 영업을 맡았는데, 어쩐 일인지 하는 족족 대박이 터졌다. 헬스기기 유통을 가지고도 장난을 쳤는데, 이도 운이 맞았는지 돈이 알아서 굴러들어왔다. 갑작스레 꽤 묵직한 돈을 만지게 된 정균은, 곧 먼 미래의 일인 줄만 알았던 자기 소유의 헬스클럽을 꿈꾸게 되었다. 그리하여 정균은 망하는 지름길인, 별 똑똑한 구석은 없으나 의리 하나는 확실한 친구들과의 동업이란 최악의 수를 두고 말았다. 쉽게 번 돈답게 쉽게 날아갔다. 과욕과 과신으로 붕 떠 있던 정균이 실패를 받아들이는 건 쉽지 않았다. 특히 선아 앞에서 면목이 없었다. 정균은 매일 만취상태로 들어와 선아를 괴롭혔다.

"좀만 기다려봐. 너, 나 믿지? 어쭈? 남편을 못 믿겠다 이거지!"

"자기야, 자기는 할 수 있어. 내일은 내일의 태양이 뜬다고 누가 그랬다며?"

초반에는 같이 손 붙잡고 울면서 격려해주던 선아가 등을 돌리게 된 건, 정균이 무리하게 카드 대출을 받아서 신용불량자 신세가 된 주제에 인간으로서 못할 짓을 저지르는 현장을 목격하고 나서부터이다. 일요일 아침부터 친정에 돈을 빌리러 갔을 때 선아는 임신 오개월째 접어들고 있었다. 실컷 자존심 상하는 소리만 듣고서 돌아와보니 정균은 없고 식탁 위의 핸드폰이 띠릭― 문자메시지 도착을 알리고 있었다. 오빠 갤러리아 맥도날드 앞. 쫌만 기다려. 선아는 당장 택시를 타고 압구정동으로 갔다. 꼭 저같이 생긴 요크셔테리어를 안은 여자애가 정균의 팔짱을 끼고 노점에 서서 오코노미야키를 먹으며 깔깔대고 있었다.

선아가 다 죽자고 바닥에 나뒹굴며 난리를 피우느라 오코노미야키 노점상의 기물을 상당 부분 파손해 그 변상금을 돈 없는 정균 대신 요크셔테리어를 안은 여자애가 물어준 이후로 선아는 아예 입을 다물어버렸다. 정균이 용서해주지 않으면 죽어버리겠다고 유한락스를 병째 들고 입에 들이붓는 시늉을 해도 눈도 깜박 안 했다. 선아는 이층 침실을 혼자 차지하고 누워 인터넷만 했다.

선아는 그녀가 결혼을 준비하느라고 가입한 모든 여성관련 사이트의 게시판에 사연을 올렸다. 그런 놈이랑은 지금이라도 갈라서라느니, 이미 늦었으니 그냥 살라느니…… 어째 위안을 주는 댓글이 없어서 왜 그런가 했더니 선아와 비슷한 사연은 줄줄이 넘쳐나고 있었다. 돈 때문에 사고 친 남편이 술 먹고 돌아다니다 더 큰 사고를 치는 건 너무도 흔한 이야기였다. 무엇이 잘못된 걸까. 전쟁이 일어난 것도 아닌데 왜 여자들이 다들 똑같은 고통 속에 허덕이고 있는 것일까. 돈 걱정 없이 사는 여자들도 이런 슬픔을 알까. 선아는 단순한 자기 머리로는 도저히 헤아릴 수 없는 인생의 오묘함을 알기 위해 모니터를 한참 들여다보았으나 돌아오는 건 전자파뿐이란 사실을 깨닫고 이내 관두었다.

"쓰벌, 이런 거 하나 차리려면 얼마나 드나."

돈을 빌리기 위해 신사동의 한 퓨전 차이니즈 레스토랑에서 친구를 만난 정균은 앉자마자 또 실속 없는 큰소리를 쳤다. '상하이 붐'이란 이름의 요즘 제일 잘나간다는 중식당은 무협영화에 나오는 주점처럼 중앙의 계단을 중심으로 이층까지 활기찬 분위기가 넘쳐나는 곳이었다. 붉은 앞치마를 맨 미소년이 붉은 비단 두루마리 메뉴판을 무심한 눈길로 정균 앞에 내려놓았다. 피로와 근심으로 꺼멓게 판다 눈이 된 정균이 부러운 눈길로 식당의 인테리어와 사람들을 구경하였다.

"어, 어…… 저 사람, 저 사람……"

이층 난간 쪽을 보고 있던 정균이 놀라서 고개를 들었다.

"후지 남편이잖아."

친구도 고개를 돌리며 살폈다.

"누구?"

"저기 흰 셔츠 입은 남자. 나랑 신혼여행 같은 팀이었거든. 캬ㅡ 이런 데서 다 보네."

"너 지금 여기 사장 말하는 거냐?"

"누가? 윤사장이 여기 사장이야? 너 윤사장 알아?"

친구가 눈을 끔벅이며 말했다.

"뭔 신혼여행! 저 인간 애도 있는데. 부인이 지금 또 셋째 가졌다던데."

정균이 아니라며 윤사장을 가리키자 친구가 틀림없다며 고개를 끄덕였다. 윤사장이 정균 쪽으로 시선을 돌리는 동시에 재빨리 정균이 고개를 테이블로 처박았다. 뭔가 수상했다. 뭔가 감이 왔다. 친구를 젓가락으로 찌르며 정균은 재촉했다.

"이씨ㅡ 아는 대로 다 털어놔봐."

그날 정균은 선아가 좋아하는 녹차 하겐다즈 아이스크림을 두 손에 번쩍 들고 신이 나서 깡충깡충 뛰어들어왔다.

"여보야, 여보야! 빅뉴스, 빅뉴스! 들으면 뒤집어질 뉴스!"

남편이 돈을 구해왔다는 소식인 줄 알고 간만에 웃는 척하고 앉은 선아에게 정균은 곧 믿을 수 없는 이야기를 술술 풀어놓았다.

공사판 함바집을 운영하다가 우연히 물주가 도망친 재건축 빌라 현장을 인수해 기적과 같은 대박을 터뜨린 전남 여수 출신의 스물여섯 살 청년. 그후 화려한 연승 행진을 계속해 서른도 안 된 나이에 강남에서 제일 물 좋은 나이트클럽의 주인이 되고, 술집이면 술집, 밥집이면 밥집, 손대는 일마다 승승장구, 이 바닥에서 무일푼 상경 청년들의 전설이 된 남자. 보통 남자들은 평생 알 길 없는 폭력, 절망, 배신 그리고 그 모든 걸 보상해주는 돈, 여자, 환락의 절정을 경험한 남자. 이 도시의 승자로 분류되는 검은 바지의 사나이. 집에 산달을 앞둔 마누라를 놔둔 채 애인을 끼고 신혼여행을 떠날 정도로 배짱과 유머와 넘치는 삶의 여유를 가진 남자가 바로, 그들의 환상적인 허니문 파트너, 윤사장이라는 것이었다.

"말도 안 돼. 그럼 그 여자는 누군데?"

추잡한 스캔들의 조역으로 참여하게 된 것이 어지간히 기쁜지 정균이 오랜만에 득의양양 소리쳤다.

"뻔하지. 그딴 새끼들, 세컨드가 어디 한둘이야."

선아는 푸껫의 태양을 멍하니 응시하던 아름다운 후지 부인을 떠올려보았다. 기억의 역광이 머릿속에서 하얀 광선을 뿜으며 강렬하게 반짝였다. 선아는 부신 듯 두 눈을 찡그렸다.

"도대체 그 여자는 누구야……"

배신감 뭐 그런 게 아니라 그저 궁금할 뿐이었다. 비도 어둠도 피하지 않고 사랑을 나누던 그 여자는 누구였을까. 그녀의 키스, 그녀의 약속, 그녀의 미소, 그녀의 잃어버린 슬리퍼, 그녀의 발가락 사이의 흰 모래알, 그녀의 가볍고 편리한 일회용 카메라에 담겼던 진실들은 어디로 갔을까.

혼란스러워진 선아가 오히려 남편을 흘겨보았다. 황급히 서랍을 뒤지던 정균이 활짝 웃으며 돌아섰다. 그의 손에는 비디오테이프가 들려있었다.

"흥신소가 따로 있나. 증거가 바로 우리 손안에 있는데." 정균이 바짝 약이 오른 목소리로 비아냥거렸다. "그냥 찾아가서 인사나 하고 얘기나 슬쩍 흘리는 거지. 뭐, 반응이 오겠지. 잘 놀았으면 팁은 줘야 할 거 아냐. 어디 불륜하는 새끼가 우리 신성한 허니문에 끼어서. 씹새끼가 부정 타게."

검은 비디오테이프를 보며 중얼거리는 정균의 눈빛이 뚝뚝 끊기는 걸 선아는 불안하게 바라보았다.

처음에 윤사장은 정균이 누구인지 알아보지 못했다. 당황한 정균이 어색하게 소개를 하자 그제야 놀라움 반 반가움 반에 손뼉을 치며 룸으로 안내했다. 생각보다 더 긴장이 되었다. 하지만, 어차피 이렇게 된 이상 정균은 물러서고 싶지 않았다. 그에게는 일종의 자격시험이었다. 이제 한 집안의 가장으로서 비루한 현실의 진흙탕에 과감하게 몸을 던져야 할 순간이 온 것이었다.

정균은 할 수 있는 한 최고의 능구렁이 표정으로 이래저래 안부를 물으며 분위기를 살폈다. 그러다가 윤사장이 마음을 놓았다 싶은 순간을 포착해 미끼를 던졌다.

"띨띨한 자식들, 어떻게 비디오테이프를 바꿔줄 수 있어요! 맞아, 사모님은 잘 계시죠? 어디서 들으니까 셋째를 가지셨다고. 역시 셋째는 부의 상징입니다."

속으로 백 번도 더 연습한 대사였고 표정이었다. 정균은 떨렸지만 자신이 정확히 날렸다는 걸 알 수 있었다. 꼭 필요한 만큼의 침묵이 흘렀다. 윤사장은 고개를 숙이더니 몇 번 힘없이 끄덕끄덕거렸다. 그러고는 흠흠 헛기침을 하며 먼저 침묵을 깼다.

"김형, 식사는 했어요? 오늘 해삼 좋은 게 들어왔는데."

윤사장의 말투는 더할 나위 없이 부드러웠다. 갑자기 식욕이 발바닥에서부터 화라락 올라오는 듯했다.

선아는 어리둥절했다. 이건 분명 양아치 짓이었다. 하지만 당장 눈앞의 현금뭉치를 보니 카드 두 개는 해결할 수 있겠다 싶어 안도의 한숨부터 나왔다.

"정말 순순히 줬어?"

"그렇다니까! 자식, 마누라가 어지간한가봐. 빠짝 쫄았는데."

간만에 돈 좀 만졌다고 자신만만 화색이 도는 남편을 그녀는 차갑게 바라보았다.

"그런데 그 여자는 누구래?"

"뭐, 어디 술집 애겠지. 알 게 뭐야!"

정균은 마땅히 칭찬해줘야 할 남편에게는 관심이 없고 계속 여자에 대해서만 묻는 선아가 못마땅했다. 선아는 아무래도 믿을 수가 없었다. 부족함 없이 환하게 미소짓던 그 신부가 가짜였다니.

아니, 그 모든 것이 거짓이었다니. 결혼 예복으로 맞춘 프리미엄 양모 양복을 빼입고 나갔다가 꼬질꼬질 진땀을 흘리고 돌아온 남편을 보며 선아는 푸훗— 웃음을 터뜨렸다. 예전 같으면 남편의 팔뚝에 안겨 우리 자기 열라 멋져, 짱 나이스, 난리를 쳤을 텐데. 뱃속에서 아기가 무슨 일인지 자기도 끼워달라며 발길질을 했다. 선아는 갑자기 못 말릴 무서운 허기를 느꼈다. 돈이 생겼다. 제발 하늘에서 떨어지기를 밤마다 빌었던 눈먼 돈이 생긴 것이다. 에라, 모르겠다. 선아는 오랜만에 자리에서 털고 일어났다. 옷도 갈아입지 않은 채 가장 가까운 패밀리 레스토랑으로 달려갔다. 엄마, 아빠, 아기. 진정한 패밀리가 갖는 첫번째 만찬이었다.

두고두고 씹을수록 괘씸했다. 간만에 가장의 위신을 세워준 건 고맙지만 그래도 이건 아니지. 감히 우리 부부를 속여. 그의 위선, 그의 넉살, 그의 헐렁헐렁 비치바지, 그의 반짝반짝 카르티에 시계. 어쩌면 부러웠는지도 모르겠다. 애인을 끼고 그따위 장난을 서슴없이 저지를 수 있는 그의 후끈한 삶이.

정균은 술만 먹으면 '상하이붐'으로 괜히 시비를 걸러 찾아갔다. 윤사장이 얄밉고, 빚 갚는 데 모두 써버린 윤사장 돈이 아쉽고, 거기에 실은 윤사장과 친해지고 싶은 마음도 컸다. 윤사장은 그런 정균을 철없는 고향 후배 맞듯 허허 웃으며 반겨주었다.

"술 좀 줄이셔야겠네요, 김형. 담배는 제 속만 태우지 술처럼 실수를 재촉하지는 않지요."

"제까짓 게 저질러봤자, 뭐 누구처럼 쇼킹이나 하겠습니까."

정균은 자신의 용기와 객기도 누구 못지않다고 자랑하고 싶었다. 정균은 야비한 미소를 날리며 실은 복사본 비디오테이프가 하나 더 있다는 소중한 정보를 일러주었다. 그러면서 죽음의 공포를 함께 나눈 뜨거운 삶의 동반자로서의 충고도 잊지 않았다.

"인생 그렇게 사시는 거 아닙니다. 돈만 있으면 뭐 합니까. 좀 아름답게 사세요."

다음날 윤사장이 먼저 만나자고 전화했을 때, 정균은 그럼 그렇지, 자신의 날카로운 인생 조언이 먹혀들었다고 흐뭇해했다.

약속장소는 윤사장이 새로 인수해서 인테리어 작업을 하고 있다는 논현동의 어느 바였다. 정균은 또 섭섭지 않은 용돈을 기대하며 그곳으로 갔다. 조가비처럼 야릇한 광채가 나는 타일들로 꾸며진 바는 눈이 부시게 환했다. 공사현장을 책임지고 있다는 윤사장의 후배가 싹싹하게 맞으며 잠시 기다리시라고 의자를 내주었다. 바닥에 비닐이 깔려 있는 홀 안, 달랑 하나 놓인 의자에 앉아서 기다리고 있으려니 사방이 너무도 조용하다는 생각이 들었다. 그때 검은 양복을 입은 남자 셋이 들어왔다. 그리고 아까 그 후배가 마지막으로 들어와서는 눈짓을 보내자 남자들이 창문을 닫고 전등을 켰다. 정균은 그제야 뭔가 잘못됐다는 사실을 눈치챘다. 후배가 씩씩하게 홀을 가로질러 정균 쪽으로 걸어왔다. 그러고는 손에 들고 있던 작은 칼을 정균의 배에 쑤셔넣었다. 순식간에 일어난 일이었다. 정균은 비명도 못 지르고 엉거주춤 자리에서 일어서다가 멈췄다. 재빠르게 남자들이 정균을 양쪽에서 부축하였다. 연습이라도 한 듯 다들 실수 없이 뒷수습을 하였다. 핏방울이 떨어진 비닐을 걷더니 남자들은 정균을 끌고 뒷문으로 나갔다. 문앞에 바로 검은색 에쿠우스 한 대가 세워져 있었다. 남자들은 신속하고 깔끔하게 정균을 뒷좌석에 실었다. 정균은 눈만 끔벅끔벅거릴 뿐 뭘 해야 할지 몰랐다. 희한한 기분이었다. 딱, 이 악물고 참을 수는 있으나 반항하지는 못할 만큼만 아팠다. 차는 골목 샛길로 날렵하게 달리더니 곧 멈춰 섰다. 밖을 보니 근처 병원의 응급실 앞이었다. 앞에 탔던 후배가 몸을 돌리며 말했다.

"또 까불다 걸리면 아주 씨를 말려버린다. 애 돌 사진이라도 찍고 싶으면 살살 살피면서 살아라."

차문이 열리고 정균은 쓰레기봉투처럼 바닥으로 내던져졌다. 정균은 붉게 물들어가는 셔츠를 내려다보며 배를 움켜잡았다. 아찔한 현기증 속에 정균은 응급실로 비뚝거리며 걷기 시작했다.

"겁만 줬다니까. 넌 신경 끄고 촬영 준비나 잘해."

윤사장은 후지 부인에게 전화를 걸어 거듭 안심시킨다. 후지 부인, 아니 희란은 푸켓에서 만난 푼수 커플 때문에 짜증나 죽겠다며 또 투덜거린다. 윤사장은 그런 희란의 볼멘소리가 또 귀여워 죽겠다. 계집애가 너무 튕기면 재수 없지만 희란이는 그럴 만한 자격이 있다고 윤사장은 생각한다. 아무래도 이번 관계는 좀 오래 갈 것 같은 예감이 든다. 희란에게는 뭐든 다 해주고 싶은 마음만 생기기 때문이다. 음반사업하는 친구를 꼬드겨 뮤직비디오 주인 공으로 희란이를 데뷔시키느라 찔러넣은 돈도 전혀 아깝지가 않 다. 좀 심하다 싶을 정도로 정균을 혼내준 이유도 행여나 희란이 의 미래에 해가 될까 하는 염려에서였다. 그 철없는 젊은 부부가 한편으로는 딱하기도 하나, 굳이 핑계를 대자면 당연히 허니문인 줄 알고 신혼여행상품을 예약한 여행사 직원의 실수를 탓해야 한 다고 윤사장은 생각한다. 막판에 좀 꼬이기는 했어도 산호 빛깔 해변에서 놀던 기억을 떠올리니 재미있기는 하다. 특히 연두색 야 광 비키니를 입고 모래사장을 뒹굴던 희란이가 눈앞에 아른거려 침이 다 고인다. 윤사장은 침을 삼키며 희란을 또 놀린다.

"이번 일 빨리 끝내. 그래야 또 허니문 가지."

퇴원 후 정균은 말을 잃어버렸다. 입을 벌리기만 해도 옆구리가 쑤셔서 그러는 거라지만 선아는 믿지 않았다. 눈을 마주치면 힘없 이 웃으며 고개를 돌리는 남편의 눈에 수치심의 눈물이 고이는 걸 선아는 보았다. 남편은 선아에게 들키지 않기 위해 안구에 힘을 주어 그 눈물을 공중으로 날려버리는 것 같았다. 얼마나 아플까. 하지만 선아는 모른 척했다. 아직은 원망이 더 컸다. 순진하고 어 리석은 자신들이 미웠다. 나의 액션 히어로는 당분간 액션은 힘들 것 같구나. 선아는 정균을 힐끗 보며 서글프게 중얼거렸다. 정균 이 잠들자 선아는 컴퓨터를 켜고 사진 파일을 열었다. 파일 이름, 허니문. 슬라이드 쇼로 펼쳐지는 푸른 추억들을 바라보았다. 그리

286

멀지 않은 시간, 그리 멀지 않은 곳에 분명히 존재했던 희망들이
었다. 유치하고 촌스러워도 진실했던 그 미소와 손짓이 그 파란
섬에서는 살아 있었는데 왜 이 서울에서는 죽어버린 것일까. 불길
이 쳐들어오던 그 방을 그들도 잊을 수는 없을 텐데. 우리는 모두
간절하게 삶을 기도했었다. 그리고 기회를 준 인생에 제대로 보답
하리라 소중한 약속을 나눠 가졌다. 억울해서 눈물이 줄줄 흘러내
렸다. 선아는 어떤 이들에겐 꿈도 장난일 수 있다는 사실에 이가
갈렸다. 끄응― 조심히 몸을 뒤척이는 남편의 소리가 들렸다.

발레파킹을 하는 직원이 주차장에서 어떤 이상한 여자가 기웃
거린다며 윤사장을 찾았다. 윤사장은 주방 뒷문으로 나갔다. 질끈
동여맨 운동화에 면티 하나만 달랑 입은 임산부가 불룩한 배를 내
밀고 한 손에는 커다란 코끼리 목각상을 들고 서 있었다. 코끼리
의 목에 감겨 있는 보라색 꽃다발은 생화인지 조화인지 구별이 안
됐다. 그 몰골로 여기까지 온 걸 보면 단단히 각오를 한 것이거나
아니면 제대로 정신이 나간 것이었다. 윤사장은 선아를 가장 좋은
연회실로 데리고 갔다.

두 사람은 검은 나무테이블을 사이에 두고 마주 앉았다. 선아는
힐끔힐끔 방 안을 살폈다. 붉은 실크와 비즈 커튼으로 장식한 방
은 멋졌다. 그녀는 기가 죽었다. 이런 감쪽같은 아름다움을 넘치
도록 소유한 사람이 바로 앞에 앉아 있었다. 선아는 마른침을 삼
키며 윤사장을 보았다. 어쩌면 그는 생각보다 더 강한 사람일지

몰랐다. 윤사장이 용건이 뭐냐고 물었다. 선아는 기운을 차리고 대답했다.

"병원비요."

그게 다냐고, 그가 다시 물었다. 선아는 고개를 끄덕였다. 선아가 보란 듯이 입고 온, 리조트에서 기념으로 준 티셔츠를 보며 그는 피식 웃었다. 골치 아픈 한 쌍이었다. 가까스로 자존심을 되찾으려 출동한 꼴이 귀엽기도 하고 가엽기도 했다. 선아는 아무래도 속내를 들킨 것 같아 또 풀이 죽었지만 티를 내지 않으려 눈을 치켜떴다. 윤사장이 일어나더니 밖으로 나갔다. 돌아온 그는 하얀 봉투를 내놓았다. 막상 받으려니 망설여졌다. 하지만, 이건 하나의 방식일 뿐이라는 생각이 들었다. 어떤 사람들이 세상을 즐기는, 조정하는, 사랑하는 방식에 대응하는 또다른 방식.

"저, 이거, 기념품이요."

선아는 그가 어딘가에 버리고 왔을 것이 분명한 코끼리 목각상을 테이블 위에 올려놓았다. 윤사장은 그만 좀 까불라는 듯 인상을 팍 썼다.

"몇개월 됐나?"

문 앞에서 선아의 배를 보며 윤사장이 물었다. 여덟 달 전쯤 라면을 먹으며 텔레비전을 보던 어느 주말 오후 갑자기 솟아오른 달큼한 격정에 휩싸여 어둡고 갑갑한 오피스텔 침대 위를 힘차게 구르던 일이 떠올랐다. 선아는 갑자기 부끄러웠다. 창피할 이유가 없는데도 어깨에 힘이 빠지는 자신이 선아는 더 부끄러웠다. 뭐라

288

도 한 가지 꺼내어 그녀는 떳떳해지고 싶었다. 괜한 객기에 선아는 웃는 얼굴로 자랑스럽게 거짓말을 했다.

"허니문 베이비예요."

변신의 능력, 성형(de-sign)의 윤리
양윤의(문학평론가)

소설 속 누군가가 묻는다. "도대체 너는 지치지도 않느냐"고. 주인공은 말한다. "집으로 가는 길은 으레 지치기 마련"이라고. 인물의 대답은, 현실과 갈등하는 지점에 밀착해 있되 섣부른 비관과 허무주의에 빠지지 않으려고 노력하는 작가의 솔직한 마음을 대변하고 있는 듯하다. 물론 여기서 우리가 잊지 말아야 할 점은 작가 역시 변신중이라는 사실이다. 작가의 최초의 질문이 어떤 방식으로 소설 속에서 신생하는지, 그것이 이 작가의 변신을 유심히 지켜보아야 할 이유이다.

이 고통에 이른 것을 환영하노라.
그대는 이것으로부터 배움을 얻으리니.
— 오비디우스

고통받는 인간 그리고 변신

이지민의 소설은 변신(變身)에 능하다. 소설 속 세계는 어느 순간 인물도, 독자도 모르게 변해버린다. 세계를 이해했다고 믿는 순간, 이미 세계는 자신이 믿고 있던 그것이 아니다. 그 미묘한 차이 때문에 소설 속 인물들은 풀리지 않는 문제에 골몰한다. 때문에 이들은 "일종의 난센스" 문제 같은 상황으로 인해 불면의 밤을 보내거나 "수수께끼를 푸는 기분"으로 골목길을 헤매는 일이 빈번하다. 더욱 답답한 노릇은, 주인공이 날린 화살이 정확히 과녁을 명중하고 난 후에도 여전히 해결되지 않은 문제가 남게 된다는 데 있다. "나는 정답은 풀었으나 문제는 알지 못했다"(「그 남자는 나에게 바래다달라고 한다」, 31쪽)는 당혹스러운 결론이 나오는 이유가 여기에 있다. 늘 "뒤처져서 세상을 바라보았다"는 삶의 어긋남은 운명적인 사랑 앞에서도 마찬가지이다. "사랑했으나 사랑받지는 못했다"는 서글픈 고백이 말해주는 터. 이지민의 소설 속에는 상실감에서 헤어나오지 못하거나 풀리지 않는 인생의 문제 앞에서 질문을 멈추지 못하는 젊은 영혼들이 배회한다.

『그 남자는 나에게 바래다달라고 한다』에 수록된 아홉 편의 소설들은 대부분이 관계의 파멸과 파국적 사태를 보여주는 작품들이다. 가령 인물들은 가계의 몰락을 경험하거나 갑작스러운 가족의 죽음에 고통받기도 하고 배우자의 불륜을 방관해야 하는 난처한 상황들을 겪는다. 그것은 무력하게 자신의 파멸을 경험할 수밖에 없는 현대인의 '오늘'을 압축해서 보여준다. 뿐만 아니라 불안과 공포의 하중이 점증하고 있다는 점에서 나아질 리 없는 '내일'을 예고하는 듯 보인다.

이처럼 파국의 경계선에 서 있는 소설 속의 삶은 참으로 끔찍하다. 소설 속 인물들을 두 부류로 유형화한다면, 첫번째로 삶의 위협과 그 불확실성 때문에 스스로의 통제력을 잃은 투신형 인물을 꼽을 수 있다. 이들은 추락에 대한 공포로 인해 고통과 광기 사이를 끌려다닌다. 말하자면 그것은 신이 존재하지 않는다는 것을 알아버린 최초의 인간이 견뎌야 하는 의지할 데 없는 허망함에 비유할 수 있을 것이다. 인물들은 말한다. "다 불만이에요. 얼굴이고 뭐고 다 싫어요."(50쪽) 추락과 파멸, 나아가 곧 자신의 차례가 될 죽음에 대한 공포는 삶을 무기력한 권태와 허무로 끌어내리기 쉽다. 이때 죽음에 대한 공포는, 죽음 자체라기보다는 죽음에 가까워지고 있다는 근접성에서 오는 두려움이다. 그것은 아직 떨어지지 않았을 뿐 이제 곧 닥쳐올 것이라고 믿어지는 고통의 심연이다. 그러니 그것은 '마치 ~과 같은' 상황이라는 메타포나 우화(寓話)로밖에 설명될 수 없다. 이러한 절박한 고통에 대한 예견 속에서 아슬아슬한 현재가 존재한다.

그럼에도 불구하고 위태로운 생태 그 자체가 운명이 되는 것은 아니다. "이 고통에 이른 것을 환영하노라. 그대는 이것으로부터 배움을 얻으리니." 『변신이야기』의 작가 오비디우스는 배움과 성숙을 얻기 위한 고통을 오히려 환대하라고 권유한 바 있다. 과잉의 고통 속에서 오히려 염증과 허무를 느끼는 이들을 구원하기 위해 내려진 특단의 처방이다. 그것은 이른바 변신술이다. "다시 태어난 기분이죠?"(40쪽) 변신은 반전을 낳는다. "언제나 사랑을 받기만 하다가 드디어 사랑을 주는 환희를 알게 되었습니다. 나는 열정적으로 새로운 삶의 가능성에 도전했습니다."(51쪽) 이렇게 삶의 공포를 피해 재빨리 몸을 바꾸는 변신형 인물이 바로 이지민 소설에 등장하는 두번째 유형이다. 변신형 인물들은 투신하는 이들을 격렬하게 비판할 만큼 오만해 보이지만 그러한 도도함이 세상에 대한 도전이 되지는 않는다. 여기서 주목할 지점은 이들이 현실을 불분명하게 경험하는 기묘한 방식이다.

요컨대 변신(metamorphoses)의 능력은 소멸의 운명을 타고난 존재의 생존방식이다. 근본적으로 소설이 하나의 거대한 메타포(metaphor)라는 점을 염두에 둘 때, 어쩌면 변신술은 작가에게서 난 것인지도 모른다. 특히『망하거나 죽지 않고 살 수 있겠니』(문학동네, 2000)의 작가 '이지형'은,『좌절금지』(랜덤하우스중앙, 2004)의 작가 '이지민'이라는 이름으로 바뀌면서 그의 소설 역시 과거형에서 현재형으로 변신하였다. 다시 말하자면 그것은 상상의 가능성을 보여준 과거형에서, 희망의 가능성을 보여주는 현재형으로의 변전(變轉)을 의미한다. 그리고 2008년, 작가 이지민은 세번째 저작(이자 첫번째 작품집)인『그 남자는 나에게 바래다달라고 한다』를 통해서 현대판 변신이야기를 완성한다. 그것은 고통받는 인간이 어떤 방식으로 자신의 삶을 구할 수 있을 것인가에 대한 세속적인 판본이다.

유비의 감옥에서, 은유의 분신술(分身術)

『그 남자는 나에게 바래다달라고 한다』를 통해 소개되는 아홉 편의 소설을 무작위로 떠올려 보면 주인공이 경험하는 여러 가지 입사(入社)의 장면들이 한 편의 드라마를 이루는 듯하다. 그것은 "인생의 리모델링"을 원하는 인물들의 성장담으로 요약할 수 있다. 이지민의 소설에서 두드러지는 소설 구성법은 유비(類比)이다. 여기서 유비는 특정한 사물을 매개삼아 그것에 대한 일종의 관행이나 보편적인 함축을 갖도록 확장해나가는 수사법이다. 우선 첫번째 소설인「그 남자는 나에게 바래다달라고 한다」는 '나는 마리오네트다'라는 문장으로 요약될 수 있을 듯하다. 여기서 마리오네트는 주인공이 압도당한 사랑에 대한 자신의 무기력함을 드러내는 은유이다. 운명적 사랑 앞에 서 있는 주인공이 그렇듯이, 조종사의 '손'과 마리오네트 사이에는 뚜렷한 위계관계가 생긴다. 사랑받는 사람에 비해 사랑하는 쪽은 언제나 패자일 수밖에 없다. 그러니 사랑의 노예는 주인을 의심하는 법이 없이 주인의 존재를 전적으로 믿고 의지한다.

불행히도 사회에서 요구하는 성장은, "세상의 박정스러움"을 깨닫게 되고, 그리하여 낭만적 통념에서 벗어나는 데서 비로소 시작한다. 낭만에서 벗어나는 것은 인물이 공들여 만든 은유의 끈이 하나씩 끊어지는 과정과 같다. 신과 인간을 잇는 운명의 끈이 사라지고, "그가 혼자만 보며 갖고 놀았던 마리오네트는 바로 나였다는 사실을"(11쪽) 깨닫게 되면서 주인공은 결국 자신이 기대고 있었던 가느다란 희망의 끈조차도 스스로가 만들어낸 망상에 불과하다는 것을 알게 된다.

사랑이 사람을 눈멀게 한다는 비유적인 표현은 사랑의 원근법이 갖는 배타성을 말해준다. 누군가와 이별한다는 말은 상대의 시선에서 완전히 배제되는 경험을 하는 것이다. 인물은 자신이 '투명인간'이 된 듯했다고 말한다. 그러한 과정을 통해서 "세상에는 또하나 나와는 상관없는 삶이 만들어"(35쪽)지는 것이다. 주인공과 마리오네트를 잇는 은유의 구조가 무너지면서 소설의 무대는 동화적 풍경에서 쓸쓸한 거리로 배경을 바꾼다. 무대조차 잃은 주인공의 처지는 끈 떨어진 마리오네트의 운명과 분명한 유비를 이룬다.

연애의 시절을 무사히 넘긴 사람이라면 이제 부부의 관계를 살펴보자. 「키티 부인」은 '아내는 분홍색 키티다'라는 문장을 중심에 담고 있는 소설이다. "핑크 유전자"를 가지고 태어났음직한 주인공의 아내는 헬로키티 마니아이다. 서로에 대한 오랜 무관심으로 소원해진 부부관계는 급기야 아내의 가출로 이어진다. 그러나 주인공은 "아내의 부재가 전혀 아쉽지 않았다."(120쪽) 왜냐하면 아내를 대신해서 키티가 남아 있기 때문이다. 아내의 집착적인 수집욕은 다소 과도한 구석이 있다. "나가서 헬로키티만 사면 돼. 그러면 난 다시 가장 소중한 걸 갖게 되거든."(135쪽) 키티가 인도하는 '핑크빛' 세계는 아내가 꿈꾸는 이상적인 세계에 대한 유비이다. 그러나 주인공이 보기에 그것은 그저 도색되고 미화된 허약한 상징에 불과하게 느껴진다. "분홍의 세계는 초록이나 검정의 세계와 달리 무언가를 강요한다. 행복하고 따뜻하고 달콤한 감정을 만끽하라 조르고 우긴다."(142~143쪽) 그것이 그가 아내를 이해할 수 없는 이유이다.

앞서 언급한 연애와 수집욕망의 공통점은 사람들에게 '소유'라는 환상을 불러일으킨다는 데에 있다. 그 환상은 인간적 관계까지도 물질과 물질 사이의 관계인 것처럼 가현(假現)되는 전도현상을 만드는 위력을 가지고 있다. 여기서 그러한 환상을 무대화하는 또 다른 인물인 "타파웨어" 예찬론자를 소개할 필요가 있겠다. 세련된 프로 주부의 대명사, 논현동의 '마사 스튜어트' 여사는 독실한 천주교 신자이자 소문난 "부엌의 여신"(248쪽)이다. 미국의 프로 주부 '마사 스튜어트'는 이른바 명품 부엌을 탄생시킨 장본인으로, 살림을 상품화하는 데 일조한 인물이다. 논현동 스튜어트 여사는 이 시대의 속물적인 중산층 '사모님' 상을 대표한다. 그녀가 "프로 주부"가 되는 길은 각종 고급 식기로 호화로운 주방을 만드는 데서 완성된다. "타파웨어 안에 넣어두면 안전해. 아무것도 새어나가지 않거든. 공기도, 기억도, 슬픔도……"(251쪽)

타파웨어는 단순히 밀폐용기가 아니라 "섬세하고 우아하고 까다롭고 완벽했던 엄마만의 세계"를 지키는 참호이자 "로코코풍 아줌마의 비싼 취미생활"을 위한 성역이다. 그러나 그녀의 아들이 통 속에 담긴 보석을 훔쳐 달아나는 과정을 통해서, 의도하지 않게 그 속에 숨겨 있던 중년 여성의 깊은 우울이 개봉되고 만다. 갑작스럽게 남편을 잃고 난 뒤 "하루아침에 평온한 중산층 주부의 타이틀을 잃어버리게 된 엄마는 그저 불안하고 우울했다". 그것은 가족 전체가 감당해야 하는 집단 우울증이기도 하다. "누구도 어쩔 수 없었다. 한 남자가 사라졌으나 세상은 그대로였고 우리는 그따위 세상 속에서 무사히 살아가야만 했다. 잘살고 있다는 사실을 들키지 않으며 묵묵히 잘사는 것, 그것만이 우리의 간절한 바람이었다."(224쪽)

이처럼 안정적인 생활을 가장(假裝)하는 중년 여인의 연기(演技)하는 삶(「타파웨어에 대한 명상」)과 '우아한 핑크의 세계'로 자신의 상실감을 위장하는 아내의 삶(「키티 부인」)은 무엇으로도 대신할 수 없는 욕망(의 결핍)을 보여준다는 공통점이 있다. 이로써 밀폐되어 있던 위선(위악)의 폐기물이 방출된다. "모두 지옥불 속에서 헤매는데 혼자 천상의 빛이라도 본 양 침착하게 기도하는 모습"(「타파웨어에 대한 명상」, 223쪽)은 어머니가 만들어낸 "천상의 신기루"일 따름이다. 여기서 어떤 감정적 동요도 허용하지 않는 어머니의 자기 규율은 사회가 개인의 고통을 관리하는 방식과도 유사하다.

여기서 흥미로운 지점은 소설의 마지막 반전이다. "안전하고 편리한 주방의 파수꾼"이자 "'살림의 여왕'인 어머니"의 사치를 노골적으로 비판하던 아들은 이제 어머니의 밀폐용기 속에 자신의 "인생을 통째로 넣"기를 소망한다.(「타파웨어에 대한 명상」) 그는 갑갑한 플라스틱 상자 안에 "평생 버릴 수 없는 영혼의 양식을 넣어"두기로 결심하고 "아무것도 새어나오지 못하게 문을 꼬옥 잠근다".(260쪽) 어머니의 밀폐된 세계는 아들의 고립된 세계로 대물림된다. 부모의 재산을 훔쳐서 달아났던 아들이 어머니의 세계로 돌아오는 과정은 세속적 성장담의 압축본이다. 여기서 작가가 보여주는 꽉 맞춰진 은유의 구조가 강조하는 것은 자본주의 포위망에 꼼짝할 수 없이 포획된 인간의 처지이다.

또하나의 반전은 '분홍의 세계'(「키티 부인」)에서 일어난다. 홀로 남겨진 주인공은 뒤늦게 아내가 느꼈을 외로움에 대해서 생각한다. "세상에 넘쳐나는 절망한 늙은 소녀들 가운데 하나인 아내"를 안쓰러워하던 중 남자는 인형의 입을 통해 아내의 목소리를 듣게 된다. "아

저씨, 우리는 너무 끔찍해. 알고 있잖아, 여보. 야옹, 헬로!"(144쪽) 그
것은 아내의 은유가 남편의 은유로 전이되는 순간이다. "비로소 말
문이 트인 쓰레기들에 묻힌 채 남자도 이내 사랑스러운 핑크가 된
다."(144쪽) 남자 역시 "사랑스러운 핑크" 고양이로 변신한 것이다.
아내의 은유는 남편의 세계로 전이된다. 은유구조 안에서 이 둘의
운명은 동일하다. 이렇게 이들은 유비의 감옥에 갇혔다.

　이들 소설에서 보여주는 갑작스러운 결말(의 반전)은, 세계에
대해서 냉소하는 이들에게조차 (강요된 세계 이외에) 다른 선택지
가 없다는 점에 방점을 찍기 위한 강조법이다. 불행만이 아니라,
행복조차 강요받고 있는 현실에 대한 다소 자조 섞인 비판이기도
하다. 또한 그것은 은유적 확장을 통해 추동되는 서사 운용의 특
징이기도 하다. 물론 소설 속 세계를 은유적 구조 안에서 해석하
는 방식은 상징성이 두드러지는 위의 작품들에 한정해서 논의되
어야 할 것이다. 다만 여기서 주목하고자 하는 바는, 작가가 유비
의 구조를 통해 예외 없는 운명론적 불행을 공유하는 인물들을 반
복해서 보여준다는 점이다.

은유의 곤경에서, 방면(放免)의 변신술

　소유할 수 없는 대상에서 비롯된 욕망은 소비주의 메커니즘과
밀접한 관련이 있다. '불륜 세일즈'라는 한 작품의 제목이 함축하

고 있듯이, 세속화된 자본주의사회가 보여주는 욕망의 상품화는 소설집을 관통하는 화두 중 하나이다. 연애조차 노역(勞役)이 되는 시대이다. 상품을 고르듯이 결혼 파트너를 구매하는, 바야흐로 경제의 시대이다. 물신화된 관계를 토대로 이루어진 만남은 결혼뿐 아니라 불륜까지도 공공연히 '세일즈' 되는 시대로 진화한다. 그것은 '세일즈' 시리즈(「불륜 세일즈」「영혼 세일즈」「서른 살이 된 롤리타」)에서 구체적으로 확인할 수 있는 테마이다.

물론 불륜을 권하는 사회라고 해서 욕망이 마음껏 실현된다는 말은 아니다. 소유할 수 없는 대상에 대한 (불가능한) 욕망은 실패를 통해 배가된다. 더욱 갑갑한 노릇은, 시스템은 사랑의 실패에서 오는 좌절감조차 제한하려 든다는 사실이다. 그런 점에서 작가가 두번째 장편소설에서 중요한 모티프로 삼았던 '좌절금지' 아이콘은 희망의 허용과 절망의 제한(불허)이라는 이중적 의미를 띤다. 고통조차 할인판매되는 고통의 덤핑 시대에는 마음껏 고통스러울 자유도 없다.

고통뿐 아니라 욕망조차 마모되는 범속한 일상이다. "애 좀 어디서 안 파나, 귀찮아 죽겠네."(「키티 부인」, 141쪽) 아내와의 섹스를 막 끝낸 남편의 혼잣말이다. "어머니, 저 감방 가면 사식이나 넣어주세요."(「타파웨어에 대한 명상」, 220쪽) 유산을 미리 달라고 생떼를 쓰던 아들이 급기야 어머니의 보석함을 털면서 던지는 멘트다. "요즘 형편 되는 놈들은 저는 물론 마누라 불륜까지가 기본이란다."(「불륜 세일즈」, 154쪽) 불륜도 문화상품의 일종이라는 말이다. "세컨드가 어디 한둘이야."(「허니문」, 280쪽) 다소 위악적인 말들이지만, 그러한 상황들조차 이미 '뻔한 일'이 되었다. 상황이 이쯤 되면 세상의 이치를 깨달았다고 하더라도 정신적인 무력함이나 우울에서 벗어나기는 쉽지 않다. 이러한 상황을 참지 못하고 집을 나가는 아내의 말처럼, "우리가 언제부터 잘못된 건지 모르겠어".

언제부터 잘못된 것일까? 이들 역시 부부관계가 혹은 가족관계가, 그리고 타인과의 관계가 조화롭고 이상적이었다고 상상할 수 있는 과거를 불러내 '향수'하고 싶을 것이다. 소녀와 소년의 만남, 그 순결한 장소로 돌아가고 싶을 것이다. 그러나 불행히도 충만했던 과거는 존재한 적이 없다. 이들에게 과거는 현실을 수긍하기 위한 논리를 제공하는 최소한의 근거로서, 부정되어야 할 대상일 뿐이다. 그것이 현실의 우울과 절망의 깊이를 더하는 이유이다.

종교재판이 이루어지던 13세기경에는 우울증 환자에게 벌금형을 내리거나 감옥에 가두는 일이 있었다. 수행자를 괴롭히는 우울증을 '한낮의 악마'라고 불렀다는 점을 염두에 둔다면 우울증의 증상인 무기력한 정신상태를 도덕적으로 문제삼은 사례라고 말할 수 있다.(앤드류 솔로몬, 『한낮의 우울』, 민승남 옮김, 민음사, 2004) 우울증을 '마녀의 활동'과 연결시키는 중세적 해석 역시 그러한 연장선에서 생각할 수 있다. 우울증을 악령에 들린 증거라고 여겼으니 그 악마를 몰아내기 위해서는 스스로 목숨을 끊는 일까지 감행해야 했던 것이다.

니체의 말처럼 양심이 몸에 새겨진 징벌의 결과물이라면, 고문의 고통을 내면화하여 자아 속에 밀어넣고 '밀봉'함으로써 한 개인의 양심이 만들어진다 할 수 있다. 죄의식이나 책임감 같은 사회적 가치들이 공동체적 질서로 정착되기까지는 엄청난 양의 유혈이 탕진될 수밖에 없었을 것이다. 그런 점에서 한 사회의 도덕적 기원에는 잔혹극장이 있다고 말할 수 있다. 중세의 잔혹극장이 신체의 고통을 담보로 정신적 탈선을 규율하려 했다면, 현대 세속도시는 그 부채를 돈으로 환산한다는 점에서 차이가 있다. 즉 중세의 마녀사냥이 외설적인(혹은 무기력한) 여자들을 단죄함으로써 그녀들의 육체를 담보로 성스러운 전당을 지켜낸다면, 현대의 자본시장은 죄가(罪價)조차 화폐로 환산하여 교환함으로써 초월적인 물신(物神)을 비호한다고 말할 수 있다.

'천사'와 '구원'이라는 다소 종말론적인 뉘앙스를 풍기는 작품인 「대천사」는 이러한 정신적 사디즘의 현대적 버전을 잘 보여준다. 이 소설은 도덕적 책임과 상실감에서 벗어나지 못하는 인물이 자신의 몸을 학대함으로써 정신적 고통에서 벗어나려고 하는 스토리를 담고 있다. 「대천사」의 중심 모티프로 차용된 '성형중독'은 몸의 형태를 인위적으로 개조해서 아름다운 몸을 소유하고자 하는 소유욕과 어두운 과거를 절개하고 싶어하는 인물의 퇴행적 심리를 보여준다. 표면적으로 볼 때 이 소설은 '아름다움을 돈으로 산다'는 설정을 통해 저급한 소비주의적 태도에 대한 비판적 뉘앙스를 풍기고 있는 작품으로 해석될 수 있다. 그러나 오히려 여기서 방점이 찍혀야 할 지점은 과거와의 단절을 통해서 새 삶을 시작하고 싶은 연약한 인간의 욕망 쪽에 있다.

스스로를 "영원한 실패작"이라고 부르는 주인공은 "아름다운 세상을 만들"어줄 구원자(성형의)를 찾아다닌다. 무려 일곱 번씩 성형수술을 반복하는 주인공의 행동은 스스로 생체실험대 위에 엎드린 속죄양을 떠올리게 한다. "나는 아름다워졌습니다. 이미 아름다운데 어떻게 더 아름다울 수 있었을까요. 과거와 다르다는 것, 그것이 바로 아름다움이죠."(55쪽) 「대천사」에서 완벽한 아름다움을 추구하는 주인공의 이상(ideal)은 자신의 몸에 고통을 가하면 가할수록 더욱 아름다운 몸에 가까워질 수 있으리라는 믿음을 낳는다. 주인공이 말하는 아름다움은 "항상 권태와 허무에 절어 있"는 사람이나 "자신의 직업에 염증을 느끼는" 사람들 혹은 "공복의 쓰라림을 느껴야" 하는 이들이 잠시나마 위안을 얻거나 희망을 유지하도록 하는 진통제와 같다.

또한 고문이 더할수록 아름다워질 거라는 그 믿음은 외양적인 아름다움에 국한된 것이 아니다. 그것은 변하지 않고 타락하지 않는 가치를 획득함으로써 주인공의 죄책감을 씻어내고자 하는 보상심리의 일환이다. "그 동안 내가 겪었던 상처와 실수들을 돌이켜보면 단지 나의 몸만 변한 것은 아니라는 생각이 듭니다. 내 육체가 변화의 고통을 겪는 동안 나의 영혼도 무언가에 의해 단련된 느낌입니다."(64쪽) 이런 방식으로 자신의 죄를 발견하려는 인간의 의지는 속죄의 가능성조차 넘어선다. 처벌 없이는 죗값을 치를

수 없기 때문에 스스로 처벌받으려는 욕망은 끊임없이 자신에게
로 되돌아올 수밖에 없다. 때문에 구원받기 위해 고통을 원하고,
구원받기 위해 타락을 필요로 하는 도착적 메커니즘이 생기게 되
는 것이다.

「서른 살이 된 롤리타」는 전도된 인과성의 논리가 어떤 방식으
로 악순환되고 재생산되는지 보여준다.

> 그나 나나 모른 척하여도 우리는 엄연히 같은 존재들이다. 우리
> 는 언제나 감당하기 힘든 선택만을 하며 그로 인해 벌을 받고 아픔
> 을 얻는다. 그러나 우리는 피하지 않는다. 내가 결정한 인생으로부
> 터 도망칠 수 있는 방법이란 없다. 중력의 법칙을 깨달았다 하여도
> 중력으로부터 벗어날 수 없듯이.(「서른 살이 된 롤리타」, 109쪽)

작가는 주인공에게 이름 대신 '서른 살이 된 롤리타'라는 별명
을 붙여준다. 알려진 바대로 '롤리타'는 성인 남자가 욕망하는 어
린 여자아이를 가리킨다. 여기서 성인이 된 남자가 소녀를 탐하는
욕망의 이면에는 순수함에 대한 거대한 환상이 자리잡고 있다.
"두려운 현실은 현실대로 두고 숨쉴 만한 환상의 구멍을 찾는 것
이 나약한 남자들의 특징이다."(103쪽) 남자의 환상이란 그가 탕
진해버린 "젊음, 열정, 낭만, 파멸, 열망"(101쪽)의 부재에 대한
열망이다. '소녀'의 이미지는 "아름다운 시절의 유일한 증거"이자
대용물이다. 그것은 남자의 욕망이 일종의 나르시시즘적인 투사

에 불과하다는 것을 의미한다. 물론 그것은 어떤 특정한 (혹은 생물학적인) '남자'의 욕망을 한정짓는 것과는 무관하다. 그것은 '총체화'에 대한 환상을 품고 있는 '남근적(Phallic)'인 욕망을 말한다. 이상(理想)화된 아름다움에 대한 동경을 버리지 못한 욕망이다. 그것은 소설 속에서 미성숙한 "소녀의 사랑"으로 표현되기도 한다. "소녀는 누군가를 사랑하기보다 그 누군가가 바라보는 자신을 더 사랑하기 마련이거든요."(114쪽)

수잔 손택의 말처럼 아름다움은 전제(專制)적이다. 소녀의 이미지는 소유할 수 없는 때 묻지 않은 순수함에서 기인한 것이므로 더욱 아름답다. 여기서 완전한 '소유'를 가정(假定)함으로써 동경과 환상을 유지하는 미성숙한 남근적(Phallic) 로맨스를 '남자의 은유'라고 부르도록 하자. 남자의 은유는, '소유'의 환상을 부추기면서 소비를 유지하는 시스템의 작동방식과 상동관계를 갖는다. 그런 점에서 주인공 롤리타 역시 남자의 은유구조 안에 갇혀 있는 인물이다. 「서른 살이 된 롤리타」는 원조교제 혐의로 수감된 약혼자를 만나기 위해 "연체 청구서만큼 닳은 청첩장"을 들고 구치소를 찾는 주인공의 장면에서 시작한다. 그녀는 이미 원조교제뿐 아니라 "사랑 없이도 또라이 짓"을 저질렀던 "나가리 도우미" 인생으로, 하류인생의 단맛 쓴맛을 다 겪어본 인물이다. 일탈을 경험하고 사회에 복귀한 그녀는 약혼자의 (불가피한) 선택을 확신하고 있다. "이미 나는 알고 있으니까. 결국 그가 선택할 사람은 바로 나라는 것을."(114쪽)

다소 손쉽게 느껴지는 롤리타의 결론은 그만큼 사회에서 허용하는 제도의 경계가 명백하다는 점을 방증한다. "나는 그가 필요했던 것이고, 그는 나와 그 여고생을 필요로 했던 것"이니 평등한 '먹이사슬'의 등가교환의 질서 안에서 교환될 뿐이다. 그렇다면 애초에 남녀의 욕망은 '이미 벌써' 불가능성을 전제하고 시작한다. 그것은 이른바 "중력의 법칙"이고 세상의 규율이다. 그것은 세계의 가혹한 질서를 적나라하게 경험한 이가 내린 냉소적인 결론이기도 하다. 요컨대 소녀 롤리타에서 서른 살의 롤리타로의 성장 과정은 남자의 은유가 작동한다는 점에서 이른바 '오이디푸스적' 변신을 보여준다. 그것은 금기와 허용을 내면화하는 교육을 통한 입사의 단계이기도 하다.

그럼에도 불구하고 때로 섣부른 예단(豫斷)이 오히려 비극을 '생성'하고 '유지'하는 것이 아닌가 하는 의구심이 남는다. "우리는 언제나 감당하기 힘든 선택만을 하며 그로 인해 벌을 받고 아픔을 얻는다"(114~115쪽)는 롤리타의 단언이 일종의 신탁처럼 기능하기 때문이다. 신탁은 스스로를 감금하는 형틀이 될 위험이 있다. 그리스의 비극들이 보여주듯이 예언의 '실행자'는 그 '말' 자체가 아니라 언어를 실행에 옮기는 인물 스스로라는 점을 기억할 필요가 있다.

그런 점에서 「불륜 세일즈」는 농담을 진담으로 받아들이고 그것을 실제로 실현함으로써 발생한 사회비극이라고 말할 수 있겠다. 그것은 남자의 은유(농담)를 비유적으로 해석하지 않고, 문자 그대로 받아들여 실행에 옮긴 결과이다. 주인공 미애는 소원해진 남편과의 관계가 회복될 가망성이 요원하다는 것을 몸으로 실감한다. 그래서 "남편을 버릴 수 없을 바에는 백화점 쿠폰처럼 알뜰히 이용"하기로 마음먹고 외도를 즐긴다. 그러나 점차 그 관계마저 위험한 수위를 넘게 되고, 결국 그 때문에 아이를 잃어버리게 된다. 소설은 한 가정의 파멸을 예고하는 장면에서 끝을 맺는다. 작가는 미애의 숨겨진 애인이 실은 남편이 농담 삼아 지목한 불륜 파트너였다는 사실을 누설한다. 남편이 부인의 외도에 공모하는 비정상적인 상황은, 소설 속에서 소개되는 〈불륜 세일즈〉라는 영화 속의 상황을 그저 흉내낸 것에 불과하다. 〈불륜 세일즈〉는 부부가 서로에게 정해준 파트너와 바람을 피운다는 스토리를 담고 있는 로맨틱 코미디 영화이다.

이러한 드라마틱한 사건은 현실 속의 무책임한 선택과 스스로를 기만하는 섣부른 냉소가 (순간의 쾌락을 선사하기도 하지만) 삶의 근거 자체를 파멸시킬 수 있다는 점을 경고한다. 다시 말해 무지한 인물이 현실과 환상을 제대로 분별하지 못한 결함으로 인해 받게 되는 처벌을 예고하는 것이다. 그것은 남자의 은유를 작동시킨 세계의 완고한 룰이다. 뿐만 아니라 '불륜'을 '세일즈'하는 소비의 주체가 자기 자신이라고 착각하고 있지만, 실은 수동적인 욕망의 소비자에 불과하다는 사실이 드러난다. 욕망의 상품화를 통해서 인간이 경험하게 되는 것은 이중의 소외이다.

「영혼 세일즈」는 「불륜 세일즈」에 삽입된 영화인 〈불륜 세일즈〉

에 출연한 주연배우인 선재를 중심으로 전개되는 이야기이다. 이 작품에서 작가는 자신의 정체성을 완벽하게 포기하는 것조차 불가능한 인간의 무능한 처지를 보여준다. "죽는 연기를 한 적이 있는데 그때는 확실히 느꼈다. 내가 지금 살아 있다고."(183쪽) 이것은 현실과 영화 속 허구의 구분이 모호해지면서 진실을 담보하는 기준을 잃은 경우다. 작품 속 설명에 따르면 "멜로드라마란 가장 현실적이면서 가장 현실을 외면하는 장르이다". 선재는 "자신이 연기한 인물과 자신을 동일시해"버리는 "타고난 멜로드라마 형 인간"이다. 정체성에 극심한 혼란을 겪고 있는 선재는 술과 섹스, 그리고 자신의 '이미지'에 중독되어 있다. 어느 날 선재는 한 여자를 만나게 되고 그녀에게 자신의 영혼을 팔았다고 믿게 된다. 영혼 팔기라는 『파우스트』적 테마는 이성과 광기라는 근대적인 이성의 양면성을 상기시킨다. "그 여자가 나한테 돈을 낸 거야. 내 영혼을 산다고 그랬거든."(192쪽) 그리고 선재는 '중독된' 삶, 연기 생활을 중단하겠다고 선언한다.

한편 선재의 이미지 관리를 위해 공을 들여온 매니저 도진은 자신의 "황금총알"인 선재가 연기를 그만두는 것을 보고 있을 수가 없다. "도진은 스스로와 내기를 벌인다. 그는 선재가 절대 이 세계를 떠날 수 없다는 데에 판돈을 건다. 자신이 벗어날 수 없듯 선재도 마찬가지다."(196쪽) 도진은, 정체성을 잃고 방황하는 선재의 처지가 오히려 연기자의 자질을 다지는 계기를 마련할 것이라고 여긴다. 도진이 생각하기에 선재가 정말 '텅 빈 영혼'의 소유자라면 그는 어떤 배역을 집어넣어도 완벽하게 소화할 수 있는 투명한 그릇과 같을 것이기 때문이다.

그러나 "텅 빈" 투명성 역시 환상과 다름없다. 더욱이 그것이 선재의 경우라면, 자신의 내면을 포기한 중독자의 병든 영혼 그 이상이 아니다. 여기서 연기자의 자질을 내세우면서 삶을 도박판에 내놓는 도진의 논리는 지식을 통해 스스로를 방면하려는 이성적 인간의 특성을 단적으로 보여준다. 법적 조항이나 사례의 실증을 통해서 피고의 무죄를 선고하는 판결문처럼 지식의 정복은 인간 스스로가 무고하다는 것을 증명하는 기제가 된다. 직업의 전문성을 윤리의 영역으로 옮기는 이러한 작업은 교육과정을 통해서 은밀하게 이루어진다. 그것이 시스템이 개인에게 요구하는 '프로페셔널'의 핵심이다. 직업에 대한 '프로 의식'이 조금 지나치면 인정사정 볼 것 없이 철저하게 복종하겠다는 노예선언으로 전락할 수 있다. 이러한 문제는 자본과 결탁하면서 보다 빠르게 진행된다. 이른바 "프로 주부"라는 수사가 모성의 윤리를 대체하는 '프로'의 시대가 도래한 것처럼.(「타파웨어에 대한 명상」)

인물의 진짜-연기(演技)가 보여주는 역설은 무대 위에서 연기자와 배역 간의 거리가 필요한 것처럼 실제 생활에서도 적당한 연기(演技)를 가능하게 하는 거리가 필요하다는 사실이다. '텅 빈 영혼'이라는 투명성의 환상이 유지되기 위해서는 '먹이사슬'로 이어진 사람들 사이의 간격이 필요한 것처럼. 그것은 아름다운 이미지를 가능하게 하는 '미적' 거리이기도 하고 농담을 진담으로 받아들이지 않도록 하는 '의미'의 해석적 거리이기도 하다.

그럼에도 불구하고 남자의 은유가 작동하는 세계가 보여주는 것은 그것이 진의를 파악할 수 없는 모호한 세계라는 사실이다. "농담인지 진담인지" 알아들을 수 없는 세계이고 아름다움과 추함의 경계가 애매해진 세계이다. 진짜 삶과 가짜 무대가 좀처럼 구분되지 않을 뿐 아니라 만들어진 지식이 생생한 현실을 조율하고 있으니 말이다. 이처럼 은유 속에 포함된 불완전한 구조를 확인하는 일은 벗어날 곳 없는 유비의 감옥에 갇힌 경우보다 두려운 일임에 틀림없다. 그것은 세계에서 자신이 무의미한 존재라는 소외를 경험하게 할 뿐 아니라, 이 세계가 지식을 총동원해도 이해할 수 없는 '의미-없는(non-sense)'의 영역을 포함하고 있다는 것을 받아들일 것에 대한 촉구이기 때문이다.

이른바 '남자의 은유'가 처한 곤경이다. 혹은 그것은 인물이 몸을 바꾸기 전에 목도해버린, 세계 자체의 변신이다. 의도하지 않았으나 인물이 목도하게 된 세계의 결핍이다. "단지 그를 모르는 것뿐인데 세상을 알 수 없는 것처럼 암담해졌어. 앞에 있는 누군가를 모르면 나 자신도 알 수 없고 세상도 그저 거대한 검정 비닐봉지에 불과한 것이 아닌가."(「서른 살이 된 롤리타」, 113쪽) 그것은 인물들을 서로 격리시키고 경계를 유지하는 "중력의 법칙"이 미세하게나마 안정감을 잃고 흔들리고 있다는 것을 말한다. 그것은 자진해서 중력의 자장 속에 갇힌 인물들로 하여금 스스로를 방면(放免)할 수 있는 (불)가능성을 보여준다는 점에서 중요하다.

바로 지금, 한 번도 의심해본 적 없는 세계를 향해 롤리타의 최초의 질문이 던져지는 것처럼 말이다. "차가운 유리벽을 사이에 두고 그와 나만이 남았을 때 우리는 무엇을 알게 되느냐는 거다. 나는 유리벽에 예의바르게 노크를 하며 물어야 할 것 같다. 당신, 누구냐고."(「서른 살이 된 롤리타」, 104쪽)

성형(de-sign)의 윤리를 위하여

작가가 발견한 거대한 은유의 이면에는 미망의 어둠이 끼어 있다. 그러나 어둠은 지리학을 가지고 있지 않으니, 그것은 오히려 새로운 길들을 만들 것이다. 특히 이지민의 소설 속에서 '길'은 새로운 세계를 방문하고 그곳의 지형과 생태에 맞게 변신(變身)하는 인물이 설 수 있는 서사의 무대이다. 그 길이 목적지가 아니라 도상(途上)으로서의 과정이 중요하리라는 것은 쉽게 예상할 수 있을 것이다.

인물들은 "중급에도 못 미치는" 신세에서 벗어나기 위해서 동업을 하거나(「오늘의 커피」) 결혼을 통해 새 출발을 한다. "가장 행복하고, 가장 풍요로우며, 가장 사랑하는 신혼부부"로 "새로 태어난 기분이 들었다".(「허니문」, 272~273쪽) 그러나 과거와 절연한 충만한 현재는 존재하지 않는다. 현실은 "사십오만원짜리" 신혼집에서 느껴야 하는 실망의 연속이고(「허니문」), "포기해야만 의미 있는 일도 존재한다는 걸" 깨닫는 체념의 과정이다(「오늘의 커피」).
그것은 완성된 성숙과 완결을 보여주는 대신 무언가를 잃어버리
고 끊임없이 찾아다니는 도로변 사연들의 과정일 뿐이다.

"아무리 멋진 밤을 보냈어도 집으로 돌아가는 일을 우리의 삶에
서 영원히 멈출 수 없듯"이 작가에게 소설은 지치지 않는 변신의
능력을 가진 사람들의 서사라고 말할 수 있을 듯하다. 작가는 인
물들이 스스로를 자위하거나 손쉽게 위안받도록 내버려두지 않는
다. 소설 속에서 이런 식의 도발이 끊이지 않듯이. "인생 그렇게
사시는 거 아닙니다. 돈만 있으면 뭐 합니까. 좀 아름답게 사세
요."(「허니문」, 284쪽) 인물들의 변신 또한 미적 기준과는 거리가
멀다. 이들의 몸은 수차례의 해체와 조립으로 마모되어 너덜거리
거나 아예 투명인간처럼 희미해진 형상을 띠고 있다. 그러나 변신
이란 합리적인 이성의 잣대로는 알아볼 수 없고 해석이 불가능한
(de-sign), 형상-되기(成-形)의 과정이 아니겠는가. 그렇다면 변
신의 능력이란, 아름다움을 사는(buy) 위력이 아니라 삶을 사는
(live) 힘이라고 말해야 온당할 것이다. 그것이 변신의 귀재, 작가
가 말하는 성형(de-sign)의 윤리가 아닐까 싶다.

소설 속 누군가가 묻는다. "도대체 너는 지치지도 않느냐"
고.(「그 남자는 나에게 바래다달라고 한다」, 25쪽) 주인공은 말한다.
"집으로 가는 길은 으레 지치기 마련"이라고.(「그 남자는 나에게
바래다달라고 한다」, 26쪽) 인물의 대답은, 현실과 갈등하는 지점
에 밀착해 있되 섣부른 비관과 허무주의에 빠지지 않으려고 노력

하는 작가의 솔직한 마음을 대변하고 있는 듯하다. 물론 여기서 우리가 잊지 말아야 할 점은 작가 역시 변신중이라는 사실이다. 작가의 최초의 질문이 어떤 방식으로 소설 속에서 신생하는지, 그것이 이 작가의 변신을 유심히 지켜보아야 할 이유이다.

작가의 말

가끔 레오나르도 다빈치가 남긴 편지와 메모 들을 읽는다. 그중에는 그가 밀린 급료와 생활비와 짜증나는 인간관계 때문에 여기저기 청탁하고 호소하는 내용들이 많은데, 나는 읽을 때마다 낄낄 웃는다. 세상에 떼어먹을 돈이 없어 레오나르도 다빈치 돈을 떼어먹냐, 에라이 이 인간들아. 위대한 천재의 번잡한 일상의 스트레스는 나에게 심심한 위로를 준다. 자신감을 준다. 레오나르도 다빈치도 못 피한 걸 나라고 무슨 수로 피하겠는가. 인생으로부터 특별대우 받을 생각 말자. 겪을 거 다 겪고 당할 거 다 당하자. 뭐 그런 생각이 불끈 들어 즐거워진다고 할까.

그런, 예전과는 조금 달라진 씩씩한 마음으로 글을 쓰긴 했는데 책으로 묶으려니 이상하다. 마치 웃는 얼굴이 하나도 안 찍힌 사진들만 모아놓은 것 같다. 등장인물 대부분을 '일시적 루저'로 만들다놓았더니 소설이 심각한 얼굴을 안 하려야 안 할 수 없다. 내가 만든 주인공들에게 미안해보기는 처음이다. 다음에는 그들에게도 꼭 인생의 당혹스러운 순간 앞에서 웃을 수 있는 지략과 스킬과 강단을 만들어주고 싶다. 물론 일단 나부터 좀 챙기고.

어쨌거나. 첫번째 소설집이라는 소설가의 대로망을 이루게 되어서 무지 부끄럽고 기쁘다.

책을 만드는 데 도움을 주신 모든 분들께 감사의 인사를 제대로 올리고 싶다. 특히 다 큰 소설가 딸을 영재 바이올리니스트 급으로 전폭 지원해주시는 부모님께 감사드린다. 언니와 가족들도 고맙고, 친구들도 고맙다. 남편과 아들, 두 남자의 행복이 나의 행복이다. '행복의 정복'은 쉽지 않으나 가치 있다는 것을 안다. 나의 글이 그것을 위한 무기가 되었으면 좋겠다. 이 글을 쓰고 있는 지금 숭례문이 불타고 있다. 숭례문이 재건되는 날, 나를 비롯한 많은 이들이 달라져 있기를 희망한다.

2008년 봄
이지민

문학동네 소설집

그 남자는 나에게 바래다달라고 한다

ⓒ 이지민 2008

1판 1쇄 | 2008년 4월 9일
1판 4쇄 | 2013년 9월 9일

지은이 이지민
펴낸이 강병선
책임편집 조연주 권윤진 서현아
마케팅 신정민 서유경 정소영 강병주 | 온라인 마케팅 김희숙 김상만 이원주 한수진
제작 서동관 김애진 김동욱 임현식 | 제작처 한영문화사

펴낸곳 (주)문학동네
출판등록 1993년 10월 22일 제406-2003-000045호
주소 413-120 경기도 파주시 회동길 210
전자우편 editor@munhak.com | 대표전화 031)955-8888 | 팩스 031)955-8855
문의전화 031) 955-8890(마케팅) 031) 955-8864(편집)
문학동네카페 http://cafe.naver.com/mhdn

ISBN 978-89-546-0558-8 03810

www.munhak.com